オールド台湾食卓記

祖母、母、私の行きつけの店

洪愛珠

新井一二三 訳

筑摩書房

台湾の伝統的市場、花蓮県光復郷

母と一緒に買った玉杓子（第一部「台所の形見」）

母の嫁入り道具のまな板（第一部「台所の形見」）

土鍋で釜飯を炊く（第一部「台所の形見」）

家で白粥を食べる（第二部「お粥について」）

滷肉飯（第三部「滷肉の家」）

鉄のフライパン

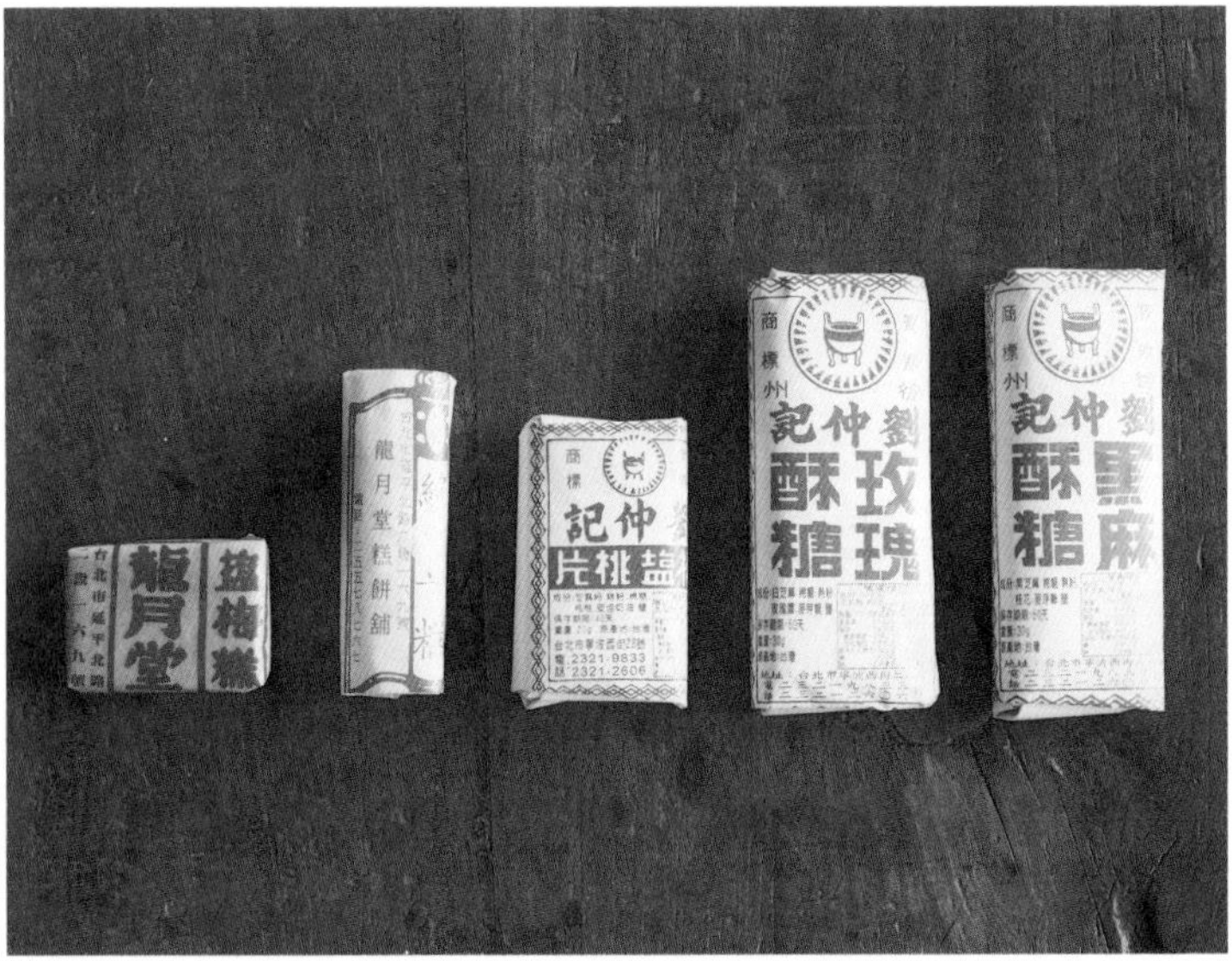

右から、劉仲記の胡麻味と薔薇風味の酥糖、塩胡椒味胡桃チップ、龍月堂の緑豆糕、塩梅糕
（第四部「台北の老舗茶菓子店」）

竹籠に詰めた美味なるプレゼント
（第四部「台北の老舗茶菓子店」）

上　香港福建茶行の鉄観音茶（第四部「香港のお茶」）
下　香港上環の福建茶行（第四部「香港のお茶」）

ペナンのチャークイティオ（第五部「ペナン買い物記」）

右　マレーシア・ペナンにて
上　バンコックの鄭老振盛中西餅家（第五部「シャムへの飛行ルート」）
下　鄭老振盛の勝餅（第五部「シャムへの飛行ルート」）

バンコックの炭火茶店

バンコックのタイ式コーヒーとミルクティー

マレーシア・イポー、友明飯店のレシート

オールド台湾食卓記

祖母、母、私の行きつけの店

This book was sponsored by the Ministry of Culture, Republic of China (Taiwan).
本書は台湾文化部の助成を受けて刊行されました。

日本の読者のみなさんへ

日本の読者のみなさん、はじめまして。洪愛珠《ホンアイジュ》と申します。本書をお読みいただけて、とても嬉しく思っています。日本語版の出版が決まったと知って、特に興奮したのは、他の言語と比べ、日本語には私にとって格別の意義があるからなのです。

私たち一九八〇年代に生まれた台湾人には、子ども時代を祖父母と親しく過ごした例が多いのですが、私もそのようにして育ちました。父方、母方の祖父母は、いずれも日本統治下の昭和時代に生を受け、学校生活を通じて日本語に親しみました。その影響は一生にわたり、家族にもまた及んだのです。父方の祖父は生涯、日本の友人たちと頻繁に文を交わし、晩年旅行で日本各地を訪れた回数は何十回にも上りました。祖母は相撲の大ファンでした。本書に比較的多く登場する母方の祖母が、私に教えてくれた一番最初の童謡は「桃太郎」で、まだ言葉もきちんと話せない赤ん坊の頃から、私はおばあちゃんを真似て、「もーもーたーろーさん」と歌っていたのです。子ども時代、おばあちゃんと過ごした数えきれない午後の時間は、美空ひばりさんの歌声に満たされていました。彼女はおばあちゃんが永遠に愛した唯一のスターだったのです。今この文を書きながら、私は「川の流れのように」を流し、天国の親族を思っていて、日本語版刊行の知らせが届くことを祈っています。

本書は懐古的なエッセイ集で、家族への感情を描いた以外に、台湾の家庭料理と屋台料理にも多く触れているため、食べ物文学に分類されるものです。お伝えしておきたいのは、この本が地理的には主に北台湾にあるいくつかの古いコミュニティ、たとえば台北中心部の「大稲埕《ダーダオチョン》」や新北市の「蘆洲《ルージョウ》」について語っているということです。取り上げた食べ物は家庭料理が中心で、レストラン料理は多くありません。

台湾は若いと同時に、歴史が豊かに層をなした島でもあります。衝突でできた傷もあれば、融合が生んだ美しさもあります。本書を執筆した当初の動機は、母の死去をきっかけに、清朝時代、福建省泉州《せんしゅう》から台湾に渡来し、北台湾に定住して二百年ほどになる台湾本省人家庭の我が一族の食と暮らしをふり返り、記録することでした。私の子ども時代の食卓とは、すなわち祖父母世代の食卓であり、台湾料理のひとつのサンプルといえるものです。比較的よく知られた旧都台南の料理とも少し異なり、戦後台湾に渡来した中国各省の料理とはさらに異なる系譜に属するものです。もし日本の読者の方々に、台湾の料理文化を理解するための新たな視点をお届けできたならば、とても嬉しく思います。

この場をお借りして、日本語版読者のみなさんに、本書中に収録した「明日のおもてなしのために」という一文についてお伝えしたいことがあります。内容は日本からみえた二人のお客さま、松井さんと作家の乃南《のなみ》アサさんが、二〇一六年の初め、我が家に来訪された際の記録です。あの年、あの日のおもてなしが、母がこの世を去る前、最後の一回となる温かく幸せな集まりでした。その少し前、母が病身で東京を訪れた（東京行きも、母の生前最後の海外旅行でした）際、松井さんにはご多忙中にもかかわらず、私たちを温かく歓迎していただきました。何度かお目にかかっただけのご縁でありながら、母の訃報が伝わると、お二人はわざわざ台湾にまで足を運ばれ、告別式でお悔やみを述べてくださいました。そして、乃南さんからは「厄を断つ」という意を込めた料理鋏《ばさみ》を送られたのです。善良な思いがこもったこの珍しい贈り物を私は今日まで大切に使わせていただいています。日本語を話すことはできない私ですが、本書の日本語版が出版されるにあたり、お二人への長年に及ぶ感謝の気持ちをお伝えできればと思います。

最後に、本書の出版は各方面の皆さまによるご協力を得て実現したものであることを申し添えます。台湾の遠流出版社、日本の筑摩書房、そして仲介を担われた太台本屋（Tai-tai

Books）のみなさまに感謝いたします。また、翻訳をお願いした尊敬する作家の新井一二三さんは、文中の閩南《びんなん》方言や〔台湾の著名料理研究家〕傅培梅《フーペイメイ》さんの全集にもみつからない郷土料理について、繰り返し私に尋ねられ、正確さを期してくださいました。台湾をよく知り、また飲食についての著作もある新井さんに本書を翻訳していただけたことは、最大の幸運です。

ポストコロナの時代、日本と台湾の間の旅行と交流が一日も早く回復することを願ってやみません。そしてもし日本語版読者のみなさんが、本書中のルートをたどって、私の地元の食べ物を味わい、これまで知らなかった台湾を発見していただけるなら、著者として、これ以上の喜びはありません。

洪愛珠

二〇二二年七月

凡例

＊〔　〕は訳者による注です。

＊台湾は多言語社会で、漢字の読みは常に複数存在します。本書では基本的に、日本語音で定着しているものは日本語音（ひらがな）で、それ以外は中国語音（カタカナ）でルビを振りました。一部の単語については、現地での発音（閩南語、広東語）を優先しました。

＊一ニュー台湾ドル（台湾元）＝約四・五円（二〇二二年九月三〇日時点）

目次

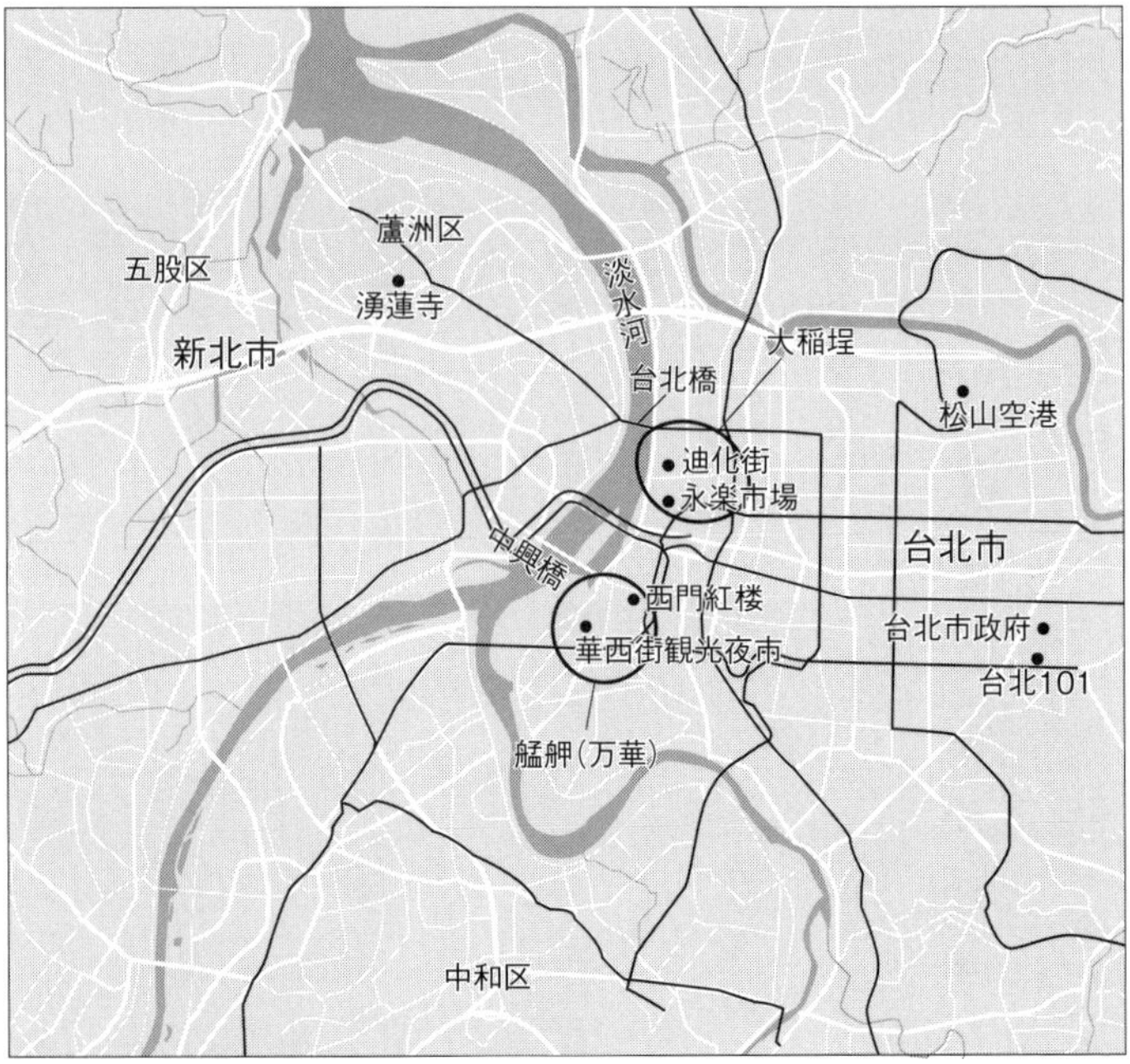

—— 地下鉄

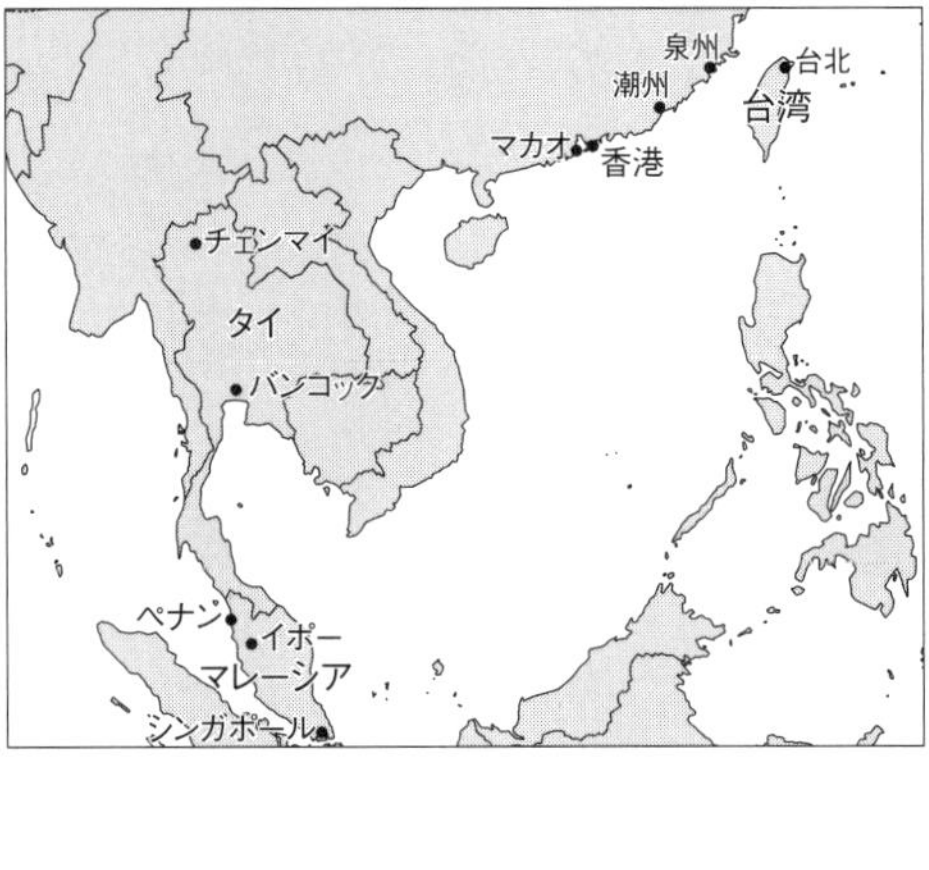

地図：
台北市・新北市（上）と
東アジア・東南アジア（下）

第一部
飲食と買い物

台所の形見

新しい家に引っ越してみると、台所が本当に小さく感じた。

I字型のキッチンは、コンロとシンクを除くと、調理台はわずか四十センチ四方。使ってみても窮屈で、用意した食材を、しょっちゅう、あっちに移したり、こっちに移したり。

とはいえ、どんなに小さくても、よいものはよい。自分のものだから。

自分専用の台所を持ったら、もう一人前だ。何を食べるか食べないか、自分自身で決められる。

あわただしく実家から移ることになったので、新しい家は空っぽのままだった。床はフローリングで、天井に電灯はついていたけれど、家具がひとつもない家に、キッチンだけは備わっていた。持ってきたのはマグカップひとつ、そして友だちとプレゼントしあったやかん。水道の蛇口をひねって、数分間水を出しっぱなしにし、水道管にたまって少し色のついた水をすっかり流してしまうと、きれいになった水を沸かして紅茶を淹《い》れ、固形の砂糖少しと牛乳を加えた。

床にぺたりと座って、紅茶をすする。目を凝らして見ると、窓の外には夜の帷《とばり》が降りて、堤防に人影はなく、水辺に生い茂った葦《あし》も暗闇の中。対する家の中は暖かい黄色で、乾いたばかりのペンキの匂いが涼しげで静かだ。こうして一人暮らしが始まり、私は自分専用の台所を手に入れた。

人生は台所から台所への旅だ。引っ越しやリフォームや結婚のため、ひとつのキッチンを離れて、別のキッチンにたどり着く。

子ども時代は特別大きな台所で育った。郊外に建てた大きな一軒家で、母方の祖母が指揮をとっていた時代。母の数人の弟たちが住んでいた一階は共用区域で、食事の時間になると、大きな食堂のほかにオープン式キッチンにもテーブルを置いて、毎食毎食、十何種類もの料理が並べられた。祖母はまた、二番目の叔父が住んでいた棟にも煉瓦《れんが》作りのかまどをしつらえて、大きくて黒い鋳鉄《ちゅうてつ》製の中華鍋を置き、山ほどのちまきや何十杯もの蟹《かに》、大量のビーフンを蒸したり、冬になるとひね生姜と餅米《もちごめ》を詰めた鴨を料理したりして、家族みんなの栄養補給をした。一族三代がにぎやかに食事をした日々から、もう十数年がたつ。記憶は、今なお鮮明なのに、まるで湯気のように、ふたを取った鍋からもうもうと湧き上がると、空中で儚《はかな》く消えていく。

母の台所は西洋式で、当時の言葉を使えば「ヨーロピアンシステムキッチン」だった。かなりのお金をかけ、新しい道具を取り揃えた台所で、収納の扉はブルーグレーの樹脂製。日本製のグリルつきコンロには、母が若い頃から見た夢が託されていた。

その台所は家の中にあるもう一つの家だった。調理台以外に、四角いテーブルが一つあって、子ども時代の私と弟は、毎日その四角いテーブルで、朝ごはんとおやつを食べた。夏には洛神花茶《ルオシエンホワチャ》〔ハイビスカスティー、ローゼルティーとも〕に愛玉《アイユイ》〔イチジク科の植物〕ゼリー、白きくらげと蓮の実のデザート。冬には花生湯《ホワションタン》〔ピーナツ汁粉〕や熱々の米漿《ミージャン》〔ライスミルク〕。おやつはすべて、愛玉の実を揉むところ、ピーナツを水に浸すところから母が手作りしたものだった。家の食堂には十人が座れる丸い紅木《こうぼく》のテーブルがあったが、それは夕飯やお客さんをもてなすとき用で、私たちは好きじゃなかった。それでしょっちゅう台所の四角いテーブルにしがみついていたのだが、それはつまり、母にしがみついていたということだ。

母は商家出身で、少女時代から毎日八十人もの従業員向けに食事を用意した。家は家で大小の宴会がひきもきらなかったから、小さな食堂並みの規模である。そのため母の作る料理は美味しかっただけでなく、鑑賞する楽しみもあった。生姜を絹糸のように細く細く切ったり、大根を連続して薄く切り出す技は、私たち子どもにとって崇拝の的だった。鍋をふるのも精確で、炒め物は超高速。

その一方、大家族の食事は決まりごとが多く、母はまた厳しかった。小さい時から、〔背筋を伸ばして行儀よく食事するために〕椅子の前方三割までに座るようしつけられた。年長者の前では好きなおかずを多めに取ることもできなかった。けれども母の台所では、お願いさえすれば、どんな食べ物も手に入れることができた。母は実家の会社に勤めていて、朝八時には出勤しなければならなかったが、たびたび暗いうちから起き出してチキンスープを煮たり、干し椎茸《しいたけ》入り玄米粥《がゆ》を炊いたりしてくれた。休みの日にも早起きして、台所の調理台に置いた十何枚もの小皿に、ハムの角切り、ピーマンの千切り、コーンなどの材料を並べ、トースト用のパンに山盛り乗せるように私と弟に言った。パンにはケチャップが塗ってあり、上にチーズをたっぷり乗せたら、オーブンに入れて焼く。そうして出来上がった西洋料理のピザトーストは、一九八〇年代の台湾で、十分にエキゾチックな食べ物だった。

ときには私たち子どもも手伝いに入り、そんな時に母は料理の秘訣を教えてくれた。たとえば、豆乳を温めるには、おたまで軽く鍋の底の角あたりをこすると、焦げないですむ。葱油餅《ツオンヨウビン》〔ねぎ入りの小麦粉生地をフライパンで焼いたもの〕を作るときは、私たちの小さな手で、生地の上にラードと塩、みじん切りのねぎを均等に広げる。茶葉蛋《チャイエダン》〔ゆで卵をお茶と調味料で煮たもの〕を作るには、箸で卵の殻を叩いてひびを入れる。色柄を綺麗につけたければ、指で箸の先のほうを握り、尖端で卵の殻を強くつく。手全体は力を抜きつつ、指にうまく力を込めると、青磁上の氷裂紋《ひょうれつもん》〔氷が割れたような柄〕のように均等な模様ができて、美味しい上、綺麗に出来上がる。

台所で食べたり遊んだりしつつ、私は成長し、母は年老いた。二十年あまりもたっぷり使ったキッチンは古くなり、留金が壊れて、キャビネットの扉が時々はずれる。ガスコンロの点火スイッチは生産停止となって、ライターで点火しなければならなくなった。母は何ごとも自分は倹約して、ひとに譲る長年の習慣のため、改修をずっと先に延ばし続けたが、病気になってから、私が台所のリフォームをしようと持ちかけると、ようやく渋々同意した。

親友のお母さんがベテランのインテリアデザイナーで、女同士の以心伝心もあり、見ばえも使い勝手もよい上に、収納もたっぷりある新しいキッチンを設計してくれた。出来上がると、私たちは新しい台所の明るい照明の下で、引き出しやキャビネットの扉を一つひとつ開いて母に披露した。母はもう体が弱っていたけれど、その時ばかりは目に光が灯った。残念なことに、母と新しい台所の縁は薄く、数か月後には天国に旅立ってしまったから、キッチンに母の料理する煙が上がったことは何度もなかった。

母はもういないけれど、母娘《おやこ》二人台所で過ごした時間は、今もなお、淡く光を放つ磁器製の食器セットに宿っている。これらの台所遺産は、私が引き継ぎ、新しい家に運んで使い続けよう。

まずは母の土鍋から。特に銘などないし、有名な窯場で焼かれたものでもない。ふたの上には竹の葉の模様が描かれ、鍋底に「耐熱鍋」と書かれた台湾製品だ。いったい何年家にあるのかも思い出せない。底は煤《すす》で一面真っ黒になったところに、一本はっきりと亀裂が入っている。長く空焚《からだ》きしたら、チッと音がして、割れてしまったのを覚えている。母はずいぶんと悩んだが、のちに専門店を見つけ、修理に出した。傷ついた土鍋は、無事に直って帰ってきたあと、また今日まで使い続けている。私はこの土鍋で鍋物をし、白粥を煮、釜飯を炊く。使い終わり、洗っているとき、あちこち傷だらけになっているのを見ると、まるで長年の同僚といっしょに深夜まで残業したときのような、寂しさと暖かさが胸に去来する。

普段の料理に使うフライパンのうち、鋳物製の一つは、母と最後にヨーロッパ大陸を旅行した際、台所用品店が集まるパリのモンマルトル通りから、運んできたものだ。鉄製のフライパンは使い終わったらすぐに手入れする必要がある。きれいに洗った後、ガスにかけ、弱火でほんの少し温めたら火を止めて、冷たい油に浸したティッシュペーパーで内側を一度ふく。きちんと手入れした鉄製のフライパンは、翌日オムレツを焼いてもくっつかない。私は性格にやや感情過多なところがあり、生き物を飼って死なせたら、とても自分が受け止めきれそうにないので、動物も植物もできるだけ身辺に置かないことにしているけれど、フライパンの世話はできる。きちんと手をかけた鉄製の調理器具は、場合によっては人間より長生きなくらいだから、別れの悲しみを恐れなくてもよい。

京都錦《にしき》市場の有名店「有次《ありつぐ》」は、たいていの人が包丁を求めに行くところで、銅鍋を買う人もいるが、母はそこでわざわざ毛抜きを買うのだった。「京都でわざわざ毛抜きを買うとは、いったいどういう道理かしら」そう問うと、母は私の目の高さで、毛抜きをつまみ、その金属の微妙な伸び具合と張りを示しながら、この高級毛抜きが、台湾の金物屋で一つ二十元の毛抜きに比べて、どのように優れているかを説明してくれた。のちに私は、わが家に伝わるレシピで、何度も滷肉《ルーロウ》〔濃厚な調味料で豚肉を煮た料理。「魯肉」は同音の当て字〕を煮るようになった。昔ながらの市場で黒豚肉の塊を買ってくるのだが、火で炙《あぶ》ってもまだ表皮に残る豚の毛を自分で取り除かなければならないとき、この毛抜きを使うと、どれほど簡単に力が入り、あっという間に抜き取れるか、身をもって知ることになった。小さな毛抜きであれ、レベルの高さははっきり目に見える。

そしてもう一つは真鍮製《しんちゅう》の玉杓子《たまじゃくし》。台湾の彰化県《ジャンホワ》花壇郷《ホワタン》で作られたもので、普通はアイスクリームをすくうのに使うが、私はいつもカップケーキを作るとき、これで生地をすくってカップに分け入れる。あの年、母は治療を始めたばかりで、体力がまだあった。ある平日の朝、私は雑誌に載った真鍮の玉杓子の写真に見惚れていた。抗がん剤治療から退院したばかりの母は、それを見て、ソファーに斜めに腰掛けたまま、ゆっくりとこう言った。

「今から車で行けば、お昼には花壇につけるんじゃないの」

そこですぐさま当時八十何歳かで、台湾最後の真鍮玉杓子職人である黄有信《ホワンヨウシン》さんに電話をかけた。

呼び出し音がしばらく続いた後、奥さんが電話に出たので、私は要件を一通り伝えた。

「それでどこから来なさるの」と奥さん。

「台北からです」

「じゃあ午後に来てくださいよ。あの人昼寝するから」。黄さんは八十歳を超える高齢で昼寝が必要、だから午後に来るように、ということなので、こちらは「もちろんです」と返事した。

ちょうど父が家にいたので車を出してもらい、母は助手席に座り、私たち三人で真鍮の玉杓子を買いに出かけた。

昼には彰化に着いたが、しばらくぶらぶらして、花壇には午後になってから入った。黄有信さんはもう昼寝から目覚めていた。仕事場は自宅の三合院〔中庭を囲み、北、東、西の三方に部屋を配置した伝統建築〕片翼の台所にある。玉杓子は十いくつもサイズがあって、一番大きいのは肉圓《バーワン》〔台湾語、澱粉《でんぷん》餅で肉餡を包んだ軽食〕をすくうのに使い、一番小さいのは涼圓《リャンユエン》〔葛団子《くずだんご》風のスイーツ〕用だ。私たちがサイズを決めるのを待ち、黄さんは真鍮の板を打ち始めた。玉杓子に仕上がったら、ハンダで柄《え》を取りつけ、柄にトレードマークの「吉」の字を刻む。私たちは黄さんを囲んで、火花が散りこぼれるさまをぼんやりと眺めつつ、繰り返される注意事項を聞いた。

「玉杓子は決して熱い湯に浸さないこと、玉の部分が落ちてしまうからね」

この一つの玉杓子のために、私と父と母の三人は、急遽《きゆうきよ》行動を起こして出かけたのだ。その後、黄さんは引退し、母は遠くの世界へ行ってしまった。あの日の詳細を思い起こすと、とても大事で切ない思いに満たされる。記憶の中で下線を引かれたような一日だ。

最後があのまな板である。

母と叔母の嫁入り道具には、どちらも祖母が心を込めて選んだ烏心石《ウーシンスー》（オガタマノキ、モクレン科の樹木）製のまな板が一枚と中華包丁が一本入っていた。わが家の中華包丁がどこへ行ったかはわからない。叔母のほうはいまだに使っていて、三十年の間に数えきれないほど研いだばかりか、木の柄は一度朽ちてしまったのを頼んで作り直してもらっている。全体に黒く、刃の上には米粒大に欠けたところがある。見るからに文化財級だが、今日まで使い続けているのは、叔母の性格がきつく見えるのは表面だけで、内心は気弱で情に厚いあかしだろう。

一方うちの母ときたら、まな板のほうを取っておいたのだ。三十年も使い続けたこのまな板が、私は恐ろしくてたまらない。

母はこのまな板が一番使いやすいと言って、果物以外の何もかもを、生だろうが火が通っていようがお構いなしに、この上で切った。「ほら、よくまな板の細菌は便器より多いって言うでしょう」と、何度も母をおどかしたのだが、一向に気にする様子もなく、使い終わったら熱湯をかけ回し、それで消毒完了だ。実際うちの一家は普通に美味しい美味しいとご飯を食べ続けて、問題が起きたことは一度もない。とはいえ母が倒れた後、食事の支度を引き継いだ私に、このまな板を使い続ける勇気はなかった。そのため、台所の片隅にしまったまま数年が過ぎた。木製のものなので、長年使用するうちに魂が宿るようで、捨てることができない。母の没後は、私よりも先輩だという思いが生じて、絶対に捨てられなくなってしまった。今ではまな板も少し薄くなって、亀裂の入った周縁部は椎茸の笠の裏側みたいになり、老人の顔のように細かな皺《しわ》が刻まれてもいる。けれども中心部は平らでまったく凹《へこ》みもないし、なにしろ非常に重くて、丈夫なことは間違いない。私はそれを新しいアパートに持ち帰ったが、最初は本当にどう使ったらよいか見当もつかなかった。そのうちに、茶器を乗せる盆として使ってみたり、たまには揚げパンを置いてみたりもするようになった。

思い返せば、母と私が最も長い時間を二人で過ごした場所は台所だった。母はひとり遠くに旅立ち、私の前途にはまだ靄《もや》がかかっている。けれども、これら真鍮製やステンレス製、木製や陶製の確かな形見《かたみ》があれば、真新しい台所でも、記憶を温め直したり、かつての日々を繰り返し思い出すことくらいはできる、と思っている。

母娘三代の買物案内

母は重病だった。最後の日々、次第に、食は細く、言葉は少なく、眠っている時間だけ長くなっていった。たまに目覚めても、命が静かに停止する方向へと、また深く潜っていってしまう。その頃私は、毎日母に何が食べたいかと尋ね、できるだけその願いを叶えようとした。病気の母に少しでも光を届けたかったのだ。母は食べ物の話をすると、笑顔になることが多かったから、そのようにして元気を取り戻してもらい、私たち今世の家族を一目でも多く見ていてほしかった。

人は終点まで行くと、後ろをふり返るものなのか。一生の間、豊かな食べ物に恵まれていた母なのに、最後の日々にはむしろ素朴で、子どもの頃口にしたような味を懐かしがった。たとえば冬瓜蒸肉餅《ドングワジョンロウビン》〔塩漬け冬瓜《とうがん》入り肉団子〕は、亡くなった祖母がよく作った家庭料理だ。ほかには白粥に漬物とか、肉でんぶを小皿に少々とか。そしてある日、母は揚げ春巻きが食べたいと言った。

揚げ春巻きはもちろん、買ってくれればいいというわけではなかった。母は病気だったけれど、頭はしっかりしていたから。テイクアウトした結果、湿気でふにゃふにゃになった春巻きの皮ほどひどいものはないのだった。一番いいのは新鮮な皮を買ってきて、炒めた春野菜を巻き、油で揚げたてのところを母の前に差し出すこと。ところが、季節は初春で、春巻きを食べる習慣の清明節〔四月五日頃、墓参りをする日〕はまだ先のため、皮を買おうにも近所の市場では容易に手に入らなかった。こういうときは、台北に出かけて、私たち母娘三代の心の故郷に頼るしかない。大稲埕《ダーダオチョン》、迪化街《ディーホワジエ》、永楽《ヨンルー》市場〔大稲埕は台北市北西部に中国からの移民が拓いた古い町。迪化街はその中心部にあり、永楽市場を中心とする有名な商店街〕である。

二年間にわたって、闘病する母の診察、抗がん剤治療、手術、急診と頻繁に付き添いを繰り返すうち、私自身の日常もリズムがくずれ去り、夜は長く昼は短くなっていった。顔は青白く、風は吹かず、温度も変わらない日々。それなのに、ひとたび迪化街に着くと、溢れる日差しに、病室の陰気さは一気に蒸発した。五感が活動しはじめ、街の暮らしの気配と匂いが、ひとかたまりになり迫ってくる。薬草や漢方の店、食べ物屋台、干し椎茸、干しホタテ、干しエビ、干しイカの匂いが立ち上り、すぐそこの霞海城隍廟《シアハイチョンホワンミャオ》であげられている線香の香りまで少々混じる。その複雑な匂いを胸いっぱい吸い込むと、ああ生きているという実感に満たされた。

混じり合う匂いの一つひとつを私は識別することができる。それぞれに際立った魅力があるから。祖母にくっついて買い物した子ども時代、母といっしょに食べたり飲んだりした時間、その結果、隅の隅まで知り尽くした場所。ここは私たち昔かたぎの台湾母娘三代が一番大好きな台北の街角。やや俗っぽく言うと「嫁に出た娘が実家に帰った」ような気持ちに満たされる。真空パックされた永遠の青春。少女の心に住む自由な小鳥。台北の城北、川沿いの大稲埕に戻れば、私たちはみな少女になる。足取りは軽く、顔色はぴかぴかだ。

実家というのも作り話ではなくて、私たち三人のうち、母方の祖母阿蘭《アラン》の実家は本当に大稲埕にあった。

日本時代の末期、阿蘭は裕福な福建系住民が住む太平町《たいへいちょう》、現在の延平北路《イエンピンベイルー》で育った。大橋国民学校六年生で終戦を迎え、日本の植民地時代が終わったあと、彼女は当時人気の絶頂にあった永楽座劇場で、結婚するまでの間、切符売りの仕事をしていた。最盛期というものを経験している人は、いずれも見えない勲章を身につけているみたいだ。ずっと後年になっても、絶世の娘役と呼ばれた大スター顧正秋《グージョンチウ》が永楽座に巡演したときの盛況ぶりを語る祖母の両目は、ミラーボールが回っているかのように輝いていた。

阿蘭は結婚し、淡水河《たんすいが》の向こう岸、観音山の麓《ふもと》にあたる郊外のそのまた郊外に嫁入りした。

本人の話によれば、エナメルのハイヒールを履《は》いて婚家に入ったところ、一歩目にしてヒールはずぶずぶと泥に深くはまり、台北娘の農村奮闘記がそこから始まったという。しかし、昔かたぎの淑女は決して自分のスタイルを捨てはしなかった。出かけるときは必ずや、ばっちりと化粧を施し、コルセットとガードルで整えた上、オーダーしたドレスに黒の細い革ベルトを締めたという。

昔の社会は女性への要求が厳しく、綺麗なだけで役立たずでは認められず、できる女であることが必須だった。そのため祖母も母も、地元では知られた料理上手である。母方の祖父は貿易業を営み、一九六〇、七〇年代には、社員が百人近く、家族も数十人、多いときには毎日、十人用の折りたたみ式丸テーブルを八つ開いて食事したという。さらに連日の宴会では、ヨーロッパや中東、東南アジアから来たお客さんたちを、三日かけて準備した華麗な台湾料理と自家製のお酒でもてなした。

そのため、祖母が買い物するさまは、大家の奥様そのものだった。日常の買い出しは、主に家の近くの蘆洲《ルージョウ》中山《ジョンシャン》市場に行ったが、魚や肉や果物などは、まるで壁に飾るカレンダーを買うかのように、見栄えのよい上等な品を選んだ。量が多くなるとひと声かけて、店の人に家まで配達させた。ただし、お祝いやお客さんとなれば、必ずや大稲埕の永楽市場に里帰りした。

大稲埕は百年以上も前からずっと乾物や高級食材の集散地で、かつては出張料理人たちも集まっていたから、ここに来れば人材も食材も一度で手に入った。その信頼感を母も引き継いでいて、お客さん料理に必要な高級食材、アワビ、ナマコ、フカヒレ、魚の浮き袋、クラゲ、キヌガサタケ、原木椎茸、日本産干しホタテ、デザート用の雪蛤《シュエハー》〔ハスマ、蛙の内臓から取った乾物〕、そしてクリーム色でしっとりした宜蘭《イーラン》産落花生などは、必ずわざわざここまで買いに来た。祖母と母二人の信頼した老舗があり、商品を選ぶ厳密な基準があった。

孫の代で最初に生まれた私は、祖母のお出かけともなれば、どこへだろうと必ずお供として連れ出された。さまざまなご馳走で溺愛された分、ぷくぷくと太ったこと、何歳になっても記憶し続けることは、祖母へのお返しである。祖母の行きつけに、母と私が近年見つけた店も加えて、昔かたぎの買い出し地図が完成した。川辺で時はゆっくりと流れる。台北旧市街迪化街の古い街屋は、エドワード・ヤン監督作品『台北ストーリー』で、夜走る車のライトに、ファサードの華麗な飾りが照らし出されていたが、近年修復されて、竣工時のより優美な姿で甦り、流行りの店や観光客を引きつけている。それでも老舗が生き残ってさえいれば、暮らしの気配は相変わらず濃厚で、完全に姿を変えてしまうことはない。私たちは老舗を中心に、三代の記憶を縦糸横糸として、自信を持ってこの街を歩き回る。

永楽市場と迪化街へは、延平北路三十六巷〔横町〕と表示された小道から出入りする習慣だ。昔はこのトンネルのような入り口の左右に一軒ずつお菓子屋があった。今は「永泰食品行《ヨンタイ》」一軒だけになり、それでも相変わらず昔ながらのおやつを売っている。祖母は甘いものが好きで、甘納豆と私の好きな蛋酥花生《ダンスーホワション》〔卵ピーナッツ〕を買った。ピーナツに卵の衣をまぶして揚げたもので、とてもさくっとした口当たりだ。もし母と行くならば、そら豆やスイカの種など塩味のスナックを買っただろう。

トンネルを抜けて右に曲がったら、民楽街《ミンルー》で涼茶《リャンチャ》〔薬草茶〕を飲む。私たちの買い出しは、店の名を覚えているとは限らず、位置と人の顔で店を認識している。たとえば民楽街に二軒ある薬草の老舗「滋生《ツーション》」と「姚徳和《ヤオダーホー》」は、以前は店の作りがまったく同じだったが、そのうち年配の奥さんが店番しているほうを行きつけにしていた。それは奥さんが髪はグレーなのに、肌は赤ちゃんのように白くてきめ細やかだったためで、どうしたってその店の涼茶に解毒の神秘的効果があるとしか思えなかった。数年前、その奥さんが引退してしまったのち、改めて確認し、ようやくその店が五十三番地の滋生薬草店だとわかった。

迪化街には漢方薬局が多く、評判もとびきりよい。私は一九八〇年代生まれで、漢方薬のお世話になることはあまりないが、たまに上等の香料や匂い袋、胡椒《こしょう》やシナモンが必要になると、母ご指名の「生記薬行《ションジー》」に向かう。生記で薬材を買うのは、それ自体癒しの体験だ。他の店の中には派手な飾りに大声で客を引こうとするところもあるが、生記は売り場の人も配置もすっきりして穏やかだ。肉を煮るときのスパイス一つ買うにも、薬剤師が逐一薬棚の木の引き出しを開け、取り出したら、目の前で上皿天秤ばかりに乗せて量ってくれる。アーケードでは多くの店が品物を店先に積み上げているが、太陽光線と湿気で変質は免れない。その点、生記では薬材を紙の上で合わせたら、木綿の袋に入れて縛り、見る間に、包装紙できれいに包み上げてくれる。

迪化街で乾物を買うには、ぶらぶら見て歩きが欠かせないとはいえ、見る目が必要だ。店ごとに得意分野があるので、一軒ですべてを揃えることはできない。まず、店先に大量の砂糖漬け果物やナッツやカラスミを積み上げている店は除外してよい。ドライフルーツの色が美しいほど、より怪しい。ここの老舗は、それぞれに矜持《きょうじ》があるので、上等な品を店外に晒《さら》しておくことはなく、尋ねて初めて、店内の冷蔵庫から漂白していない天然のキヌガサタケや燕《つばめ》の巣、魚の浮き袋を取り出して、産地の説明もしてくれる。客の側には品物を見る目があり、店の側には客を見る目がある。祖母も母も見るからに大家の奥様風情であったばかりか、品物についての質問や受け答えも立派だった。私のような駆け出しが一人で行った場合には、知らんぷりされてしまうことなどざらにある。

餅菓子や焼き菓子について。お祝いやお供えに使う麵亀《ミエングイ》〔亀の形に似せた軽いカステラ状の赤い菓子で中に小豆餡が包んである〕や糕潤《ガオルン》〔餅米粉にタロイモを混ぜて蒸しあげたもの〕、鹹光餅《シエングワンビン》〔中央に穴が空いた小ぶりな丸パン〕などを買うなら、延平北路の「龍月堂糕餅舖《ロンユエタンガオビンプウ》」か「十字軒《シーズーシュエン》」がよい。龍月堂の開業は祖母の誕生と同じ一九三二年なので、私はこっそり自分だけの記憶庫に保存していて、買い物に行くたび、密かに店の年齢を数えては、心からお祝いしている。

龍月堂の緑豆糕《リュウドウガオ》〔緑豆粉と餅米粉を混ぜ、固めた小菓子〕や塩梅糕《イエンメイガオ》〔塩梅の実と餅米粉、砂糖などを混ぜ、固めた小菓子〕などのいわゆるお嬢さん菓子は、大変細かい手作業で作られ、赤い文字を印刷した紙に包まれている。一つの包みに六枚入りで、一つひとつは指の爪ほど小さく、口に入れるとすっと溶ける質感が大変精緻だ。舌の上に緑豆糕を乗せて、お茶を口に含むと、口の中でふんわりと香りのよい煙になり、消えてしまう。

椪餅《ポンビン》は中が空洞の菓子で、底の内側に薄く糖蜜が塗ってあり、杏仁茶や麵茶《ミエンチヤ》〔麦こがしの汁粉〕などの甘いお汁粉類にぴったり合う。買ったら大事に持ち帰らないと、欠けてしまった椪餅は悲しすぎる。十字軒隣の「加福奇士《ジャフーチーズ》蛋糕《ダンガオ》〔チーズケーキ〕」専門店で一番人気は、もちろん看板のチーズケーキだが、実は椪餅も皮の層がとても薄く焼きあがっている。おもむろに崩してピーナツ汁粉や杏仁茶を注げば、寒い冬に心から温かくなるだろう。

このあたりの菓子店は、どこも当たり前のように涎餅《よだれもち》こと鹹光餅も扱っている。真ん中の穴に赤い紐を通して離乳期の赤ちゃんの首にかけてあげるものだが、台北ではもうかなり珍しくなってしまった。とはいえ、考えてみれば、今の時代に子どもを産んで育てることは、涎餅を買うより余程難しい。

二、三世代の女子が連れ立って、真剣に買い物するならば、そこには当然飲食も含まれる。この辺りで軽く麵でも食べるには、永楽市場周辺に何軒か米苔目《ミータイムー》〔うどんのように太く丸い米麵〕専門で、干しエビと油葱《ヨウツォン》〔九〇頁参照〕のスープにニラの緑が美しい店があり、祖母のお気に入りだった。母はというと、安西街《アンシー》の老舗「売麵炎仔《マイミエンイエンザイ》」に向かって、スープ入りのビーフンに、焼き豚かレバーを追加することが多かった。

この他、二人とも帰綏街《グイスイ》の「意麵王《イーミエンワン》」本店に心からの愛を感じていた。意麵王は汁なしのあえそばもワンタンもおかずも美味しいが、二人の心は一貫して、食後のかき氷に向いていたのではないかと私はにらんでいる。わが家で語り継がれているところによると、意麵王はもともととかき氷が専門で、麺はあとになって売り出したのだから、この麺屋ではむしろかき氷を注文するほうが事情通で、一文字も間違えずに「紅麦布牛《ホンマイブーニウ》」と暗号並の略称をすらすらと言えたなら、それこそ常連客ならではの洗練ぶりを示したことになる。「紅麦布牛」は「トッピング全部乗せ」を意味していて、紅豆《ホンドウ》、麦角《マイジャオ》、布丁《プーディン》、牛乳〔小豆、オートミール、プリン、練乳〕の略称である。そのうち、オートミールとプリンは、私個人がかき氷店を評価するにあたって重視する基準だ。芯がやや硬くて薬の匂いがする薏仁《イーレン》〔ハトムギ〕ではなく、甘く柔らかく滑らかに煮えたオートミールを選び、名の知れたブランドの冷凍プリンではなしに、柔らかく濃厚な卵プリンをとるあたりに、店の気骨と根本的審美眼が現れている。

長年大稲埕に通い、築百年の建物を行ったり来たりして、老舗で食事し、子どもの頃に食べたものを買う。高速で進む時代の折り目や隙間に、そうして自分の身を隠していれば、時が過ぎるのをごまかせるかもしれないと思っていたが、やはり願い通りにはいかなかった。

今日来たのは、母に春巻きの皮を買って帰るためだ。忘れてはいない。

永楽市場の一階にある朝市の「林良号《リンリャンハオ》」に到着した。丸顔で明るいおばさんとお兄さんが、お父さんから技を引き継いで、春巻きの皮を作るこの店は、創業九十年近い。林良号の商品は古いリズムと時の詩だ。湿った生地の塊を手に持ち、焼き台の上を軽く撫でると、薄くて絹のように白い皮が生まれ、さらに爪先で地面に触れるように何箇所か軽く補うことで、厚みも均等に仕上がる。湿った生地が乾くのを待ち、両手ではがすこと何百枚、何千枚。ごくごく薄く光を透す皮が、毎分毎秒重ねられていくようすは、時の経過のあかしそのものだ。黙って脇で見ているうちに、心の中のわずかな塵《ちり》も、静かに地面へ舞い下りる。

おばさんに春巻きの皮を頼むと、忙しく手を動かしながらも、親しげに返事をしてくれる。閩南語《びんなん》〔中国福建省南部を起源とすることば。いわゆる台湾語〕で少々おしゃべりし、祖母や母の話になる。しばらくしてから、おばさんが優しく小さな声で尋ねる。「おばあちゃんはお変わりない？　お元気にされてる？」。その純粋な善意によって、今しがたまでの昔話に、私が知る限り最も暗く深く底無しの穴が開く。

「亡くなりました」

祖母が逝《い》って十年。まだずっと一緒だと思っていた母は、今もう一分一秒というところまで来ている。いつの間にか、二人とつないでいた手が離れ、長い長い百年来のこの道で、周囲を見わたしても、ひとり、私しかいない。

わたしの蘆洲ノート

実家があるのは台北郊外の新北市《シンペイ》で、五股《ウーグー》と蘆洲《ルージョウ》という二つの区の境目あたり、行政区分としては五股区に属する角地である。全戸で五百に満たない小さな町は、面積が狭く、人口も少ない。今日でもまだスーパーすらなく、当然ドラッグストアや屋台街などもない。町民はだいたい互いに顔見知りで、詳しくたどれば親戚にあたる。町には旧式の雑貨屋が二軒だけ。そのうち一軒は七十年あまりの歴史を持つ赤煉瓦の建物で、子ども時代、お使いに出されると、祖父の古い知り合いだという店主は、まだ計量に天秤《てんびん》ばかりと算盤《そろばん》を使っていた。

町と農村の境目では、ライフスタイルの振れ幅が大きい。静かな田舎は、日が暮れると道に人影すら見えないが、窓の向かいには、新興住宅地蘆洲で暮らす人々の家に数え切れないほどの灯りが点っている。辺境暮らしでも、市場や軽食店に行ったり、アイブロウブラシを買ったりする必要が生じるが、その場合は、排水溝を一本越えれば、蘆洲までわずか二百三十歩。というわけで、今からみなさんにご紹介する私の地元とは、道を一本隔てた蘆洲のことである。

よその土地にお住まいの方は、格別な事情でもない限り、わざわざ蘆洲に来ることはないと思われる。ここは一般人が普通に暮らす場所で、旅の目的地にはなりそうもないから。

ごく少数の本格的旅人を除き、多くの人は旅行するなら、遠くの場所に憧れるものだ。忙しく煩わしい日常からなんとか抜け出して、短い間でも新しい自分になり、素敵な写真を何枚か撮りたい。そのためには、できる限り大都市や景勝地を目指すだろう。名物を食べるとか、そうでなくても満開の花を愛でるとかして、思い出をつくったり、SNS上でのつきあいに役立てたりする。だから台北の人が台湾島内で旅行するとしたら、南部の台南《タイナン》か東海岸の花蓮《ホワリエン》、台《タイ》東《ドン》、あるいは離島に行く。地方から台北市に来る人は、西門町《シーメンディン》〔若者に人気のエリア〕や信義《シンイー》区〔台北新都心エリア〕に行き、流行りの食べ物屋に行列するのだ。旅人の時間はたいてい限られているから、町外れの蘆洲やその他の場所は素通りされることとなる。

素通りしたからといって、残念だとも限らないが、私の経験から言うと、ある種の場所は、まったく予想していない分、かえって面白かったりする。家から大して遠くもないが、しばらく行っていなかったり、縁がなかったりした場所が、あたかも異国に足を踏み入れたかのような印象を残すのだ。

ある時、会議からの帰り道に、同じ新北市に属する三峡の町を通ったところ、道路脇に車が停められそうだったので、徒歩で市街地に入って行った。夕方で、にぎやかな店がシャッターを下ろしたあとの街は化粧を落としたよう。犬の鳴き声が響く長い道には人影もなく、古い街《まち》屋《や》に施された彫刻の、華麗な鑿《のみ》の痕が少しずつ影の中に没していく。その輪郭が、寂しげで美しく、また気高かった。別のあるとき、同じ新北市は中和《ジョンホー》の華新街《ホワシン》でのこと。騎楼《チーロウ》〔歩道の上に建物の二階以上が迫り出し、アーケードを形成する建築スタイル〕下に大勢集まって、お茶を飲んでいるおじさんたちは、遥かに遠い雲南の言葉を話していて、蝦醬《シャージャン》〔エビを発酵させた調味料〕とにんにくチップの香りが空中に漂っていた。市場の中には、東南アジア料理でよく使う香草類を山積みにした手押し車が一、二台。あれだけの香草類は、台北で十か所の市場を回っても買い揃えることができない。

中年に近づいて、旅の興趣は、心境の変化の中に、あるいは表裏をうがつ視線の中に生じると感じるようになった。こうした地元にある異国、素朴な暮らしの場は、歴史の痕跡が複雑に層をなし、逆に面白い。というわけで、日頃地元で過ごすことが多い私の目から見た蘆洲の記憶、日常の中で見つけた長所について書いてみる。よそにお住まいの方々の参考になるよう、あるいはわずかでも旅人の気分を届けられるよう祈って。

その一：お寺とお宮

もし蘆洲に来るならば、午前中をお薦めする。人出が多くてにぎやかだし、食べ物もたくさんあるから。台北地下鉄に乗り、三民高中《サンミンガオジョン》〔高校〕駅で下車、一番出口から出たら、あとは道路標識に従ってでも、スマホの地図を見ながらでも、容易に得勝《ダーション》街の湧蓮寺《ヨンリエンスー》に着くことができるだろう。ここが蘆洲旧市街の中心で、宗教の中心、市場の中心、人混みの向かうところだ。

蘆洲は旧名を鷺洲《ルージョウ》、河上洲《ホーシャンジョウ》、和尚洲《ホーシャンジョウ》とも言った。名前が変わっても、洲の字がついて回るのは、かつては川辺で水の多い場所だったからだろう。湧蓮寺は地元で最も地位の高い寺院だ。霊験あらたかなばかりか、比較的海抜が高く、大水の際水に浸かることが少なかったから、商店が周囲に集まり、にぎわった。湧蓮寺の本尊である観世音菩薩は、中国浙江省舟山列島から来たもので、台風の中、台北の渡船頭《ドウーチユワントウ》〔現在の淡水〕まで漂流し、現在地に落ち着いて二百年近くになる。建物はこれまで繰り返し改修されて、元の姿は残されていない。現在の姿は一九八〇年代に改築されたものだが、大変大きく、並々ならぬ迫力がある。

お寺を見るのに、名所旧跡として、あるいは工芸品として見る人もいるだろうが、湧蓮寺に関して言えば、見るべきは人々の姿、庶民の暮らしだ。

台湾では、どの町にも発展の基礎となった寺廟《じびょう》があり、門前で商売が栄えていった歴史がある。けれども湧蓮寺の場合、そのにぎわいが通常の程度を越え、門前の中山市場も当たり前の規模ではない。蘆洲の現在の人口もまた、一般の水準ではない（二十万人を超えている）。そのため湧蓮寺の高台から周囲を見下ろすと、門前の広場を含めて、放射線状に広がる市場の範囲内に、数多くのブリキ屋根でおおわれた小道が広がる。日中は朝市、夜は夜市、車は侵入禁止で見渡す限り人人人。各店の売り子があげる声が四方に響き渡る。

地元の人たちが次々と寺の境内にやってくるので、特別な行事のない日でも、お供え用のテーブルは七、八割埋まっている。お供えの多くは小さな菓子類や二、三個のみかんなどで、おそらくは買い物ついでに通りかかって、挨拶がわりに置いていったのだろう。寺の門の外では、両手にいっぱいの買い物袋を下げたまま、遠くから手を合わせて拝む人々の姿がある。廟の中にも外にも、熱く、暖かく、生き生きとしたこの世の勢いがあふれている。

この世の勢いというものは、人数が多ければあふれるというものではなく、道路が最も混み合う時間の信義路交差点や、地下鉄の中も、人は大変に多いが、そこにあるのは勤め人の倦怠《けんたい》と疲労だ。もし気配に色があるならば、鼠《ねずみ》色の塊。

数代にわたって、同じ寺廟の世話になっていると、縁は必ず深くなる。わが家の祖母、母、私の女三代は、みな湧蓮寺に帰依《きえ》してきた。祖母は寺を閩南語で「大廟《トウアビオ》」と呼んでいた。子どもの頃、病気になると、祖母は大廟に行って、平安水《ピンアンツイ》と呼ばれる水をもらい、私に飲ませた。当時、新人ママであった母は、子どもにお寺の水を飲ませるとは迷信も甚だしいと言って、祖母と口喧嘩になった。母が予想もしなかったことに、娘は信心深く育ち、境内に入るたび、まずは入り口で平安水を二杯も飲んで、身も心も強くなったように感じるのだ。

母にとっての大廟は、安太歳《アンタイスイ》〔厄除け〕の儀式が中心だった。毎年の旧正月前に、母は一家を代表して行列に並び、干支《えと》の年周りによって、誰かに悪いことが起こらないようお参りした。私が三十歳を過ぎて最初の数年は、母と連れ立ち大廟に行った叔母が、「娘のために縁結びの灯明《とうみょう》もあげたら」と勧めた。母は昔かたぎではあったが、結婚に関して俗っぽいことは言わなかった。「娘が家にいてもいいじゃないの、慌てて嫁に出す必要などありません」。縁結びの灯明は何年もあげられず、そのうち母は亡くなってしまったので、私の結婚問題は一貫して自分自身に託されている。

儀式が亡くなった人にとって有益かどうかはわからないが、私のような遺族にとって、儀式は十分に有意義である。母が亡くなってから今日まで、わが家で昔通りに安太歳の儀式が行えているのは、湧蓮寺から毎年通知書が届くからだ。ピンクの紙に、家族それぞれの名前、生まれた年月日時間と干支が書いてあり、本厄は誰、前厄や後厄は誰と明示し、安太歳の儀式をするべき人数とあげるべき灯明の種類も指示されるから、その通りに実施すれば、心配なく落ち着いて厄年を乗り切ることができる。

家族は遠く離れることがあっても、大廟は永遠だ。私は毎週買い物に行き、時にはお寺に入って一階から三階まで順番に線香をあげるが、たいていは両手を合わせて心の中で祈るだけだ。毎回必ず入り口で水を飲み、時にはお手洗いを借りる。いつも暮らしの中にある場所で、しみじみ親しみを覚える。湧蓮寺の後殿にある懋徳宮《マオダーゴン》には〝国姓爺《こくせんや》〟鄭成功《ていせいこう》が祀られていて、境内も広い。ここには一面銅版に刻んだ壁画があり、鄭成功がオランダ人を降伏させた図が描かれている。壁画の前の軒下には、ベンチが何列か整然と並べられていて、私は多くの人同様、ここにしばらく座り、お線香の煙を浴びながら、日の光や降る雨を感じるのが好きだ。

蘆洲には十八世紀末、すでに福建省泉州の同安《どうあん》から来た移民たちがいた。早くから開発が進んだので寺廟も多い。住民は李姓と陳姓が中心で、この辺りの寺廟で壁に貼られた寄進者一覧を見ると、李姓が圧倒的に多い。湧蓮寺以外で地元の主だった寺廟としては、ほかに成功路の保和宮《バオホーゴン》もあるが、保和宮はもともと李一族の家廟だった。「保」の字は保生大帝《バオシヨンダーディ》を指し、「和」

は旧地名の和尚洲から取られている。

「保生大帝」は同安人にとって大切な信仰の対象であり、本殿は清朝時代から今日まで残る木造建築だ。工芸が実に美しく、市の文化財に指定されている。現在、建築時の様子を研究しつつ修復が進行中のため立ち入り禁止だが、望む人はレンガ瓦を寄付できる。数百元、数千元という少額の寄付も可能で、そうして贈られた小さな気持ちの積み重ねが、文化財の一部になるのである。

その二：伝統菓子屋

湧蓮寺近くの「龍鳳堂餅舗《ロンフォンタン》」は地元の有名店だ。菓子の材料が確かで、客対応も誠実かつ感じがよいから、長年繁盛している。私の地元五股には土地公《トゥディゴン》〈福徳正神、地域の守り神〉を祀《まつ》った廟があるが、毎年祭祀《さいし》に使う餅亀《ビングイ》は、すべて龍鳳堂に注文したものだ。一つ三キロ以上ある餅亀は約五十個ものカレー風味のパイでできている。豆の餡は濃厚で、肉の粒も味がよく、わが家全員の大好物だ。ある年、主催者がこっそり別の店に餅亀を頼んだところ、値段こそ少し安かったものの、町の人たちは食べてすぐに気づき、抗議が殺到して止《や》まなかった。その後は誰も他の店に頼むことはない。

龍鳳堂に菓子を買いに行くと、ときどき奥さんに会うことがある。色白で、銀髪が雲の端のように光っている。一種の古風な奥様気質で、性格は穏やか、頭がよく、洗練されていて、各方面に気配りする。今年の旧暦一月九日、天の神様玉皇《ユイホワン》の誕生日に、親戚と一緒にお菓子を買いに出かけたところ、お祝い用の特製スポンジケーキが赤い紙コップにたっぷり、ゆったりと詰められていた。通りかかった奥さんは、ケーキに見惚れている私に一つつまんで寄こし、「今朝仕込んだばかりよ。どうぞ。美味しかったら次買ってね」と言う。また別のとき、たくさんお菓子を買って、支払いを待っていると、奥さんがやってきて少しまけてくれた。

よそに出かけると、ときに店の人から冷たい扱いや乱暴な対応を受けたり、同じ文句をお経のように繰り返されることもあって、人間らしい話が通じない目にも遭う。そこへいくと、奥さんの声かけは、自然で温かく、客対応というよりも、純粋に人への細やかな思いやりだ。こうした昔かたぎの思いやりや温かさは、もともとわれら台湾人の得意とするところだったはずだ。

一つ付け加えると、テレサ・テンが子どもの頃住んだ眷村《けんそん》〔第二次世界大戦後に渡台した中国兵の家族宿舎〕が、龍鳳堂のすぐ近くにあったが、すでに新しいマンションに建て替えられた。

それでも、面白いことに、龍鳳堂に電話をかけてお菓子を注文するとき、電話機からテレサ・テンの歌う『甜蜜蜜《テイエンミーミー》〔愛は甘く〕』が聞こえてくることがあるのだ。お菓子は甘く、心も甘いというところ。

その三：切仔麵

蘆洲に来たなら、ぜひどこかの店で切仔麵《チエザイミエン》を食べてみてほしい。ここが発祥の地である。

よその人たちの中には、切仔麵はスープが薄くて、どこが美味しいのかわからない、という人がいる。それは多分、まともな麵をすすって、美味しいスープを飲み、歯応えのいいゆで肉を食べたことがないためだと思う。一度蘆洲に来て、切仔麵を食べると、多くの人は考えを改める。

蘆洲の切仔麵店は、台湾全体で最も数が多く、競争が激しいために、なべて水準が高い。切仔麵そのものについては、別項〔第二部「麵を食べる予感」〕に書いているので、ここではちょっと別の話、営業時間について書いておこう。

地元の切仔麵店の中には、朝に開店して午後三時、四時までで営業を終了し、晩飯の時間は営業しない店がある。それが、本来の切仔麵の売り方なのだ。たとえば「大廟口《ダーミヤオコウ》」、「大象《ダーシャン》」、そしてちょっと離れた場所にある「和尚洲《ホーシャンジョウ》」、「鄭記猪母《ジョンジージュウムウ》」、「阿三《アサン》」など。橋を渡って五股に入り、凌雲路《リンユン》の「阿勝《アシヨン》」もそうだ。こうした店は、通常店先に冷蔵庫を置いていない。その日の朝入荷した、まだ温かい黒豚の肉と内臓をゆで上げて棚に並べ、客が注文するのを待ってスライスし、スープの中で何度か揺すったらすぐに上げる。これが台湾北部流の黒白切《ヘイバイチエ》〔おかず盛り合わせ〕だ。棚の上の肉を売り終わったら、そろそろ店じまいの時間だ。ゆで肉は一度も冷蔵庫に入れていないので、噛むと甘いし、弾力に富んでいる。そこへ行くと、冷蔵庫に入れたものは、どうしてもぱさつく。さらに一段ひどいのは、早いうちから肉をスライスして冷蔵庫内に積み上げておくので、夜になり、敏感な人が口に入れると、冷蔵庫の霜の味がするだろう。

切仔麵にとってスープは魂だ。蘆洲には「固湯頭《グウタントウ》」〔ザ・スープ〕という名の店まである。豚の大腿骨《だいたいこつ》を煮出したスープは味に厚みがあり、豚肉の旨味が感じられ、ラードと揚げたエシャロットの香りが鼻をくすぐる。白髪頭の店主が昔語りに話すには、長い修行が終わって独立してからも、毎日必ずスープを一杯師匠に届けて、味が変わっていないか確認してもらったそうだ。この町は麵を食べる人が非常に多く、スープの中で煮る肉の量も多く、結果的にスープの旨味が何倍も濃い。だから、蘆洲の麵はよそより美味しいのだ。それは相当程度、地元の人たちの愛と真剣さによっている。

教訓とされている逸話もある。以前、一軒の有名店が、経営者が変わったのを機に、メニューを何倍にも増やし、あれも売り、これも売り、小さな食堂ほどにまで規模を広げた。その結果、商うゆで肉の分量が激減し、スープはめっきり薄くなった。薄いスープに水を足して麵をゆでても、地元の客たちは騙されない。結局、段々と廃《すた》れてしまったそうな。

蘆洲の飲み物をふたつ

この二、三十年の間に、台湾ではすっかり道端のドリンクスタンドが定着した。当初、カクテル用のシェイカーで紅茶を揺らすことから人気に火がついたため、とっくの昔にシェイカーを使わなくなり、お茶以外の飲み物を売るスタンドが増えても、通称は「手揺茶《ショウヤオチャ》」、若者言葉では「揺揺《ヤオヤオ》」のままだ。いまだに友人間では「揺揺でも飲もうか」という言い回しが使われている。「揺揺」は海外にも広がり、日本で近年タピオカミルクティーが大ヒットしたばかりか、香港やマカオの繁華街、バンコックのショッピングモール、シンガポールやマレーシア各地でも流行し始め、ファンが多いのだとわかる。

ヨーロッパでは、十年前にはまだ珍しかったので、たまに見かけると、故郷に戻ったかのような懐かしさを覚えたものだ。一度ベルリンのKaDeWeデパート近くで、薄いTシャツに半ズボン姿、足はサンダルばきのアジア人青年を見かけた。彼は片手の親指と人差し指だけでプラスチックのカップを支えていて、その薄い樹脂の膜には太いストローが真っ直ぐ突き刺してあった。指先でカップの口のあたりを軽く押さえている様子に加え、リラックスした表情、そしてカップの中の飲み物には、かみごたえのある何かが入っているようだったから、尋ねるまでもなく、あっ台湾人だとわかった。私が台湾を出てから二年あまり経った頃で、一瞬にして、周囲の景色が蘆洲か新荘《シンジユワン》、永和《ヨンホー》、あるいは彰化《ジャンホワ》、員林《ユエンリン》、雲林《ユンリン》、斗六《ドウリウ》のとある田舎のにぎやかな街路に変わったかのように、私は思わずぼーっとしてしまった。

この種のドリンクスタンドは、台湾ならどこにでもあるとはいっても、喜んで飲む人がいる一方で、ほとんど飲まない人も、また少なからずいる。

私は子どもの頃から、外で売られている甘い飲み物をあまり飲まなかった。それは自分で決めたことではなく、母が許してくれなかったのだ。その一方、母は家で自家製のドリンクを作ってくれた。小学校時代の夏は、旧型のフィリップ社製冷蔵庫の扉部に、洛神花茶《ルオシエンホワチヤ》、冬瓜茶《ドングワチヤ》、蜂蜜水、冷豆乳などが、時には数種類同時に、リサイクルの光泉《グワンチユエン》牛乳の瓶に入れられて、子どもの手に届く高さに、ずらっと並べられていた。

大学に入った頃には、ドリンクスタンドの流行から、もうしばらくたっていたが、私も時々は飲むことがあった。ところが留学先のロンドンでは、滅多《めった》に見かけなかったし、たまに見かけても、とても高かった。元々それほど飲んでいたわけではないので、次第に飲まなくなって今に至る。現在、外出中には水のほか、できる限り、昔からあるものを飲むようにしている。

さとうきびジュース、薬草茶、スターフルーツジュース、酸梅湯《スワンメイタン》、あるいは搾りたてのフレッシュジュースなど。これらの単純に草や植物から搾り出したり、漬けたり、煮出したりしただけの台湾の飲み物は、アジアの、それも亜熱帯の島に生まれた幸せを感じさせてくれる。

蘆洲の湧蓮寺周辺には長年、いつも市が立っている。午前中は生鮮食料品の市場、日暮れ後は夜市で、守備範囲が広い。近年は暑い期間が長くなり、体もまいりがちだ。私は午前中ここで買い物をして、喉が乾いたら、湧蓮寺の平安水を飲むほかに、時には何軒かある老舗で飲み物を買う。こうした店は、地元で四十年、五十年と営業していて、私よりも年長だ。

何を飲むか。それは体が何を欲しているかに従う必要がある。

さとうきびジュースが飲みたくなるのは、市場での買い物に時間がかかって、真昼の日差しが強く、血糖値が下がってきて眠気を催しているとき。一杯のさとうきびジュースで、すぐに元気が出て、頭も目もすっきりする。大衆爺廟《ダージョンイエミャオ》の曲がり角近くにスタンドが出ているが、店名もなく、住所もない。売り物もさとうきびジュース一種類だけ。同じ場所に数十年立って、商いを続けている。

さとうきびジュースの作り方は最も単純で、ただ原料のさとうきびを圧搾《あっさく》するのみだ。さとうきびは砂糖の原料で、そもそも甘いから、糖分を加える必要がないし、水分が多いから、水を加える必要もない。理屈から言って、どの店でも同じ味になるはずだが、なぜかそうはなっていない。

ここのスタンドは、赤きびを使い、白きびは使わない。赤きびはそのまま食べられるものだ。子どもの頃、母方の祖母は、よく皮をむいたさとうきびを袋いっぱい買ってきて、食べさせてくれた。家族の老人と子どもが、肩を並べて座り、さとうきびを噛む。歯の間で絞り出したさとうきびジュースを吸い取ったら、ぺッぺっと、茶碗一杯ほどもかすを吐き出す。口寂しさを解消できて、なおかつカロリーをとりすぎることもない、上品ではないにしろ、罪のない素朴な暇つぶしだ。侯孝賢《ホウシャオシエン》監督の映画『風櫃《フンクイ》の少年』の中に、ストーリーには直接からまないが、主人公たちが市場でカセットテープを買うとき、ついでに道端で売っているさとうきびも買って、かじりながら歩くシーンがある。あのシーンを見ると、世の中は変わったということがよくわかる。今もし、急にさとうきびがかじりたくなったとして、わざわざ探しに行っても、見つかるとは限らない。時間は忍び足の泥棒だ。誰も気づかない間に、こんなふうにして、誰もがさとうきびを噛んでいた社会を、探してもさとうきびが見つからない社会に変えてしまうのだから。

赤きびの皮は赤紫で黒っぽい。皮をむかないとジュースにできないのは、皮の色でジュースが黒く濁ってしまい、見かけが悪くなるからだ。白きびの皮は緑で、皮ごと搾っても色がつかない。糖度もより高いが、繊維が太くて硬いため、直接かじることはしない。

ここのさとうきびジュースは、店主の家族が、きびを洗って皮をむくところから、すべて手作業で行っていて、仲卸しから半加工品を仕入れるのではない。一本ずつきびをよく見て、乾き切ったところで初めてジュースを搾る。さとうきびは栄養があるが、腐りやすく、また皮に汚れが残りやすい。皮ごと搾ってしまったら、身の鮮度も皮の汚れも見極めようがない。だから、人によってはそこまで考えて、白きびのジュースは飲まず、もっぱら赤きびのジュースを飲むのだ。

この店はただ一種類のさとうきびジュースのみを売っている。冬には時々温めたジュースを売ることもある。夏の冷たいきびジュースは、冷凍したきびを搾って作る。暑い時期にはさとうきびの足が早くなるから、店のほうでも温度管理が厳しくなる。「買ったらすぐに飲むか、すぐ冷蔵庫に入れるかしてね」。屋台では骨董のようで不思議な冷却システムが稼働している。圧搾機が二つの蛇口につながっていて、冷凍きびを搾ったジュースはそのうちの一つから直接アクリル樹脂の容器に流れ込む。容器の中に冷却装置があって、ジュースは冷やされた状態で保管される仕組みだ。同時に、常温のジュースを希望する客のために、店では一部だけ常温のさとうきびを用意している。注文を受けて搾ったら、もう一つの蛇口から出るのを受ける。二つのルートは交わらない。

のぼせを感じたり、脂っこい料理を食べすぎたりしたときには、涼茶《リャンチャ》〔薬草茶〕を飲む。中央路一帯や中山市場のそばには、かつて何軒か青草茶《チンツアオチャ》〔涼茶の一種〕の店があったが、今はもう二軒だけで、「怪老子《グワイラオズ》」〔「変な爺さん」の意〕の店と宏記《ホンジー》朝鮮人参漢方薬店の入り口にある店だ。

怪老子が怪老子と呼ばれるのは、近くに「二牙《アルヤー》」という「国術館〔接骨院〕」があるため。怪老子と二牙はどちらも金光《ジングワン》布袋劇〔テレビで放映された人形劇〕の登場人物で、二人はいつも一緒に登場するのだ。

怪老子本人はすでに引退し、娘が跡を継いでいる。ここは私たちが最もよく行く涼茶の店だ。味がよいだけでなく、風格があるためである。その場で飲む客には、今でもガラスのコップに入れて出す。常連客は立ったまま飲み、飲み終えるとコップを台の上に置いて立ち去る。さっぱりしたものだ。涼茶のように何口かで飲み終えるものに、紙コップやプラスチックのふたは必要ないが、台湾の涼茶店で洗えるコップを使用するところはもはや少ない。一方、香港やマカオやバンコックでは珍しくない。バンコックの「恳記双葫蘆涼茶《ケンジーシュワンホールー》」は百年の歴史を持つ老舗で、店名を印刷した分厚いガラスのコップを使っている。マカオの「大声公涼茶《ダーションゴン》」はガラスのコップの上にステンレスのカバーを置いて塵除けにしている。わが蘆洲の怪老子ではガラスのコップをきれいに手洗いし、小型の家庭用食器乾燥機で水分を飛ばす。洗っては使い、使っては洗うから、時にはまだ温かいコップで出てくることもあるが、店主は目の前でコップをくるくる回して、水滴が残っていないか確認する。

怪老子はかつて自分で使う薬草を、地元蘆洲で採集していた。その場所に今では高級マンションが建っている。ほんの少し前まで、蘆洲が見渡す限りの緑に覆われていたとは、とても思えない。遠くの山、目の前の水、生い茂る薬草。

蘆洲中山市場の建物は、もうすぐ取り壊しになる。怪老子も引っ越しだ。引っ越しのあとも、怪老子と二牙はずっと一緒にいられるだろうか。こういった古くからある飲み物を口にするとき、私にもわかる。この先、薬草を集めて煎じたり、さとうきびを削ったりする大変な仕事につきたいと願う人はおそらくいない。だから、毎回立ち寄るたびに、今目の前にあるものを心から哀惜するのである。

ステイホームの食卓

二〇二〇年のはじめから、世界に新型コロナウイルス感染が広がった。社会は打撃を受け、秩序が乱れ、この先回復するにしても、傷跡が残ることだろう。

台湾はパンデミックをうまくコントロールできている。人々はしばらく不便を忍ばなければならないものの、存亡の危機にあるというほどではない。一般庶民であって、富豪でも貴族でもなければ、損害といってもたかが知れている。ネット上の喧騒から少し離れ、よく手を洗って、食事と睡眠に気をつけること。つまりは魯迅《ろじん》が家族に言ったという「自分の生活をきちんとすべし」だ。静かにこの危機を乗り越えれば、「大難不死《ダーナンブスー》（大きな災難を生き延びれば）」ということわざの通り、「必有後福《ビーヨウホウフー》」、つまり「後には必ずや幸福が訪れる」だろう。

コロナ禍でステイホームが求められるようになった。海外から戻った人は自宅隔離を余儀なくされ、社員にリモートワークを命じる会社も多かった。ずっと家にいると、一日三度、家で食事をとる方法を講じる必要がある。

私が会社勤めをやめ、家で仕事をするようになって、もう数年になる。非常勤で授業に行く以外は、だいたい個人で仕事を受ける。家は郊外にあり、近くには市場もスーパーマーケットもないので、普段から自宅隔離に近い状態だ。家に食糧をストックし、自分と家族の食事を作ることについては、経験の蓄積がある。パンデミック下での生活の参考にしていただければ幸いだ。

私はもともと、週に一度は市場に買い出しに行っていて、それはコロナ禍においても変わらない。ただ、以前は魅力的なものに出会ったら、すぐにでも買っていたところ、今は色とりどりの商品と向き合っても、分別の心を起動できるようになった程度だ。

葉物はあまり長く置けないので、買う量を少なめに。かわりに、長持ちする野菜を求める。仮に二週間の隔離を命じられたとしても、腐らないだろうセロリやトマトは買う。常温で保存できる瓜《うり》の類、南瓜《かぼちゃ》や冬瓜は買って壁際に転がしておく。キノコ類も少し。白菜とキャベツ各一個は、食べ終わったら必ず補充する。白菜もキャベツも密度が高いので、占領する空間と作ることのできる料理の皿数を計算してみたら、非常に経済的。大根、にんじん、玉ねぎなどの根菜類は、サラダにも、煮込みにも、スープにも使えるので常備する。

近所の農協へ行って平飼い鶏〔ケージの中でなく地面に放して飼う鶏〕の卵を買う。二、三十個入りの箱ごと買って冷蔵庫に保存する。卵はとてもいい。あらゆる料理に使える。パンデミック中、アメリカ人は争うようにひよこを購入したそうだ。育てて卵を取ろうという考えだろうが、それもまた深慮遠謀のうち、卵さえあれば何とでもなる。

肉はあまり食べないほうなので、伝統市場で黒豚が多少高くても買い、細切り、ひき肉、骨つき等分けて密封し、平らにして冷凍しておく。台湾の虱目魚《サバヒー》〔英語ではミルクフィッシュ〕や鯖《さば》は味がよく、定番の食材だから、少々在庫とする。

穀類は、米を常備するほかに、豆もあるとよい。この件は歴史に参考事例がある。明の時代、中国の皇帝から派遣されてアフリカ沖までの大航海を繰り返した鄭和《ていわ》は、船上でもやしを栽培させた上、石臼も積み込んで、大豆をつぶしては豆乳にし、また塩やにがりを加えて豆腐にもしたという。

乾麺は東洋と西洋から一種類ずつ。

東洋の麺は台南の關廟麵《グワンミヤオミエン》を迪化街の「勝豐《ションフオン》食品行」で買う。この店は場所からして、迪化街で最初期に創業した店だと思われるが、建物の高さが驚くほど低い。緑豆春雨《りょくとうはるさめ》の看板は手描きで、ペンキの色はだいぶあせているものの、レタリングが美しいので、要注目。この店で関廟麺を買うのは、品物が揃っているためで、素麺ほどの細さからリボン状の幅までサイズが豊富だ。私のお気に入りは細麺。関廟麺は塩分を含んでいて、腰があり、すぐに煮える。自分ひとりで和え麺を食べるなら、お湯を沸かし始めるのと同時に、丼に油と醤油または塩、酢を少々入れておく。煮えた麺を丼に入れて調味料と和えたら、同じ鍋で青菜にさっと火を通す。全部で十分もかからないから、どこかに配達を頼むより速いし、店でいろいろ売られている過剰包装の和え麺よりも間違いなく経済的だ。

西洋の麺はイタリアのパスタだ。うちではいつも、石臼で挽いたイタリア製パスタを何袋かストックしている。表面に凹凸があって、ソースによく絡むのだ。パスタ用のソースはボロネーズなど作るのに時間がかかるものもあるが、時には簡単に、スライスしたにんにくと唐辛子を油で少々熱したところへ、ゆで上げのパスタを投入して和えただけでも美味しい。

他に、上新粉と中力粉を一袋ずつ用意している。上新粉は水を加えて加熱すれば餅になるし、中力粉に水を加えればクレープ、お焼きの類が作れる。

こうしたストックがあれば、日常生活のほか、あいにく自宅隔離となった場合でも、最低限、本物の食べ物を口にすることができ、加工食品で間に合わせる必要が減る。

家で仕事をする女性に余分な時間はない。そこで私は一回の料理で、二食分作ることにしている。つまり、自分のために弁当を用意するわけだが、別に弁当箱に詰める必要はない。仕事の途中で食事をとるのに、一瞬にしてご飯とおかずが用意できる。数年前、独身の頃に始めて、二人暮らしになった今も継続中だ。実にいいアイデアである。

まず、肉でスープをとり、冷凍保存しておく。

市場で鶏を選ぶとき、店の人に頼んで骨を外してもらい、別にガラを二羽分と爪先をいくつか買ってくる。鶏肉は料理してメインとし、骨は一度沸騰させてアクを除いてから、ゆっくり火にかけチキンスープをとる。ときには豚のスペアリブ、大腿骨、軟肋骨《なんろっこつ》、バラ軟骨《なんこつ》などを混ぜて買い、スープをとると、味に深みが出るし、肉も少し食べられる。まじめにスープをとると、室内は暖かくていい香りの湯気に満たされる。人が暮らす家の香りだ。

スープは冷蔵庫で数日間保存できるし、冷凍することもできる。肉でとったスープに薄切りの筍《たけのこ》と蛤《はまぐり》を加えれば筍スープができる。にんにくをたっぷりと粒の白胡椒に香料を加えると、潮州《ちょうしゅう》料理の白湯肉骨茶《バイタンロウグーチャ》〔スペアリブスープ〕だ。たくさんのトマト、玉ねぎ、キャベツにイタリアンのハーブを投入してやわらかく煮込むと、ミネストローネが出来上がり。この野菜スープにパンを二切れも添えたら、お腹がいっぱいになる。

肉でとったスープに合う材料は限りなくある。たとえば、冬瓜、大根、かき卵などなど。具だくさんの煮込み麺や鍋物の出汁《だし》にも使える。ワンタン、肉入り白玉、つみれ、肉団子、餃子もいい。スープは救世主だ。

他に漬物も少し作ろう。一抱えもあるぼさぼさ頭の青菜をお碗いっぱいのサイズに縮められれば、冷蔵庫のスペースが有効利用できる。チンゲンサイや小松菜を塩漬けにし、水分をしぼってから密閉して数日間冷蔵庫に置けば高菜の出来上がり。細切りにした豚肉に水を吸わせ、薄口醤油、紹興酒、片栗粉をまぶして少し置き、高菜と炒め合わせたものを汁そばや和えそばの具にしたら、シンプルながら高級な味わいだ。

春に夫の従兄弟の奥さんから、ステムレタス〔中国原産の野菜、茎レタスなどとも呼ばれる〕の漬け方を習った。厚めに皮をむき、塩をまぶして三十分。水分をしぼると、苦味が抜けて、いい前菜になる。さくさくした口当たりが爽やかな上、色合いが玉のように美しく光り、レタスの香りがする。辛味が好きであれば、小さいフライパンに白胡麻油を大さじ二杯ほど熱し、花椒《かしよう》少々とスライスしたにんにく、唐辛子を軽く炒め、香りが出たら火を消す。この油を塩漬けのステムレタスにかける。

野菜は一度料理したら、だいたい二回に分けて食べられる。オクラ、ベビーコーン、カリフラワー、アスパラガス、いんげん、茄子などは、塩を入れた熱湯で軽くゆであげたら、半分には調味料を加えてすぐ食べる。残りの半分は冷蔵庫へ。翌日、熱い油でにんにくの香りを出したら、冷たい野菜を投入して温めればよい。

春から夏にかけては真菰竹《まこもだけ》の季節だ。あるとき、父が仕事で埔里《プリ》に行き、その日採れたばかりの新鮮な真菰竹をひと山持ち帰った。農家の人が言うには、皮つきのまま十分ゆでたら食べられるとのこと。土を離れてそれほど時間の経っていない野菜は、まだ生きているので、掘り立ての筍をすぐさま料理しなければならないのと同様、急ぐ必要がある。もう夜遅かったが、慌ててゆで、ざるにあげて粗熱が取れたら、すぐに冷蔵庫へ。二度料理して、食べ終えた。

真菰竹を冷菜として食べるなら、薄切りにし、生姜醤油につけて食べると、とても甘い。たった二、三分で用意できるから、インスタント食品並みの速さだ。残った分はさらに二日ほど冷蔵庫で保存。リブステーキを焼くときに、真菰竹を二つ割りにしてフライパンに入れ、肉の油で焦げめがつくほど焼いて付け合わせにすると、もっと甘い。

スープが煮えて、漬物もできたら、次はご飯だ。

家には電子炊飯ジャーもあるが、私はコンロで米を炊くほうが多い。底も側面も厚く、ふたつきの鍋であれば可。たとえば母ゆずりの土鍋などだ。圧力鍋もおすすめだ。合金の底が厚くて、蓄熱効果が高い。圧力用のふたを使わず、かわりにガラスのふたを使えば、中が見えて便利だ。鋳鉄製の鍋、ガラス製の鍋でも大丈夫。炊く米の量と気分で決めればよく、雑誌であの土鍋がいい、この土鍋がいいという噂に振り回されなくてよい。ご飯が美味しいのは、大方米自体の実力なのだ。よい米が手に入り、技術も十分にあれば、美味しいご飯が炊ける。よい鍋はそこに加点してくれることはあっても、手に負えない米を奇跡の美味しさに変えることはできない。

米はとぎ汁が透明になるまで繰り返し洗い、二、三十分間水に浸す。その後、完全に水を切ってから鍋に入れる。わが家は十分に歯ごたえがあるくらいのご飯が好みなので、一杯の米に一杯の水でよく、それ以上に水を増やさない。やわらかいご飯にするには、水を少し増やす。米を炊く手順は、まずふたをして、鍋を強火にかける。水が沸騰し、蒸気が鍋から噴き出したら、火加減を最小にして、あと十分から十四分間煮続ける。土鍋や鋳鉄の鍋を使うのであれば、蒸気が弱まって、音が静かになり、炊けたご飯の良い香りがしてきたら、すぐに火を止める。そのプロセスに詩のような興趣がある。ガラス鍋ならもっと簡単だ。目で見て、水が蒸発し、米が光ったら、終了。ここからは、仮に強盗が入ってきて首にナイフを当てられても、ふたを取らずに死守し、二十分間蒸すことだ。

火の上で米を炊くのは、荒野でサバイバルする感じである。電気も機械も使わず、ご飯がより美味しく炊ける。所用時間はむしろ短くてすみ、米の一粒一粒が光る。実際のところ、お年寄りはみんなやり方を知っているはずだ（昔は薪《まき》で炊いたのだろうが、それはまた一段上の境地だ）。私たちは米食文化の中で育ってきたのだから、直火で生米を炊き上げる技術は、一生ものスキルである。よって、子どもにもできるだけ早く教えて覚えさせるのがいい。

一度に炊く量は最低でも二合、茶碗に四杯分だ。わが家は盛りが少ないので、五杯分ある。米が少なすぎると、炊き上がりが乾燥するから、多めに炊くのがよい。その際食べきれない分は、小分けして冷凍しておく。

さて次は、大同電鍋《ダートンディエングオ》〔老舗電機メーカー大同製のロングセラーの電気蒸し器〕の話だ。台湾にオーブンのない家、電子レンジのない家、フライヤーのない家はあるだろうが、この電気鍋のない家はない。

もし前の晩にカレー、豚角煮などの煮物、あるいは冬瓜入りの蒸し肉団子などの挽肉料理を作ったならば、翌日は味がなじんでもっと美味しくなっているだろう。お昼になったら、電鍋でおかずと冷凍ご飯を温める。別の小鍋でスープを沸騰させ、その間に冷菜も取り出して、皿によそう。十五分足らずで、一汁二菜がテーブルに並ぶ。

お昼にご飯を温めるゆとりの時間に、よく以前会社勤めをしていた時期のことを思い出す。

同僚と誘い合ってランチに行こうとしても、なかなか全員が揃わず、待っている間に空腹でたまらなくなる。勤め人にとっての昼休みは、一日で最も価値のある時間だ。給料で買われていない時間なのだから。資本関係の中のわずかな隙間。それが、気がつくと、かなり侵食されてしまっている。家で仕事をするようになり、一人で昼ごはんを食べていると、仲よしの同僚たちと笑い合ったことを懐かしく思い出す。けれども、あの頃のランチの品質を懐かしむことはない。

平和で豊かな時代を謳歌していた人々が、コロナ禍で改めて生活の基本技能と向き合わなくてはならなくなった。それは、「塞翁《さいおう》が馬《うま》」で、転ばぬ先の杖を手に入れる機会を得たとも言える。人間はちっぽけな存在だから、少しでも強い自分になっておこう。料理は自分を強くする。自分が満腹になったら、他の人の世話もできる。そうして人生のあらゆる可能性に備えるのだ。今後何が起きようとも。

人生の市場

母が病気になってから、私が家族の食事を支度することになり、しばしば市場に行くようになった。母が亡くなったあと、私は実家を出て一人暮らしを始め、自分の食べものを用意するために、やはり毎週市場に行く。スーパーへはあまり行かない。それは、買い物の意味するところが、物を買うというだけではなくて、人情が絡んでくるためだ。

スーパーは台湾の北から南まで、どこへ行っても大して変わらないが、市場にはそれぞれ独特な香りがある。

ひとつには、品揃えが地域住民の出身地を反映するためだ。私も時には台北の南門《ナンメン》市場に行って詰め物入りの豚足や、「合興糕糰《ホーシンガオトウアン》店」の特別精緻な棗餡《なつめあん》入り桃饅頭を買い、そのあと惣菜店に回って、肉詰めピーマンや高菜と押し豆腐の炒め物を買うことがある。ミャンマー街と呼ばれる中和の華新街近辺を通りかかったら、グリーンカレーに入れる大小の丸ナスとレモングラスやガランガ、ほかにも各種ジャングルカレーに使うスパイスを購入する。買い出しが完了したら、路面の店でミルクティーを飲み、豆のペーストを添えたナンを食べる。

とはいえ、人と市場の間には、血縁からくるちょっとした親密さも必要ではなかろうか。私は閩南〔中国福建省南部〕系家庭の娘で、台湾北部で育ち、子どもの頃からたっぷりと滷肉《ルーロウ》〔一八頁参照〕や蒸し鶏や炊き込みおこわを食べて育った。南門市場に行くと売っている金華《ジンホワ》ハムの中でも極上部位の火瞳《ホオトン》ハムや塩漬け筍は確かに美味しいけれど、遠い浙江省方面の食材なので、年に一度か二度買ってスープを煮るくらいだ。また、一、二か月に一度は華新街のミャンマー式ナンが食べたくてたまらなくなるが、ミャンマーの食材は、まだまだ使い方も買い方もよくわからないスパイスやハーブが多い。というわけで、ごく稀にしか行かない市場がある一方で、毎日のように通う市場もある。

やはり一番いいのは、顔なじみで、よく知り尽くした市場だ。そこには大豆《だいず》粕《かす》や塩漬け冬瓜を売る乾物屋があり、漢方薬局があり、薬草茶やさとうきびジュースなど昔風の飲み物を売る店もある。閩南語を話しながら、指差しで野菜を買うことができて、祖母や母がよく行った店もある。

午前中の買い出しには、蘆洲湧蓮寺わきの中山市場か台北の永楽市場に行くことが多い。夕方には蘆洲中華街の黄昏《たそがれ》市場〔午後から夜にかけて開く市〕に行く。

蘆洲湧蓮寺は信者の多さを誇る古い廟で、門前には多くの店が集まり、同じ一本の道が朝には朝市、日暮れ後には夜市となる。もし空の上から鳥の眼で眺めたら、湧蓮寺から放射線状に何百メートルもの商圏が広がって、朝も晩もにぎわう、人の世の暮らしが見えるだろう。

私はまだ親指姫ほどの大きさだった頃から、母方の祖母のお供で市場に行った。祖母は買い物をするかたわら、白く丸々とした孫娘におやつも与えてくれた。祖母と私はいっしょに門前の切仔麵や、米苔目を食べ、お菓子屋の「龍鳳堂」で「麻米粩《マーミーラオ》」〔餅米粉を主材料とするさくさくした揚げ菓子を麦芽糖と胡麻などでコーティングしたもの〕を買った。こうした老舗は今も変わらず繁盛しているので、親指姫が祖母のまねをして買い物をし、麵を食べても、時の残酷さを感じずにすむ。

法事や祝日のたびごと、祖母は同じ果物屋で買い物をした。青森りんごや日本産の干し柿、いちごなどを扱う高級店だ。母は後年、私を連れて通りかかると、こんこんと言い含めたものだ。「こういうお店は、品質がいい分、値段も高いの。私たちはおばあちゃんみたいな大店《おおだな》の奥様ではないのだから、買い物をするときには、必ず値段を尋ねてから買うのよ。値段を聞かずに注文すると、お金を払う段になってびっくりするからね」。というわけで、私はたまに通りかかることがあると、枝つきのライチを三本か五本、ミニトマトをひと山ほど小銭で買って、かたちばかり、一家三代の常連客とさせてもらっている。

祖母の実家に近い永楽市場は面積が狭くて、歴史は古く、初心者にぴったりの市場だ。建物の一階部分だけが食品市場になっていて、果物屋が二、三軒、魚屋や肉屋も種類ごとに二、三軒、八百屋は三軒、春巻きの皮を売る店は二軒、有名なおこわ屋と肉まん屋がそれぞれ一軒ずつあるだけ。細かく見て回るのでなければ、五分で一周できる。品質も値段も、台北近辺の標準に照らして中の上だが、ギフトショップのように食品を陳列したり、ほうれん草ひと束を百六十元〈日本円で七百円強〉で売ったりするようなことはない。永楽市場がコンパクトなおかげで、私のように不器用な都会人が、赤ちゃんほどの重さのカボチャやキャベツや鶏一羽入りの袋をぶら下げて何百軒もの店を見てまわった挙句、手の指が疲れて震え出し、家に帰って大根の皮をむこうとしてもうまくいかず、結局夕飯づくりをあきらめるようなはめに陥らずにすむのだ。

この市場の歴史は百年の長きにわたる。春巻きの皮を売る「林良号《リンリャンハオ》」は開業八十年を超えた。初代は建物外の屋台で売り始めたそうだが、現在は屋内に決まった売り場を確保している。二代目の麗玉《リーユイ》おばさんは今も皮を焼く作業を続け、三代目の息子は、その場で巻いた完成品を並べて売っている。ここのはいわゆる北部風で、水分の多い具がカレー粉で黄色に染まっている。青のりと一緒に置いてあるピーナツ粉は砂糖が少なめ。父方の祖母のレシピによく似ている。

もう一軒「建翔《ジエンシャン》」という野菜のおろし問屋も歴史が古く、現在四代目だ。品揃えがとても豊富で、麻袋、木の箱、竹の籠に並べた様子はロンドンのボローマーケットに似ている。英語の店名もあって、Uncle Ray Vegetable という。大混雑となる旧正月前の数日間は、一家三代、合わせて五、六人が仕事を分担するのだから、その規模がわかろうというもの。定番のキャベツとカリフラワー以外にも、冬筍《ドンスン》〔冬に地中から掘り出す孟宗竹の若芽〕、白クワイ、ステムレタス、栗など何でも揃い、蛤や卵、押し豆腐なども少しずつ置いている。ここ一か所で必要な品を買い揃えても、品質が安定していて、滅多に間違いがないので、頼りになる。

鶏は「千金《チエンジン》鶏鴨鵞鳥肉」で買う。店主がその名も張千金《ジャンチエンジン》というのだ。千金は惣菜も美味しいので、時にはイカの燻製半杯分や豚足の煮込みを買うこともある。お供え用のいわゆる「三《サン》牲《ション》」〔三種類の肉や魚〕は、事前に千金に頼むと、尾頭つきのイシモチを揚げておいてくれるので、ここだけで三種類を用意できる。

鶏を買いに行って、魚も手に入れるような技が可能な店としては、ほかに「永楽荘《ヨンルージュワン》」という乾物屋がある。油、塩、味噌、酢などが天井まで積み上げられ、瓶に貼られた品名シールが縦横斜めに連続して模様をなす様子は、まるでアンディ・ウォーホールが製作したキャンベルスープ缶詰のシルクスクリーン作品のようだ。女性店主は高齢ながら、商品の重さを量ったり、店の中を掃除したり、いつも働いている。小さなテレビを置いてぼおっと見ていたり、スマホに指を走らせていることは一度もない。永楽荘のにんにくはどこよりもしっかり乾いているし、ひね生姜の表面に塵《ちり》一つない。一度お麩《ふ》を買いに行った際気づいたのは、店の隅に〔法事用に供養として燃やす〕金紙と線香まで用意されていることで、素晴らしい心配りに感服した。私は母を亡くして初めて祭祀をするようになったが、生まれつき抜けているのに加えて、法事の前は忙しすぎて十分気が回らず、たいてい当日の明け方になって金紙を買い忘れたことに気づき、死にたくなる。だから、必需品を用意してくれている小さな店は、本当にありがたい。

私のような一九八〇年代生まれの女性が、古い市場に対して覚えるありがたさは、物質的なものだけではなく、多くは抽象的なものだ。

母が亡くなった後、祭祀に集中することで、哀痛をまぎらわすことができた。葬儀社であればどこでも、遺族に代わって生花や果物、肉や魚から、小さな食器でお供えする十二種類の惣菜まで用意してくれる。けれども、母が好きだった花を選び、自分自身で丸鶏をゆで、尾頭つきの魚を油で焼き、豚バラ肉の塊を揚げる練習をし、母が喜ぶだろう料理も作り足し、もういない人をまるでいるかのようにもてなしつつ、礼節を踏みはずさないように気を配ると、食材を用意する手間はかなりのものとなる。

法事に際しての、食材選びと禁忌は、しばしば閩南語の発音にもとづく掛け言葉が根拠となり、縁起をかつぐために守られる。たとえば、豆干《ダウグワン》〔押し豆腐〕を食べれば大官《ダーグワン》になれるし、肉丸《バーワン》〔肉団子〕を食べれば〔科挙で成績一番の〕状元《ジョングワン》になれるの類だ。そこには、古代人が人生の成功について抱いた古臭いイメージのすべてが生き続けている。とはいえ、お祭りする対象が、おめでたい言葉を聞くのが大好きだった母なので、私は一切の議論を避け、丸ごと旧習に従うことにした。そして実行してみると、禁止事項が非常に多いのである。

たとえば、つながっている形状の果物はお参りに使えない。凶事がつながるといけないからで、結果、母の好物だったライチ、龍眼《りゅうがん》〔ライチより一回り小さい同種の果物〕、葡萄《ぶどう》はすべて出番がない。また、豆は絹さやも隠元豆《いんげんまめ》も甘納豆もよいが、長豆《ながまめ》〔ササゲの別称〕だけはだめ。なぜなら長豆は長寿の象徴で、亡くなった人に長寿を祈るのは理屈に合わないからだそうだ。

必要な食材を整えるため、蘆洲中華街の黄昏市場に行って肉を買う。お供えに使うと一言いえば、「蔡家肉舗《ツァイジャー》」では私の選んだ薄切り肉を却下して、皮と肉のバランスが美しい、約一キロのバラ肉の塊を用意してくれる。こうして私が不敬をはたらく危険が回避されるのだ。

とうもろこしで育てた玉米鶏《ユイミージー》を売るおばあさんは、商売のついでに、お供えの魚の頭と鶏の頭は反対に向けておくことね、などと教えてくれる。鶏を買ったところ、すぐ隣で、観音山《かんのんざん》の真竹《まだけ》の筍を売っていたので、そういえば母は筍が好きだったと思い出し、少々買うことにした。すると鶏屋からおばあさんが飛び出してきて、「筍はお参りには使えないんだよ」と言うものだから、筍売りのおばあさんも驚いて立ち上がり、「お参りにはだめだめ」と言う（「筍《スン》」と「損《スン》」が同音のため）。

そして、ふたりは両側から私をつかまえて、五分間の無料祭祀講座を開講してくれる。話が終わると、鶏売りのおばあさんは親指と人差し指で輪を作って私の手首をつかみ、こう言った。「若いから、手首が細くて、鶏を骨ごと切り分けるのも難しいんだろ。明日お参りが終わったら鶏を持っておいで、私がやってあげるから」

本当を言えば、私は骨つき鶏を切ることはできる。けれども、ああ、どうして、目の前に霧がかかって、よく見えない。

第二部
麵やお粥など

麺を食べる予感

とある男性としばらくつきあい、会う場所はたいてい台北中心部のコーヒーショップか映画館。好意を感じてはいるけれど、恋愛感情かどうかはまだ微妙で、礼儀正しい交際の範囲内。ところが、その日、彼は言ったのだ。「君の家の近くまで行って、いつも話に出るお寺や市場が見てみたい」と。

「じゃあ、着いたら、一緒にお寺にお参りして、その後は麺を食べに行きましょう」と私。まだ互いに手をつないでもいないのだけれど、地元で会ってお参りし、麺を食べるとなれば、つきあいの浅さに比べて、意味深長だ。

お寺は湧蓮寺《ヨンリエンスー》、麺は切仔麵《チエザイミエン》である。

実家は観音山の麓、蘆洲《ルージョウ》から数十メートルの短い橋を渡ったところだ。日常の買い物や用事はだいたい蘆洲ですます。蘆洲の切仔麵は百年の歴史があり、切仔麵街の趣がある。百年の古刹湧蓮寺から半径一キロ以内に、数えてみると、切仔麵の店が十数軒。少し遠く、長栄路のあたりまで含めたら、二、三十軒はあるだろう。

少し年上の彼が以前の台北について語るのを聞くと、そこここに切仔麵の店があったようだが、今は少なくなってしまった。蘆洲に来て、ここの様子を見たら、ため息をつかずにすむようになるだろう。このあたりでは、どの切仔麵店も繁盛していて、食事時の人出は大変なもの、寂《さび》れた様子はまったくない。

私と切仔麵のつきあいは三十余年におよび、感情は深く交錯している。家族のメンバーはそれぞれに思い出をもち続けているだろうが、友人と一緒に麵を食べた経験は限られる。慣れ慣れしすぎというか、日常的すぎるから。人を招待したり、仕事上のおつきあいであれば、やはりもう少し立派な店に行くだろう。

切仔麵はごく普通の軽食だから、あまり大げさに考えすぎないほうが気楽でよい。蘆洲近辺に数ある店のうち、改装して綺麗になっているのはわずかで、ほかはやや打ち捨てられた感がある。床は油と水で濡れているし、テーブルと椅子はばらばらで不揃いだ。メラミン樹脂製の皿の縁に描かれた模様は消えかかっている。麵屋の仕事が忙しいと、公私の領域を分けにくいのだろう。店主の子どもたちは、隅に机を置いて、宿題を広げたり、おもちゃを並べたりしている。親のほうは、地瓜葉《ディーグワイェ》〔さつまいもの葉っぱ〕を揃えながら、地方芝居の台詞で聞くような毒舌を吐いたり、時には手を上げもする場面が上演中だ。

地元の人間は何十年も切仔麵を食べている。いつもの店が定休日だったら、近くで別の店を探せばよい。たくさんある店のうち、最も古い店は百年、新しい店でも三十何年前からやっている。質はどこもかなり高く、それぞれに長所がある。麵は細かったり、太かったり。スープは透明だったり、濁っていたり。ゆで肉に甘みがあったり、内臓類が柔らかかったり。家の食事の延長で、材料にもまったく特別なものはない。味つけの単純さはほとんど原始的なくらいだが、厳密に計算されている。そして値段はたいてい非常に安い。

だから、誰かと約束して切仔麵を食べに行くということは、家で普段の食事を出すのとほとんど同じだ。今はSNS上で簡単に何百何千もの友だちができるのだと言われて、うっかり信じかねない。実際のところは、ちょっと考えてみれば、ありえないとわかるはずだ。気楽に、一緒に、麵を一杯食べられる相手など、何百何千のうち、本当は何人もいないと。

長年麵を食べていると、連れにも変化が出る。子どもの頃は家族全員で行ったものだが、大人になってからは、一人で行くことが多くなった。今は目の前にいるこの男性が加わって、二人。切仔麺は二人で食べるほうが、絶対一人よりもいい。気持ちの問題ではなく、事実だ。世間には一人で食べるのにふさわしい麺も数多くあるが、こと切仔麺に限っていえば、人数が多ければ多いほど美味しい。

昔、私の家は麺を食べるにも大がかりで、一家三代が何台かの車に分乗して出かけたものだ。母方の祖父は自分で事業を興した商売人で、からだは細く、頭の回転が速かった。食べ物にもこだわりが強く、たとえば、毎年夏になると、一年分のライチ酒と蛇酒《へびしゅ》を仕込み、手酌で一人嗜《たしな》んだ。お粥《かゆ》を炊くと、米は一粒も食べず、閩南《びんなん》語で「泔《アム》」と呼ぶ上澄みの重湯《おもゆ》だけを飲んだ。そのため家で煮るお粥は、米を余程たっぷり入れないと、祖父が毎朝「泔」を二杯飲むのに足りなかった。扱いの難しい人だったのだ。晩年は転んで足を痛めたあと、短い距離しか歩けなくなった。そのため、祖父が麺を食べたいとなると、子どもや孫は急いで車を出し、一家総出でお供した。

祖父は「大廟口《ダーミャオコウ》切仔麺」がお気に入りだった。

店は得勝街《ダーション》のはずれにある。その辺りまで行くと道幅が窄《すぼ》まるから、看板が派手で間口の広い「添丁《ティエンディン》切仔麺」が見えたら、さらに奥まで進めば、大廟口に着く。大廟口は屋根が低く、奥行きは深く、何の飾りもない、蘆洲に今も残る最も古い店のうちの一軒だ。創業当初は店舗がなく、天秤棒を湧蓮寺の入り口で下ろして商売したため、大廟口と呼ばれた。それからすでに八十年。店内をのぞくと、年老いた男性客が圧倒的に多い。店には今も鉛筆で注文を書き込む伝票すらなく、常連客は頭も上げずに注文して、腰かけたらすぐに食べ始める。

大廟口は明け方に開店し、午後には店じまいする。昔からの道徳に従い、切った食品は翌日にまわさず、その日残った肉のスープは、店を閉める前にすべて捨てる。翌日はまた一から作り始めるのだ。全ての準備は、今日一日のため。

夜明け前から煮始めるスープは、規模の経済の好例だ。深鍋に水を張り、沸騰したら、他の多くの店が太い豚骨を投入するところ、大廟口ではさらに大量の豚肉を沈める。バラ肉を中心として、頬肉《ほほ》とハラミも。大きな塊肉がゆで上がる頃には、スープも濃厚になっている。口に含むと旨味が強く、たっぷりの油はいい香りで、とても美味しい。店じまいが近づくにつれて、スープは乳白色の度合いを深めていく。

塊肉は取り出したら、冷まして、出番を待つ。店主の周さんは仕事中、下駄を履き、営業時間のあいだ、厨房の内外を行ったり来たり忙しい。肉を切り、麺を上げるたびに、下駄がカッカと鳴り響いて、まるで音楽のようだ。ようやく落ち着いて腰を下ろすにも、手には豚皮を持ったまま、取り残しの毛を抜いている。大廟口の肉や内臓は、すべて注文を受けてから手早く切り、数秒間だけスープにくぐらせて、甘味と歯当たりのよさを保つ。近くの店の中には、効率を重視し、事前に切った肉を積み上げているところもあるが、その分風味は落ちる。大げさに言うと、肉が本来持つ魂が、すでに失われているのだ。新鮮な肉をどのタイミングで料理し、最高の状態で保つかは、経験が生む魔術、時間が結晶した末の技によるもので、単純ながら奥深い。

わが一族は店に到着すると、一番奥に座って、丸テーブルを二つ占拠する。祖父母らがひとテーブル、孫たちがひとテーブルだ。二十人が同時に注文するのだが、まずは全員ががやがやと、麺やビーフンを一つずつ頼む。切仔麵を食べるのに、麵だけということはなく、皆が何らかの肉を切ってもらう習わしだ。おかみさんが「何を切りますか」と尋ねると、皆は一瞬静まって、祖父の注文、聖旨の降臨を待つ。

「全部切ってくれ」と祖父。

それはつまり、店にある全種類の肉を一皿ずつ切ってくれという意味だ。饗宴である。ゆで豚肉の饗宴。

肉の仲間は、バラ肉、赤身肉、頬肉、豚皮、軟骨。内臓の仲間は、ハツ（心臓）、レバー（肝臓）、フワ（肺）、タン（舌）、ハラミ（横隔膜）、シロ（大腸）、ヒモ（小腸）。豚のフルコースだ。ゆでた地瓜葉にもねぎ風味のラードがかかっている。全て白ゆでしたものだから、材料に難があったら隠しようがない。店側が厳しい目で選んだものだけが、売り物になるのだ。地元の切仔麵業界では、一歳以上の温体黒豚肉のみを使用し、基準を満たさないもの、白豚、冷凍肉は一切使わないことが基本的常識となっていて、議論の余地はまったくない。

ロンドンにセントジョンレストランという有名店があり、料理の素晴らしさで知られる。シェフのファーガス・ヘンダーソンが著した『鼻から尻尾まで食べたら』というレシピ本は、多くの人からバイブル扱いされている。第二次世界大戦後、国が豊かになるにつれ、イギリス人は家畜の精肉のみを食べるようになり、多くの可食部分が廃棄されていた。ヘンダーソンは「殺生するなら、食べつくすことが礼儀だ」という考えから、料理に内臓や骨髄、野生の動物や怪魚を多く使用する。こうした考え方は西洋人にとっては目新しいのだろうが、こちら東洋人にとっては特に目新しくもなく、日々実践しているところだ。特に台湾の切仔麵店では、各種内臓がずらっと並べられ、絢爛《けんらん》豪華極まりない。

人が多いと、ゆで肉の種類も多くなる。赤身、脂身、柔らかいもの、歯切れのいいものが全部並ぶ。つけだれの大廟口特製豆瓣醤《トウバンジャン》は、粒味噌とそら豆の味噌、唐辛子を練り上げたもので、日本統治期の遺風か、こってりした見かけとは裏腹に、味わいはすっきりしている。新鮮なレバーはピンクがかっていて、食感はしっとり、つるっ、さくっ。薄い筋に包まれたハラミは、ゆっくり嚙むうちに味が滲み出てくる。大廟口のバラ肉は蘆洲で一番だから、どのテーブルも必ず頼んでいる。単純に、ちょうどよく、ゆで上げただけの豚肉が、これほど甘いのだ。赤身も試すに値する。ぱさつかず、引き締まり、きめ細かい。

今でも覚えている。家族の一人ひとり、切仔麵の好みが違った。たとえば、祖父はスープだけ飲んで、麵を食べなかった。母は油麵が苦手で、細いビーフンや幅広の米麵を頼んだ。叔母は内臓肉を食べなかったが、母は食べた。

母が豚の内臓を好んだのには、美味しいというだけではなく、彼女なりの理由があった。たとえば、母によると、豚の肺は汚れていて、処理がものすごく大変である。祖母が昔風の料理「パイナップルと豚肺の炒めもの」を作るときは、少女だった母と叔母が、家の外にしゃがみ込み、水道のホースを直接豚の肺に入れ、四時間も水を流して洗い続けたそうだ。時々ぎゅっと押して黒い水を絞り出す。最初は黒かった豚の肺が全体に白く変わるまで。中年になった母は、もはや豚の肺を洗う必要がないばかりか、眉一つ動かさずに、豚肺を一皿注文して食べられるなんて、あの時の働き者の少女へのボーナスとしか思えない、と言うのだった。

豚の肺はスポンジに似て小さな穴がたくさんあき、軟骨もある。歯応えはあるけれど、あまり味がないので、私は子どもの頃から苦手だった。ほかに豚レバーも食べないのは、生臭く感じるため。母は、女の子はレバーをたくさん食べると、血が補充されるからと言って、私に食べることを薦めた。私は従わなかったが、母から聞いたことはきちんと折り畳み、記憶の引き出しにしまっておいた。母が三年前に亡くなって以来、私の悲しみは癒えないが、あるとき切仔麵の店に行き、無意識に豚のレバーと肺を食べていたのだ。血や気を補うためには、レバーを食べて肝臓を、肺を食べて肺をいたわること。自分で自分の世話を焼くこと。

祖父母が他界して何年もたち、若い世代は今では自由に、自分の好きな店に行くことができるようになった。私と叔母は今でも「大廟口」が好きだが、時には「大象《ダーシャン》」や「和尚洲《ホーシャンジョウ》」に行くこともある。叔父は「阿栄《アロン》」と「鴨覇《ヤーバー》」。私の弟は「周烏猪《ジョウウージュー》」だ。周烏猪はかつて祖母のお気に入りであったばかりか、切仔麵発祥の店でもあると聞く。店構えは改修を経て大変立派になっている。子どもの頃、祖母と一緒に市場へ行くと、しばしば遠回りしてでも食べに寄った。麺が美味しく、商売は大繁盛、そのため床は油で並々ならぬ仕上がりになっていた。今や、立っていても滑って転ぶことがなく、腰を下ろして出来上がった麺をゆっくり食べられるとは、大した進歩である。

一人で麺を食べる日々が長くなると、新たな秩序が生まれてくる。たとえば粉麺《フエンミエン》や黒白切《ヘイバイチエ》〔肉の盛り合わせ〕を食べるようになった。

蘆洲は古名を鷺洲《ルージョウ》といった。清朝時代の僻地地図によれば、台北湖の底に、幻のごとく時に現れ、時に消える湿地で、たくさんの白鷺が群れをなして飛び立つ際には、砂州《さす》にもやが立ち上ったという。台湾北部では早い時期に開拓された集落で、日本統治時代の統計によると、当時の住民の九割が淡水河の岸辺から上陸した福建省同安郷の出身者だった。そのため切仔麺の麺は、薄黄色をした福建油麺《ヨウミエン》である。粉をこねる段階で鹹水《かんすい》を加え、ゆでてから出荷されるので、くっついて固まらないように食用油がまぶしてある。ゆで麺はさっと湯に通すだけで食べられる。「切」の字は、動きであり、音であり、道具でもある。閩南語の発音では「チッ(ク)」となるが、麺をゆで上げるのに使う長い柄のついたざるのことで、もともとは竹で作られていたが、今ではほとんどが金属製に取って代わられた。竹製のものはかびが生えやすいが、ひっくり返して碗に入れた時の麺の形がとても美しい。沸騰した湯の中でざるを揺する際に

「チッ（ク）」と音がして、上げる直前に力を入れて水を切ったら、カンという音とともにざるを返して麺を磁器の碗にあけるのだ。薄黄色の麺が、毛糸のような楕円形の山になる。熱いスープをかけると、湯気がもうもうと立ち上る様子は、まるでミニチュア山水画のようだ。

この種の黄色い鹹水麺は東南アジアでも食べられている。福建麺と呼ばれ、焼きそばにスープ麺に、さまざまに料理される。そのうちの一種類は、エビ出汁《だし》のスープで、表面に赤い油が浮かんでいる。一時期、シンガポールにしばしば行く機会があったが、向こうにも福建麺があり、一人のおじさんが「粉《フエン》麺《ミエン》」というものを注文していた。それは一つの碗の中に油麺〔麺〕とビーフン〔粉〕を半々に入れたもので、両方を一緒に食べると、柔らかい麺に硬いビーフンが混ざる食感の面白さに、すっかりはまってしまった。台湾に戻って、切仔麺を食べに行くと、どの店のメニューにも粉麺があるというわけではないが、ほとんどの場合、頼めば瞬時に理解してもらえた。

地元の切仔麺店は麺の種類が単純なので、常連客は「切仔麺一杯」などと頼みはしない。「麺一つ、汁あり」あるいは「太ビーフン、汁なし」などという。そこで私は「粉麺一つ、汁あり」と言ってみたところ、通じたばかりか、「おぬしできるな」的な視線さえ浴びたのであった。

ここでいう黒白切は、一皿に二種類の肉を切って乗せ、量も値段も一種類と同等というもので、一人客に対する店側のサービスだ。私は子どもの頃から食いしん坊で、一人で切仔麺を食べに行くと少々困るのは、一種類の肉を頼むと別の種類を諦めなくてはならないこと。どうしても一種類では納得できないため、黒白切を頼むようになった。一人でバラ肉とレバーの盛り合わせを一皿に、粉麺を一つ、青菜を一皿だ。栄養も十分、心も潤う。それで百元あまり〈日本円で五百円足らず〉だから、庶民の贅沢である。

ある年長の男性は恵まれた育ちで、蘆洲出身、食べるにも飲むにも、ここの常識がどこでも通じるものと思っていた。あるとき、都会の繁華街で切仔麺を食べに入り、若くて食欲旺盛の彼は、いつも通りにご飯と麺を一つずつ、おかず肉を数種類、豆腐と青菜を一皿ずつ頼んだところ、会計時に四百元と言われてびっくり。よく見れば、肉一種類で八十元と書かれていた。かなり驚いたが、そう口に出すのもはばかられたので、涙を飲んで全額払ったという。その話を聞いた私もかわいそうに思い、深く同情したのだった。

独身女子が三十歳を過ぎて、特に焦った様子もなく暮らしていると、周囲のほうが本人よりも心配し始める。セットされたお見合いをお見合いと呼ばず、「友達づくり」などというのだ。

私は口うるさい外祖父の最初の孫娘で、自分の性格も知っているから、本当に友達づくりができるなどと妄想はしないが、もしや、一緒に麺を食べられる人ができたらいいな、とは思っていた。

というわけで、そのうちの何人かに会ってみたのだ。

一人は、私を鵞鳥《がちょう》肉屋に案内して、麺を一碗だけ頼み、小さい碗に分け合いながら食べた。そのほかには、鵞鳥肉も内臓も頭も尻も全てパスして頼まず、最後に刺身を一皿頼んだところ、出てきたものは半分凍っていた。

もう一人はパスタ屋を選んだ。出てきたカルボナーラは、生クリームが明らかに安値のまがいもので、一面の白い荒野だ。先方は美味しそうに食べるので、こちらも家でしつけられた通りに、微笑みながら、その一皿を食べ終えはした。心の中で「二度目は絶対ない」と結論を下しながら。

麺を食べる場面を設定して、お互いの違いを見極めようというのは、私なりの直感に基づく危険回避法だとも言えるし、しばしば参拝している地元の神様のご加護ということなのかもしれない。いずれにしても、感情の行き違いが、日常生活の中の些細なことから発して、大きな災難に至った例をこれまでたくさん見てきている。最初から災難の兆しが感じられるなら、目をつぶるのは互いにとって不幸なことだ。

というわけで、最初に書いた、あの一緒に麺を食べたいと言った男性の、その後は?

私たちは今もなお二人で切仔麺を、三日にあげず食べている。麺を食べないときは、家でご飯を食べる。あのとき、お参りして麺を食べようと約束したのは、後からふり返ると、吉兆だったのだ。一緒に麺を食べ、生活する相手を得ることができて、天にも地にも感謝している。まったく、それは容易なことではないのだから。

二種類の米苔目

蘆洲湧蓮寺の門前に、見覚えのある移動式屋台が一台停まっている。ひょっとして、子どもの頃、米苔目《ミータイムー》かき氷を食べた、あの屋台ではないだろうか。あれからもう三十年になる。一瞬、時間が錯綜したように、めまいを覚えた。

小学校に入る前、私は多くの時間を、母方の祖母とともに過ごした。

祖母が朝早く陽明山《ようめいざん》に登って体操をするとき、私も一緒に行った。祖母が台北市街の遠東《ユエンドン》百貨店を見て回り、おしろいや口紅を買うときも、私は一緒だった。祖母が時々大きな市場に買い出しに行くときも、もちろん私は一緒だった。祖母は片手に重たい生鮮食料品の袋をぶら下げ、もう片方の手で白く太った孫の手を引いた。その頃の太った女児にとって、市場での買い物とは、人混みの中で大人たちにつぶされたり、ぶつかられたりすることだったから、あまり楽しくはなく、自分なりに気にやむこともあった。肉や魚の売り場は地面が汚れていて、臭い上に濡れているため滑りやすく、いつ転ぶかわからない、悪夢のような場所だった。そこで、私は自分で、息を止めることを覚え（のちに水泳クラスでうまく息を止められたのは、市場で鍛えたたまものだ）、祖母の手をしっかり握り、足底の平衡を保ちつつ、気をつけて通り過ぎた。私は子どもの頃から我慢強い性格で、泣いたりわめいたりせず、この場所を通り過ぎたら、ご褒美が待っている、と知っていたのだ。

ご褒美とは、買い物が終わった後で、祖母と二人美味しいものを食べることだ。

蘆洲では、もちろん地元の名物、切仔麵か米苔目を食べる。両者の共通点は、どちらにも黒白切がつくこと。おかずを頼まず、麵やビーフンだけ食べることはまずない。切仔麵については別に書いたので、ここでは米苔目について書いておきたい。祖母は米苔目も大好きだったので、私は切仔麵も米苔目もずいぶん食べたほうだ。米苔目は福建から台湾に伝わった歴史ある食べ物だが、近年、台湾北部では、食べたかったらどこででも食べられるというものではなくなっている。食べてみるには、できるだけ古い集落、たとえば大稲埕《ダーダオチョン》、艋舺《マンカ》（台北市万華区の旧名）、あるいは蘆洲の湧蓮寺門前に百年前からある市場などで、探すのがいいだろう。

湧蓮寺は得勝街にある。参拝を終えて門を出たら、左方向に百メートルほど行くと、一軒の店の前で行列から人いきれが立ち上っているのが見えるだろう。ここが地元で有名な米苔目店だ。

この店には名前がない上、看板が小さく、ペンキで手書きされた「米苔目」という大きな文字もすでに色褪《あ》せている。テーブルの数は少なく、混んできたら相席になる。店内で食べたければ、店の入り口で待つ決まりだ。無表情なお姉さんが案内してくれるから、間違っても自分から店内に入らないように。メニューはすべてコピー用紙に書かれ、壁に貼ってある。壁にはただ米苔目とあるだけで、スープ入りと汁なしの二種類があるとは書いていない。座ったら、声を上げて呼んだり、手を上げたりする必要はなく、お姉さんが別のテーブルを片づけ終わり、回ってくるのを待てばよい。彼女なりにすべてちゃんと考えて動いているのだから、そのリズムを乱さないように。主食は米苔目一種類だけなので、客はみな一杯ずつ頼む。特に何も言わなければスープ入りで供される。汁なしが希望の場合は、はっきりそう言う必要がある。

麺やビーフンの仲間うちで、米苔目の姿形は格別に気高い。白くきめ細かく、ぴかぴかに光っている。得勝街の米苔目はミニマリズム系で、煮込み肉をかけない。透き通ったスープに白い米苔目が浮かび、深い緑のニラ、みじん切りにした翡翠《ひすい》色の芹《せり》、新鮮でふわふわの油葱《ヨウツォン》〔刻んだエシャロットを油で揚げたもの〕には、床屋から出てきたばかりの頭のように、一糸乱れぬ清々《すがすが》しさがある。汁なし米苔目にも、こってりしたたれなどかけず、干しエビの砕いたのに油葱少々を混ぜてラードをちょっぴり、それで十分に美味しく、すっきりした滋味がある。地元の事情通は汁なし米苔目を注文する。大食漢であれば二杯食べ終わったところで、空の丼を持ってカウンターに行き、スープを入れてもらう。一丼両得である。

どのテーブルもゆで肉を頼んでいる。この店は肉の味も格別なのだ。近所の、大量に肉を煮るような切仔麵の店にも負けない新鮮さである。その秘訣は、煮えた肉を冷蔵庫に入れないこと。いずれ昼前には大方売り切れてしまうのだ。コブクロはあるかと訊けばないと言われ、ハラミはあるかと訊いてもないと言われ、ホール係のお姉さんに尋ねて、まだあるというものを頼んで食べるしかないのだから。

スープは肉をゆでた汁に干しエビを合わせたもので、旨味が強くかつ爽やかだ。味の清らかさは古典的とも言えるほど。今日の台北では、世界中のどんな食べ物でも手に入る一方で、作ったその日に売り切り、日付けを跨ぐことのない麵やビーフンを食べたいと思ったって、容易には見つからない、そういう時代だ。

米苔目はうるち米を用い、中性で、清澄《せいちょう》、油分を含まない。そのため冷たいスイーツに使われることも多い。というわけで湧蓮寺前の屋台に話は戻る。

店主は高齢の女性。どんな顔立ちだったか、まったく思い出せないのだが、頭にかぶった古い笠のてっぺんはテープで繕ってあった。覚えているのは、ただ移動式屋台の停車位置が寺の入り口で、台の上にはあちこち凹んだステンレス製の四角い氷桶が置かれていたこと。当時は子どもで、低い場所にしか視線が届かなかったけれども、祖母にかき氷を買ってもらった場面の断片は、はっきりと覚えている。

大体いつも祖母が尋ねる、「氷食べるかね」。答えは「うん」。祖母がお店の人に細かく注文を出す。そして、いくらもたたないうちに、屋台の上のほうから発泡スチロールの容器に入った米苔目かき氷〔葛切りのような伝統的スイーツ〕が降りてくるのだ。

歩きながら、祖母に置いていかれないよう、急いで氷を食べる。氷はシロップの中ですぐに融けて水に変わるから、時々すすって飲まないと、歩いているうちにこぼれてしまう。それに、祖母にも氷を手渡して、少し食べてもらったのを覚えている。祖母は糖尿病だったので、家で甘いものを食べようとすると、みんなが心配して大騒ぎになってしまうのだ。それに母は子どもが糖分を取りすぎないように制限も課したので、こんな機会に祖母と孫娘の二人が、甘いものを買い食いすることには、禁断の喜びがあった。お互いを庇《かば》い合うのはまた、溺愛の表現でもあった。

子ども時代、米苔目はいつも祖母と一緒のときに食べた。大きくなってからは、自分なりの好みができて、長年食べなかった。太い麺類は一律拒絶したのである。麺なら細い麺、米粉のものならビーフンかそれより細い米線《ミーシェン》をもっぱら食べた。なぜなら、白くぽっちゃりした米苔目や太いビーフンの仲間は、私からするとみんな同類で、味がないのだった。今になってまた米苔目を探そうとするのも、味が恋しいのではなくて、子ども時代が恋しいのである。

時間は氷である。何の挨拶もなく融け去って、私も今では大人だ。祖母は亡くなり、目の前にいるかき氷売りのおばあさんは、見たところ、七十歳は超えている。ここで何年くらいご商売をなさっていますかと尋ねると、四十七年だという。間違いなく、同じ人だ。

今日はとても暑いので、おばあさんは大忙しだ。前方に並んでいるご夫婦は、一家三代のためにと、つごう七杯のかき氷を注文している。おばあさんの屋台は電力を使わず、氷桶に入れてある砕いた氷を削るとき、シャッシャッと音がする。近くの製氷工場から来たオートバイが停車して、若者が氷桶に砕いた氷を補充し、Uターンして去っていく。何度も工場との間を行き来しているが、その間両者とも無言である。

まな板の上には自家製の米苔目が積み上げてある。トッピングは小豆と緑豆、タピオカの三種類だけで、ばらばらな柄のステンレス鍋に入れてある。家庭用よりは少し大きな鍋で、味も家庭的。

おばあさんは、ひとつかみの米苔目をお碗の底に入れ、甘い緑豆をさじ一杯分加える。その上にかき氷をお碗にたっぷり一杯分高く積み上げて、最後に琥珀色のシロップをかけ回すと、背高ノッポのかき氷が、ホワッという音とともに小さくなる。

私がずっと待っているのに気づいたおばあさんが、まな板の上に最後に残った米苔目一杯分を取り置いてくれる。常連客が通りかかっても、もうないよ、もうないよと手をふっている。時間はまだ午前十一時だ。おばあさんの後ろには、大きなパラソルが開かれて、プラスチックの椅子がいくつか置かれているから、座って食べることができる。

米苔目の材料はインディカ米で、冷たくして食べると、熱くして食べるよりも歯応えがはっきりと感じられる。台湾語で言うところの「Q〔弾力がありゴムのよう〕」だ。米の香りもするにはするが、とても淡い。シロップが甘すぎたり、トッピングが複雑すぎたりすると、米の香りは埋没してしまうだろう。ここの米苔目は、甘煮の豆を一種類だけ、シロップは匙《さじ》一杯のみ、そしてかき氷自体には味がない。緑豆はよく煮えていて、甘さはそれほどでもない。かき氷はきめが粗いものを歯と歯の間でしゃりしゃりと噛む。食べ進んでいくと、舌に感じるのは米の味と緑豆餡の味だけで、暑さが即座に引いていく。とてもシンプルで、シンプルでなければいけないのだとわかる。インターネット時代になり、生活の中にまで排気ガスが吹き込むような日々にあって、こんなに単純な氷を食べられるなんて、実に容易ならざることではなかろうか。澄み切った思いに集中するのにも似て、まったく容易ならざることなのである。

お粥について

パートナーが五十歳になった。中年である。彼は身長一メートル八十五、痩せていて、音もなく歩く。前から歩いてくると、薄い壁のようだ。

痩せた人には大勢会ったことがあるが、食べる量が少ないわけではなく、食べても身につかないのだ。多くの場合、消化の問題らしい。彼もそうだ。初めて会ったとき、自分は胃腸が弱いので、お粥が好きだと言っていた。彼は普段料理をしないが、外食が続くと、週末は家で白粥を炊き、食べる。胃腸を休ませて、味覚を清めるのだという。

独身男性のお粥は簡単だ。日本製の電子炊飯器で、お粥コースを選び、米と水を入れて、スイッチを押せばよい。炊き上がったお粥は、重湯が薄く、飯粒と上下二層に分かれる。火の上で炊いたお粥と比べて、香りが弱い。冷蔵庫には海苔の佃煮と胡瓜《きゅうり》の漬物が常備されていて、あとは細切りメンマのラー油漬け缶詰。お粥の友はこの三種類のみだ。ちょっと簡単すぎるきらいはあるが、それでも一人暮らしでお粥を炊く気力があるだけで、たいしたものだと思う。

同じ一人暮らしでも、私はほぼ毎日台所に立って、魚を焼き、野菜を炒め、ご飯や麺を食べる。時には時間をかけて、ケーキも焼く。けれども、お粥に関してだけは、かつて家族と一緒に食べた記憶が強すぎるために、自分一人では、その食べ方がわからないのだ。

ここのところ、私にとって、母の死が時間の基準点となり、すべてはそこから、前と後に数えていって思い出す。というわけで、前回お粥を食べたのは、母がまだいた時のことだ。

母がいた頃、お粥を食べることは、ほとんどなかった。回数が少ない分、記憶はかえって鮮明である。母がお粥をめったに作らなかったのは、自分があまり好まなかったから。一つには、昔食べすぎて、食べ飽きたらしい。もう一つには、お粥と一緒に食べるのが漬物の類では、栄養が足りないと思っていたようだ。母方の祖母はよく「客家《はっか》の女は粥を食べない」と言って母のことをよそもの扱いしたが、実際のところ、わが家は福建系で客家の血筋ではない。繰り返し「客家の女は粥を食べない」と聞かされて、私は子どもの頃から、客家の人は本当にお粥を食べないのだと思い込んだ。少し大きくなって、ようやくそれが事実に合わないと知った。

祖母のほうは、毎朝お粥を炊いていた。うちのお粥は福建式の濃いお粥で、「糜《ムイ》」と呼ばれる。広東風の米粒が見えなくなるまで煮込むのとは異なり、潮州粥《ちょうしゅうがゆ》と同様、一粒一粒の米が原型を保っている。鍋で炊くのなら、強火でお湯を沸騰させたところに、水に浸しておいた米を投入し、熱湯の中で米粒が小波に踊らされ、亀裂が入るまで煮る。次いで弱火にしたら、水面が軽く沸き立つ程度に保ち、底が焦げつかないよう時々かき混ぜる。少しして、表面が糊《のり》状になったら、火を消し、ふたをして、三十分間蒸らす。ふたを開けると、米粒は完全に柔らかく膨らんでいるのに、形状は保たれている。「糜」の上澄み部分は乳白色の米のスープ〈重湯〉で、「泔《アム》」と呼ばれる。「泔」は香ばしく、栄養価も高い。気温が低いと、「泔」の表面に薄い米の膜が張り、すすり込む際、唇にくっつくのが、また美味しい。

この種の「糜」は、お碗に口をつけ、箸でかき混ぜつつ食べる。手を弓状に曲げて、親指を碗の淵にひっかけ、人差し指で底面を押さえるのだ。顔を近づけ、まずは一口「泔」をすすってから、次に米を食べる。大人が赤ちゃんに「糜」を食べさせるときは、匙《さじ》の先につけて、小さな口に入れてあげる前に、顔を寄せ、頭を軽く左右に揺すりながら、ふうふうと息を吹きかけて冷ます。人はお粥を食べるとき、眉尻《まゆじり》を下げ、目を閉じて、一番優しそうな顔をするものだ。

外祖父は「糜」の食べ方も坊ちゃん気質で、米を口にせず、「泔」だけを飲んだ。誰かが一人、「泔」ばかり二杯もおかわりしたら、鍋の中には米粒しか残らない。そのため、鍋の底に残った柔らかい米は、祖母がかわって食べた。そのもったりとした米の部分を閩南語では「湆《クー》頭糜《タウムイ》」と呼ぶが、私の耳には、「苦頭《クータウ》（苦労な）糜」のように響いた。けれども、おばあちゃんはまったく気にしなかった。戦争の頃は貧しかったけれど、生活がよくなってからは、お腹にたまらない「泔」なんかでなく、実のある「湆頭糜」を食べればいいんだからねと。お粥は貧しさの暗喩だ。お碗の中で浮き沈みする。

お粥と一緒に食べるおかずはだいたいが塩気の強いもので、潮州人は「雑鹹《ザーシエン》（鹹は塩気の意）」と呼ぶが、閩南語も同じで、祖父母たちもそう呼んでいた。家でいつも食べていたのは、瓜仔肉《グイアバー》（瓜の漬物を混ぜ込んだ肉団子）、小イカと生姜のごま油炒め、しじみの醤油漬け、豆腐の豆豉《トウチ》煮込み、ほかに缶詰の麵筋《ミエンジン》（グルテンミートの煮物）、蔭瓜《イングワ》（瓜の漬物）、腐乳《フールー》（豆腐に麴をまぶして発酵させたもの）など、ほとんどが柔らかくて、茶色く染み通った、漬物色の食べ物だった。

母は上の世代がお粥を食べているのを見ると、栄養が足りないと不安を覚えるらしかった。それで自分は新時代の親になると決心し、子どもにはできるだけお粥を食べさせず、どうしても食べるというときは、一生懸命おかずを整えた。

朝起きてお粥を食べる世代は、徐々に歳をとっていき、洋風のハムやトースト、ジャム、牛乳、オレンジジュース、目玉焼きなど広告写真のように鮮やかな食べ物がお粥にとってかわった。長い時間が経ってから、人々はようやく気づき始めた。肉がほとんど入っていないハム、正体のわからない粉を混ぜたパン、あるいは材料費を下げるために混入された怪しいものたちの存在に。いい加減に作られたパンを食べたところで、白粥一杯分の栄養にもならないことに。

わが家でお粥を食べるのは、ピンチのときだった。

私は生後六か月で、自分から断乳した。母乳を飲まなくなり、粉ミルクで作った飲み物は、口に入れるなり吐き出した。太った赤ん坊が突然痩せ始めたことに母は慌てて、なんとか栄養価の高いお粥を食べさせようとした。牛肉でとったスープから表面に浮いた油を取り除き、玄米と卵を加えて柔らかいお粥を炊いた。にんじんやほうれん草をくたくたになるまで煮てつぶし、布でこしたものもお粥に加わった。母親の子どもに対する必死な思いが、赤や緑のお粥になったのだ。そうした努力の甲斐あって、私は栄養粥を食べて元気を取り戻し、その後二度と痩せっぽちになることはなかった。

あるいは強い台風がやってきたとき。停電で、一瞬のうちに、家中の明かりが消え、扇風機はううううと音を立ててゆっくり回ったあと、静かに止まった。屋外の排水路が溢れ、狂ったような大雨が、掃き出し窓の隙間から室内に吹き込み、床は徐々に一面の海と化した。家中みんなが塵取《ちりと》りを手にし、入ってくる水を外へと汲み出すのだが、出る水よりも入る水のほうが永遠に多く、家族全員、一晩中一睡もできなかった。

次第に夜が明け、台風の目が陸地を通り過ぎる数時間は、強風も一時治まった。天も地も灰色で、気味の悪い静けさが漂っていた。家族全員、くたくたに疲れ果て、ソファーに倒れ込んでいる。その時、母は台所に向かい、冷蔵庫の中から食べられるものを取り出すと、お粥を炊き始めたのである。

停電中でも、旧式のガスコンロでは火を使うことができた。母は大鍋にいっぱいのお粥を炊き、もし台風が続けば、続けて二食、私たちはお粥を食べた。冷凍庫から取り出したシラスはわずかなごま油で炒め、白胡椒を振った。さつまいもの葉は茎が柔らかくなるまでゆでて水分を切り、ラードとみじんぎりのにんにく、塩を入れた丼の中で、余熱を利用して和えた。干し大根は何度も水を換えて塩気を抜き、みじん切りにして卵に混ぜ込んだ。中華鍋の底に多めの油を入れて熱し、卵液《らんえき》を流し入れると、じゅっという音がしてふくらむ。菜脯蛋《ツァイプーダン》（干し大根入りの卵焼き）は、少し焦げたくらいが香ばしくて、一番美味しいのだ。

冷蔵庫の中には、たいていピータンもある。もし豆腐や肉でんぶもあったら、合わせて一皿になる。たまり醬油をかけて、ねぎのみじん切りを散らせば、ピータン豆腐の出来上がりだ。ほかに漬物類が何種か。いつもあるのは瓜の漬物、腐乳、メンマ、塩煎りピーナツ、落花生麵筋。家族四人でお粥を食べるのに、おかずは八種類から十種類も並んだ。

空気はまだ湿っていて、私たちは水が入ってくるのを防ぐため、古いタオルやぼろTシャツなどで、ドアの下の隙間を塞いだ。電気はまだ通じず、家の中は薄暗く、静かで、真空のようだった。真空の時間が長く続き、家族全員、黙ったまま久しぶりの白粥を食べた。とても温かく、清らかな味わいが、少しずつ体に浸透していった。

災難が降りかかったとき、母は落ち着いていて、食べ物によってパニックを鎮めるのだった。そうした強い心と、危機に瀕して冷静さを保つ能力は、たぶん祖母から受け継いだものだろう。

実家の辺りは窪地で、一九八〇年代以前は、水位の高くなる季節にしばしば水害に遭うことで知られ、ひどいときには家がまるまる水に浸かった。話によると、祖母はまず子どもたちを抱き上げて、隣家の茅葺《かやぶ》き屋根の上に移動させ、しっかりと木の梁《はり》につかまっているよう命じた。もし仮に泥煉瓦《どろれんが》を積み上げて建てた家が大水にさらわれたとしても、茅葺き屋根はしばらくの間水に浮き続けるだろうから、命が助かるはずだと。

水に溺れた豚の肉は、いくつかの大きな塊に切り分けてから、しばらく傷まないよう、鍋の中で醤油煮にした。天災の最中なのに、家族は毎日豪勢に肉が食べられて、普段の食生活よりいいくらいだったと言う。

その後、村落は移転し、治水工事が行われ、雨水を吸い上げる設備も完成したので、実家が水に浸かることはなくなった。けれども母の家族は、今でも台風で水に浸かったときの話をするのが好きだ。私も子ども時代から何百回も聞いたために、まるで自分の目で見たかのように詳しい。その中でも、特に繰り返し語られるのは、茅葺き屋根に乗って避難したことと、アメリカ軍から救援物資が届いたこと、そして祖母の煮た大鍋いっぱいの豚肉がどれほど美味しかったか、なのである。

その次の劇変は天災ではなく、人的な災い。母が病気になったのだ。

母は祖母に瓜二つで、顔は丸く、体も丸く、笑うと目尻が下がって、目がとても細くなる。村の人たちの言い方だと、同じ型で抜いた餅菓子のよう。そのため私はずっと安心していた。

母が年をとったら、祖母みたいになるはずだと。祖母は年をとっても元気で、美容院で整えた頭はパーマでふくらませた黒髪。唇には茜《あかね》色の紅をさしていた。そばによると、資生堂のハチミツ石鹸とマックスファクターのフェイスパウダーの匂いがした。小さな私を連れて台北に買い物に出かけ、毎年、元宵節《げんしょうせつ》には提灯を、端午《たんご》の節句には錦の香り袋を買ってくれた。台所に立ったら立ったで、世界一おいしい焼きビーフンを作ってくれた。

それなのに、母は自分が六十歳、七十歳になったさまを見ることができず、のちのことは何も知ることができなかった。長い間、数年に一度も風邪をひくことがなかったのに、病気にかかると、あっという間に悪くなった。

お粥は人生で最初と最後の食べ物だ。抗がん剤を打つと味覚が変わってしまい、肉を食べれば鉄の味がし、野菜を食べれば苦味を感じるそうだ。なんとか飲み込むことができたのは、みなしょっぱい食べ物だ。さらに弱ると、お粥を食べた。「客家の女は粥を食べない」と言われた母だったが、最後の日々にはお粥と子ども時代からなじんだ漬物類を食べた。

母のためにお粥を煮るなら、母のやり方にしたがい、おかずを充実させる必要がある。

母はお粥にさつまいもを入れたものが好きだった。それも細く削ったものではなしに、塊のまま入れたものを好んだ。お粥の中に赤と黄色、二種類のさつまいもが入ると色合いが美しい。それに、大稲埕の「唯豊《ウエイフオン》」で買った海苔、肉でんぶ、落花生。市場で買った黄鯛《きだい》は、皮の水分をしっかり拭き取ってから、小麦粉を薄くまぶして油で焼くと皮が破れない。卵焼きに入れる台湾バジルは、茎が赤いものだけを選んで、黒ごま油で焼く。これらはみな母が私に伝えてくれた料理だ。

長らく食べていなかったけれど、懐かしく思い出す料理があり、母もきっと同じだろうと思った。それは冬瓜の漬物を入れて蒸した肉団子、略して冬瓜肉《ドングワロウ》という。私は祖母が作ったものを食べたことがあるが、母自身はほとんど作らなかった。そのわけは、昔ながらの冬瓜漬けが手に入らなくなったこと。塩分が少なすぎる上、砂糖まで入れたりするから、おかしな味になって、食べるとがっかりすること。それなら、いっそ、食べないほうがよほどまし。

叔父の奥さんに冬瓜肉の話をしてみた。すると叔母はすぐに、彼女の実家で昔ながらのやり方通りに漬け、本物の味がする冬瓜漬けを一瓶譲ってくれた。そして、叔母に教えられた通り、冬瓜肉を作ってみたのである。ちゃんとした冬瓜漬けさえ手に入れば、決して難しい料理ではない。わが家にとって、これは魂を召還する料理だ。食べるたびに、時空を超えて、懐かしい人たちに会うことができる。

冬瓜の漬物を細かく切り、豚の挽肉に混ぜ込む。醬油を少し加えてもよいが、ほんの少しに限る。豚肉の匂いが気になるようだったら、おろし生姜かおろしにんにくを包丁の先程度加えるのも可。ただし、多すぎると、本末転倒になる。よく混ぜた豚肉を深い丼に入れ、ぎゅっと底に押しつける。丼に水を肉の高さを越える程度まで注ぐ。蒸し器から湯気が上がってからその中に丼を入れ、三十分間蒸す。肉が蒸し上がるころ、スープは琥珀《こはく》色に染まるだろう。表面には金のコインのように光る油が浮き、塩気と旨味が際立つ。肉を食べる以上の味わいだ。

食卓が全て整ってから、母の部屋に行って声を掛けた。

母は腰を下ろし、テーブル一杯のご馳走に目をやって驚く。そして、冬瓜肉のスープを口に含むと、目を細め、しばらくしてから、ようやく口を開いた。

「こんな料理、あなたどうして作れるの」と母。

「お母さんの真似をしただけ」と娘。

冬の甘いお粥

マカオは三回目。カジノは完全に避けて、旧市街をめざし、地元の伝統的な食べ物を探す。ホテルの朝ご飯も予約せず、表でちょっとしたものを食べた。そのうち、特に印象的なのが下《シア》環《ホワン》の「牛記《ニウジー》油器」だ。

下環の「街市《ガイシ》」付近は普通の住宅地で、観光地から少し離れている。広東語でいう「街市」は昔ながらの市場のこと。下環街市は室内市場で、周りを囲む横丁は少し坂道になっている。そこに食堂、チャーシュー屋、パン屋、金物店などが並ぶ。移動式屋台も多く、生花、菓子、新聞、サンダルなど日用品を売っている。

牛記油器は下環の道沿いにあるが、看板が目立たないため、通り過ぎてしまった。道行く女性に尋ねたところ、入り口まで案内してくれた。広東人のいう「油器《ヤウヘイ》」とは揚げ物一般を指し、なじみのあるところでは、油条《ヨウテイアオ》〔揚げパン〕、煎堆《ジエントウイ》〔胡麻団子〕、炸糖環《ジヤータンホワン》〔車輪型の甘い揚げ菓子〕、牛脷酥《ニウリースー》〔牛タン型のパイ〕、豆沙角《トウシヤージヤオ》〔小豆餡入り揚げパイ〕などがある。

油器店には小麦粉や米粉で作ったさまざまなお菓子や食べ物が並ぶ。たとえば、蒸しパン、麺亀、茶餅などなど。台湾で麺亀と呼ぶ真っ赤な饅頭の頂上部に、ここでは白い花を載せて「喜包《ヘイバウ》」と呼んでいる。そのほか、記憶に残るのは、鶏屎藤粿《ガイシータングオ》〔ヘクソカズラ餅〕。草餅のような餅米の生地で、色は黒に近い緑、名前はちょっといただけないが、漢方では熱を取り痰《たん》を切る良薬だ。

牛記油器にはお粥と腸粉《チョンファン》〔米を水に浸して挽き、蒸し揚げて巻いたもの〕もあって、常連客たちは必ずしも揚げ物を求めず、熱々のお粥や腸粉を注文する人が多い。私たち二人だけが観光客で、何もかもが新鮮だ。蒸し台の周りをぐるっと見てまわり、結局、魚粥と小エビ入り腸粉、大根餅を注文した。三つ全部運ばれてきて、初めて全部米の加工食だと気がついた。朝ご飯の純米フルコースである。

牛記の腸粉は、「布拉腸粉《ブーラー》」〔布を敷いた型枠に生地を流して蒸し上げる方式〕で、注文があってから蒸し始める。蒸籠《せいろ》は浅くて四角い鉄製で、底にガーゼが敷かれている。米を水につけてから臼で挽いた生地を流し込み、干しエビやチャーシューの細切れなどの具を乗せて、蒸し器にかけるのだ。火が通ったら、布ごと台の上にあけ、包丁の先を使って腸粉をガーゼから剝《は》がすと同時に、くるくる巻き上げる。布拉腸粉は鉄枠に直接生地を流し入れる「手拉腸粉《ショウラー》」よりも薄くて破れやすいが、その分口に入れるととろける。腸粉の材料はどこにでもあるものだが、技術水準の高さが特筆に値する。

大根餅も蒸し器から生まれる。出来上がったものを赤煉瓦の厚さの四角に切り分け、ごまだれをかけて、皿の縁にはさらに黒い海鮮ソースと赤い唐辛子ソースが添えられる。こうしたミニマリスト風の大根餅や腸粉を、台湾では滅多に見かけない。台湾風大根餅は、油葱（九〇頁参照）、椎茸、干しエビなど具の香りと豊富さを競い、生地もより密度が高い。ここの大根餅の中には腸詰も椎茸も、香りの強い材料は一切入っていない。白い餅はゆらゆらと揺れて、口当たりはふわふわ、箸で挟むとつぶれてしまうので、スプーンを添えて供される。口に入れると温かく、柔らかく、インディカ米と大根の清潔な甘みがいっぱいに広がる。

純米の香りは最もささやかな香りで、空気の香りの次にほのかだ。目立たず、目立とうとせず、一枚の白紙のごとく、わずかに折り皺が見えるだけ。牛記油器で何種類もの米料理をいただき、しばらくの間、ぼおっとしてしまった。まるで記憶の洞窟に落ちたかのように、米食にまつわるたくさんの思い出が呼び起こされてしまったから。

一番は白粥

台北は盆地で、冬は湿度が高く寒いため、人は自然と熱々のスープを求める。とはいえ、麻《マー》辣《ラー》鍋《グオ》や牛肉麺《ニウロウミエン》など油っぽいものは食べたくないし、日本式ラーメンのような異国の味を求めているわけでもない。口当たりがねっとりして柔らかく、それでいてすっきりとした味わい。できれば、子どもの頃から食べ慣れたものがいい。

たとえば白粥。

家庭で日常的に食べる白粥はジャポニカ米を水に浸して使う（広東粥はインディカ米を使うことが多い）。私のやり方は、土鍋をコンロにかけ、米に亀裂が入るまで強火で炊いてから、とろ火に切り替える。底に焦げつかないよう、時々かき回し、煮えたら火を消して、ふたをする。三十分間蒸したら出来上がりだ。広東粥のように米が溶けるまで煮る必要はなく、コンロの脇で世話をする時間は二十分もいらない。重湯がぽっぽっと沸いているのを見ながら、目玉焼きを作り、漬物を出し、香りを楽しんでいる間に部屋の中が暖まってくる。

わが家でお粥を食べる際には、ひとつ子ども時代からの習慣があって、一杯目には白砂糖を入れて溶かし、甘粥にして食べるのだ。二杯目から、ようやくおかずとともに、普通の食事が始まる。甘粥は、当初、母方の祖母が子どもを食卓に誘うために用いる手段だった。私自身は大きくなってから、その習慣をやめたけれども、弟は今でも続けている。

大人の女性が冬の日に、甘いお粥を食べるなら、白粥に白砂糖を足したものよりさらに素敵なのは米糕《ビーコ》糜《ムイ》〈餅米粥〉である。

甘いおこわと餅米粥

私見によれば、餅米粥は甘いおこわの脱構築、すなわちおこわの構成要素を一旦ばらしてから再構築し、新たな形を与えたものだ。

まずはおこわについて。子どもの頃、祖母に連れられて台北に行き、行天宮《シンテイエンゴン》の恩主公《エンジュウゴン》〈道教の廟で関羽を祀っている〉にお参りすると、お供えの品の中には必ず甘いおこわがあった。蒸した餅米に濃い糖蜜をかけまわし、手のひらほどの大きさの半円形に型抜きして、てっぺんに殻入りの龍眼をひとつ乗せたものを赤いセロファンで覆ってある。食べるときは、龍眼を押しつぶし、果肉についた殻の破片を取り除く。前歯で龍眼の実を種からはがし、餅米と一緒に噛むと、餅米は甘くてもったり、龍眼の実は弾力に富んで歯応えがある。口の中に複数の質感が同居する楽しさといったら、天才的な組み合わせだ。ただ、餅米は冷蔵庫に入れると固くなってしまうので、常温で置いて腐らせない方法として、古くから行われている方法の一つが、大量の砂糖を使用すること。そのため、この種のおこわは大変甘く、思い出すだけで歯茎が痺れるほどだ。

二、三日たったおこわを祖母が油で焼くと、底の面が焦げて、より香ばしくなった。子ども時代を卒業してから、長い間おこわを食べなかったので、ほとんど忘れてしまっていた。祖母が亡くなって何年もたったある日、弟が珍しく台所に入って行くのを見た。ひとりコンロの上で何かを焼いている。近寄って見ると、おこわを油焼きしているのだった。弟が言うには、子どもの頃からずっと、これが大好きで、大人になってからは、ときどき自分で買っているそうだ。幼いときはお粥に砂糖をかけて食べ、大人になってもおこわを忘れないとは、この男子、結構情け深いところがある。

恩主公の甘いおこわは白色。別の種類の甘いおこわを初めて食べたのは、従弟の妻が里帰りし、お土産を持ち帰ったときだ。そのおこわは褐色で、薄く四角い形。基本の材料は同じだが、思いがけず蜜柑《みかん》の香りがした。餅米粥を固体にした感じである。

餅米粥は餅米と龍眼の天才的な組み合わせの延長線上にある。粒の丸い餅米で粥を炊く際、殻のはじけた干し龍眼と黒糖、米酒《ミージウ》〈料理に使われる蒸留酒〉を加えるのだ。もし自分で作るのでなければ、台北なら華西街《ホワシージエ》夜市の「阿猜嬤《アツアイマ》」、南機場《ナンジーチヤン》夜市の「八棟圓仔湯《バードンユエンザイタン》」で売っているし、台南大市場の「江水号《ジヤンシユイハオ》」にもある。

餅米、龍眼、きび砂糖、米酒は、いずれも漢方では気や血を補う食材だ。伝統的に出産直後の産婦が摂《と》るのによい食べ物ともされていて、まとめて言うと、女性に益をもたらす古来の処方である。そして古来の処方は、健康を増進するばかりか、香りがよく、甘くて、心にも効果があるのだ。女性たちの心に寒波が襲来し、隙間から冷たい風が吹き込んでくるときには、ねっとりとした琥珀色の甘いお粥を碗に入れて食べれば、寒気が取れて、血行がよくなり、元気が出てくる。まるでおばあちゃんとお母さんが、わいわい世話を焼いてくれたかのように。

ちまきの痛み

世間で行われる討論の多くは徒労である。みな自分の意見が確固としてあるのだから。テーマが政治にしろ宗教にしろ、あるいはちまきにしろ。

近ごろは毎年、端午の節句が近づくと、ちまきについての大議論が展開されて盛り上がる。台湾のちまきは、北部と南部で大きく二派に分かれるからだ。南部ちまきは、おおざっぱに言うと、生米の中に火の通った具を包み、湯で煮たものだ。それに対し、炊き上がった米に味をつけ、短時間蒸して出来上がるのが北部ちまきである。

もちろん、南北の争いと言ったのでは、中部や東部の人たちの気持ちが汲まれないし、他の地域や離島のちまきに対しても配慮が至らない。それでも大きく分ければ南北の違いだと言うのは、南部の人が「北部のちまきはいいよね。弾力があって歯触り最高！」などと言うのは聞いたことがないし、北部の人が「ちまきだったら、南部に限る。米が柔らかく溶けて竹の香りがするものね」と言うのも聞いたことがないからだ。客家の人が湖州《こしゅう》〔中国浙江省〕のちまきを好んで食べたり、ベトナム籍の人が台湾原住民伝統の粟《あわ》ちまきをほめるという話も、私自身はほぼ聞いたことがないし、多分あまりないだろう。

人々が各地のちまきを自慢するようになったのは、最近の話だろうと想像する。わずか数十年前まで、ちまきなど祝祭日の食べ物は、たいていが家で作られ、買うことなどめったになかったのだ。子どもたちは、家の大人が作るちまきを食べたのであって、よそから買ってくることはなかった。結果的に、人が中年になるまでの間に、食べたことのあるちまきの種類は、おそらく非常に少なかっただろう。というわけで、それぞれが擁護しているちまきとは、つまり自分の家で食べていたちまき、あるいはその仲間である可能性が非常に高い。であれば、南北の争いというよりも、家同士の戦いと言ったほうが正確だ。

私が慣れ親しんだ北部ちまきは、まさに餅米を蒸したところに味をつけ、具と一緒に竹の葉で包んだものだ。すべて火の通った材料を使うので、十分か二十分蒸せばよく、長時間鍋で煮る必要はない。北部ちまきを非難する人の多くは「それって油飯《ヨウファン》〔餅米の混ぜご飯〕を立体に固めただけでしょ」と言う。それを聞いた北部人は当然のことに怒り心頭。ちまきの複雑さをわかっていないことが明らかだし、油飯に対しても失礼ではないか、といきりたつのである。

油飯は、豚肉や干し椎茸などの材料を細く細かく切って香りよく炒め、炊き上がった餅米に混ぜて作るものだ。古典的なレシピによれば、水に浸した生の餅米を鍋で炒め、水を加えつつ蒸し上げる。油飯の材料は細く細かく切るので、一口食べるごとにすべての材料が口に入る仕掛けだ。

それに対して北部ちまきは、中に大きめの具を包み込む。餅米を長時間煮ることはしないので、米粒が一つひとつ輪郭を保っている。五香粉《ウーシャンフェン》と油葱の香りがするご飯を具と一緒に口に入れると、次第に脂身が溶け出し、干し椎茸、塩卵の黄身、栗それぞれの、うまみ、味、甘さが混じり合い、噛めば噛むほどに興趣を覚えるだろう。

わが家は数世代前まで遡《さかのぼ》ることのできる北部人で、断乳後、食べ物を摂取し始める段階から、北部ちまきを食べて育ってきている。何十年も食べ続けると、下顎《したあご》が特定の風味のありかや噛み心地を記憶する。頑固な中年女子となった今日では、南部ちまきが口に合わないことなど言うに及ばず、父方の祖母が亡くなって以来の数年間、困り果てているのが、買ってきたちまきは全部口に合わないということなのである。

ちまきは実は手工芸品なのだった。

さまざまな植物の葉っぱを用いて、長方形、正方形、三角形、編み込み型に縛り上げるには、それぞれの形式、構造、質感というものがあり、具に至ってはさらに百花繚乱《ひゃっかりょうらん》。手間のかかる作業であるゆえに、自然と個性が滲み出る。たとえば祖母が作ったちまきは、世間に何百万とある一般家庭で作られる一般的なちまきのひとつにすぎず、材料に凝るわけでもないが、それでも大変な手間がかかっている。世間のちまきはすべて手間暇の産物なのだ。

わが家のちまきは、麻竹《まちく》の緑葉をきれいに洗って使う。米は細長い餅米を選び、最低四時間、場合によっては一晩水につけてから蒸す。バラ肉は塊のまま別鍋で煮込む。塩卵の黄身には酒を塗り、二、三分オーブンで焼いて固める。干し椎茸を水で戻し、硬い石づきを取り、油で軽く炒めてから、肉の鍋に入れて、味を染み込ませる。干し栗の表面に残った薄皮を小さな毛抜きで取り去る作業には忍耐力がいるが、その後、水で戻し、油で揚げ、さらに肉汁の中で少し煮る。干しエビも油通しをして生臭さを取る。落花生もちまきの中に入れることがあるが、省略されることも多い。

家族の食事をつかさどる者は、一人ひとりの体調を考慮しつつ、陶工が粘土をこねるようにしてちまきを作る。「もう結構な齢だから、卵の黄身は少なめにしておこう」と思ったら、塩卵の黄身を半分に切る。子どもが干し牡蠣《がき》は生臭いと嫌がるようなら、入れるのはやめて、その分椎茸を多めにする。豚肉の脂身が好きだったら、バラ肉が崩れ落ちるくらいまで煮込んでおく。具の種類が多く、それぞれに託された思いもあるゆえに、たとえそのうちの一種類がわずかに的を外すだけでも、最終的な出来栄えが相当に劣ってしまう。そのため近年、端午の節句は家でちまきを作らず、よそから買ってくることにしているが、それが私にとっては苦痛なのだ。〈理想として〉思い描くものとの落差が大きすぎて。

実のところ、買ってきたものの多くは、おおよそ問題のないちまきなのだが、わが家のレシピに比べると、必ずや具が少し多すぎたり、少なすぎたりしてしまう。あるいはサイズが大きすぎたり。米が柔らかすぎたり。大根の漬物が多すぎたり。バラ肉のかわりに肩肉が使われていたり。いったい何でちまきの中に干したホタテを入れるのか。どうして蓮《はす》の実を入れるのか。一年間で餅米を食べることなど何度もないのに、どうして健康にいいからと紫米《むらさきまい》に変更するのか。

その中でも、ちまきに栗が入っていないときほど、心が傷つくことはない。栗は甘くてぼそぼそし、ちまきのご飯は柔らかく粘るので、両者を一度に咀嚼《そしゃく》することで、心の中に花火が上がるのだ。一度、パートナーのお母さんが栗ご飯を炊いてくれたことがあった。それまで何年も栗とご飯を同時に口に入れていなかったので、思わず両目を閉じて、感動に浸ってしまった。

まとめて言うと、ちまきの中に何が足りなかったとか、余計だったとかいう話は、偶然知り合ったある人物が、昔の恋人にそっくりだからとつきあい始めても、結局自業自得で後悔するのと似たようなものだ。

自分一人のこだわりにすぎないことは、よくよくわかっているけれども、こだわりの対象がちまきなのには事情がある。

私のように、大した年齢でもないのにこだわりの強い懐古派は、本物の老人の懐古とは性質を異にする。それは多分、昔を懐かしむことで情報の流れに抗おうとしているわけで、ひとり砂の河に立つような、ひどく時代錯誤な思いがする。私が子どもの頃食べたようなちまきは、実際にはとっくの昔に失われていて、それればかりか、家でちまきを作る手工芸家族や、古式ゆかしい端午の節句の風景もまた、同時に失われてしまったのだ。

幼年期をふり返ると、わずか二十数年前なのに、前世紀という話になる。前世紀の子どもと今の子どもの最も大きな違いは、ひとり一台電子機器のあるなしだ。父方の親族は一貫して話し下手で、みんなで端午の節句を祝うにしても、大した会話はなく、ただ黙って大きな食卓を囲み、真面目にちまきの葉をはがしては食べ、甘辛い調味料を手渡し合った。食後はリビングで真空管テレビが流すドラゴンボートのレースを見た。ボートに乗った選手たちは、二列に分かれてオールを漕ぎ、黙々とまっすぐ進んでいく。外はたいてい暑く、玄関脇には必ずヨモギと菖蒲《しょうぶ》の葉がとめられていて、爽やかな薬の匂いを放っていた。窓枠にはめたクーラーの唸る音がしていた。

数年がかりで、私はようやく、節句を祝うことがなく、ちまきを食べることもないこの運命を受け入れた。ならば嫌々この時期を過ごすよりも、自分で手を動かすほうがいい。父方の伯母に電話をかけ、祖母が作っていた肉ちまきのレシピを詳しく聞き出した。伯母が言うには、数年前、形だけでもと思い、二斤〔一キロ二百グラム〕の餅米で二十個ほどのちまきを作ったそうだ。近年は若い世代がそれぞれ結婚したり、移住したりして、祖父母がいた頃には十数人家族だったのが、あっという間に夫婦二人きりになってしまった。結局、ちまきを少なめに作っても、やはり食べきれず、以来作るのはやめて、よそから買ってくることにしたと言う。

受話器の向こうで伯母が話す声を聞いていると、古い家の食堂の、灯が点らず、静まり切った暗い部屋のようすが目に浮かぶようだった。大家族がついに散り散りになり、それぞれの場所で、別々のところから来たちまきを食べているのだ。前に道がなく、後ろから来る人もいないという気配をふと覚え、暑い季節の祝日だというのに、味も色もない現実が、心底寒々しく感じられた。成人して以来、時々経験してきたように、今度もまた、傷を負いつつうろたえず、落ち着いて、明日の訪れを待つしかない。

『中国米食』——私を形づくった一冊

子どものときに一番好きだった本を今でも読んでいる。それは一冊の料理本で、なおかつ料理本にとどまらないものだ。

その本とは『中国米食』、初版は一九八三年。私が生まれた年だが、その偶然にはたった今気がついたところ。

わが家では子どもにテレビを見せなかったので、夜十時になると、大人たちはまず子どもらをなだめて寝床につかせ、それからテレビをつけて、控えめにビデオを見るなどしていた。

小学校に入り、小さい共同住宅から戸建てに越すと、子どもがこっそりテレビを見ることがないよう、母はテレビを寝室に持ち込んで鍵をかけ、リモコンは家の権利書と一緒に金庫にしまい込んだ。そのため、私の子ども時代は、いつも壁越しに外国人が話している声をぼんやり聞きながら、眠りについたものだった。

テレビについての数少ない思い出のひとつは、母方の祖母と一緒にビデオで日本の歌手美空《みそら》ひばりが歌うのを見たことだ。彼女は祖母が最も好きな歌手で、厚みのある声に、涙が乾いたかのような塩粒が混じっていた。もうひとつは、隣に住んでいた祖父の弟の家に行き、白黒の無声コメディ映画『ローレル＆ハーディ』を見たことだ。それをあの頃の私に見せてくれた叔母さんたちがいったい何を考えていたのかは知らない。今になってふり返ってみると、子どもに無声映画とは、なかなか興味深い選択ではなかろうか。

テレビを見ることは禁止されていたが、本を読むことは許されていた。母によれば、子ども時代の私はあまりぐずらず、せっせと食べ、すやすやと眠り、何冊か本があれば、その場所に貼り付いて、ずっと動かないような子どもだった。

この本好きな子どもが所有していた読み物はごくわずかで、今でも指折り数えることができる。大好きな『漢声《ハンシヨン》小百科』、光復書局版『科学図鑑』、そして『図説中国歴史』がそれぞれ一セットずつ。『世界名著の旅』はプラスチックのケースに上製本の絵本が一冊とカセットテープが二本入っていた。ほかには『辞彙《ツーホイ》』が一冊と日刊紙の『国語日報』。

少ないは多い。たったこれだけだが、小さな女児は頭も上げず、『辞彙』の一文字一文字までも、一ページまた一ページと読み耽《ふけ》ったのである。

母の所有する本はもっと少なくて、料理本が数冊あるだけだった。あとは結婚するときに叔父から贈られたというハードカバーの世界名作全集。その全集の表紙には赤い布が使われていて、背の部分は丸みを帯びていた。当時の中産階級にとっては、ほとんど応接間の飾りものと言ってよく、誰かが読んでいた気配はない。テレビキャビネットのガラス扉内側に、レコードや何本かのブランデーとともに、順序よく並べられていたのである。とはいえ、現在の時点から顧《かえり》みれば、結婚のお祝いに文学全集を送ることは、その世代にとって、生活に余裕があることの表現であり、大真面目な行動だったのだ。

私は知っている漢字が増えると、母の本を読み始めた。最初にテレビキャビネット内にある名作を手に取ったが、翻訳のためか、登場人物の外国人が話す内容に親近感が持てず、何冊かを除き、多くは読み続けることができなかった。ほかに何があるだろうと探すうちに、数冊の料理本を発見したのだ。そのうち『中国米食』の一冊には、私が大好きな『漢声小百科』と同じように、「漢声」〔出版社名〕のふた文字が印刷されていた。

『中国米食』はハードカバーの上製本で、全ページともカラー印刷だった。初めてめくってみたときの驚きを今も忘れることができない。私が読んでいた子ども向けの本とはまったく異なり、格段に複雑かつ美しかったのだ。使われている漢字は、だいたいが知っているものだったので、子どもなりにゆっくり読み進めれば、理解が可能だった。まるで、とても優しい大人のひとが、万物について、明解でわかりやすく、忍耐強く解説してくれているかのようだった。

多くのレシピ本は料理の写真が主で、照明をあてた料理がアップで美しく撮れてさえいれば完成ということのようだった。だが『中国米食』はそのレベルにとどまらず、食文化について語るために、多くの工夫が施されていた。

最初の数ページは口絵で、美しい写真が連続的に展開されていた。光り輝く苗、田んぼと水牛、金色に実った稲、土鍋で炊いた白米などだ。その次の見開きには、「この本をどう使えばよいか」についての解説があった。取り上げる内容の順番、情報のレベル区分について、前もって一通りの説明がなされていた。

難しい料理については、四つから六つの枠内に描かれたイラストを用いて、工程を分解し、作り方を説明していた。当然大変な手間がかかっていたが、結果は素晴らしい効果を上げていた。イラストにしたがって作業を進めれば、見たところ難しそうなパイナップルチャーハンや広東風蒸しちまき、揚げおこげなどもすべて作ることが可能だったのだ。

小さな挿絵がさまざまな説明に使われていた。たとえば、一枚の写真に映った十一種類の餅、十三種類の碗粿《ワングオ》〔米を水に浸して挽いたものに具材を入れて蒸した軽食〕それぞれから線が引かれ、番号が振ってあった。このやり方は日本の伝統ある生活雑誌でたまに見られたもので、わかりやすく、また優美でもあった。

このように写真と文字を組み合わせる技術をアートディレクションと呼ぶのだと知ったのは、それから長い月日がたったのちのことだ。こうした仕事は、誰にでも簡単にできるものではない。たとえば今日の出版物には、デザインの凝ったものが多い反面、見出しがどこにあるのか見つからないことも多い。

本の中に現れる人物写真も素敵で、叙情的だったり、活動的だったり。まるでドキュメンタリー映画の傑作から切り抜いてきたかのようだった。それは時代の顔のようなもので、あの頃、八〇年代の台湾では、各地にまだ地方色が残っていた。三十年あまりのちの今日、ふり返ってみると、時代の顔は大きく変わった。環境が失われたり、人々の服装が変わったりしたばかりか、食べものまで変わったのだ。

たしか紅亀粿《ホングイグオ》〔亀をかたどった赤い餅菓子〕についての章に、桃園《タオユエン》県楊梅《ヤンメイ》区のお祭りの際、二、三人の男性が木製の台車を押しながら前進している写真が掲載されていた。台車の上には、紅亀粿が人の身長ほどの高さまで尖塔形に積み上げられている。その数は、ざっと見ても数百個という盛大さだ。今では木製の台車がほとんど見られなくなったばかりか、各地のお祭りでこんなにたくさん、食べきれない数の菓子が作られることもない。もしあったとしても、一つひとつ透明のプラスチック材で個包装されていることだろう。

ちまきについての章の最初に載せられた写真では、中年の女性が玄関脇に腰掛け、ちまきを作っていて、出来上がった分は扉の取っ手に引っ掛けてある。扉も窓枠も木製だ。太陽光が窓越しに室内に射し込み、彼女の横顔と竹の葉を照らしている。女性は作業に集中していて、化粧っ気のない顔は極端なほど平坦に見える。わずかな作り笑顔すら見せていないのに、彼女の様子には、一度見たらしばらく目が離せなくなる何かがある。

虱目魚のお粥についての解説写真では、早朝、台南広安宮《グワンアンゴン》の前に停められた移動式屋台に、お碗がいくつかと油条《ヨウテイアオ》〔揚げパン〕が置かれ、そこに湯気が立ち上っているが、看板の類は見当たらない。年配の男性たちが、台湾式の白い麻地シャツを着て、竹の椅子に腰掛け、お粥を食べている。私の母方の祖父も以前そんな薄手のシャツを着ていたが、最近ではあまり見かけなくなった。一つの世代が登場し、そして去っていったのだ。

『中国米食』のデザインは、当時としてはかなり先端的で、今見てもすごいと感じる部分がある。一例を挙げれば、あの印象的な表紙だ。世界各地でとれる二十一種類の米を使い、手作業による貼り絵で、明朝体の「米」という字を描いている。表紙全体がまるで刺繡作品のようで、いったい幾日幾晩の時間がかかったことか。八〇年代の台湾では、まだフォトショップなどの画像編集ソフトは使われていなかったのだ。私は現在ではソフトを使いこなせる側だが、もし一つの画面上で千粒の米を合成しなければならないとしたら、それはやはり、驚くほど細かい作業になる。

本全体の中にどう写真を配置し、美しさを構成していくか。現在では、その部分を担当するフードスタイリストという職種が確立している。当時、まだそうした肩書きは存在しなかったが、食器の選択、背景の作り込み、撮影時の照明などなどから、すでに高度な技術水準に達していたことが見てとれる。

蓮根《れんこん》に餅米を詰め氷砂糖で煮た料理の写真が一枚ある。ページ全体に蓮根が広がり、背景は黒一色だ。照明の光は甘煮蓮根の穴の部分を射貫いて、詰められた餅米はまるで螺鈿《らでん》のように光っている。甘い煮汁が端まで広がり、ぽとりと垂れそうで、垂れずに光をまとっている。見るだけで、意識せずとも奥歯がきゅっと締まり、口の中が甘くなってくる。現実には、私は大人になるまで、このような江南風の蓮根の砂糖煮を食べたことがなかった。写真があまりに真に迫っていたせいだろうか。初めて砂糖煮蓮根を口に入れたとき、それまで何百回となく写真を眺めたときに生じた胸の高鳴りは起きなかった。

八〇年代に生まれ、小さい頃から大して勉強ができなかった私は、高校段階で職業訓練の道を選んだのだが、考えてみれば、道はそれ以前から存在していたのだ。私が憧れた高度な図像、明晰な文字、本物の食べ物と日常生活は、互いに溶け合って、料理本の形をとった一冊の書籍の中に存在していた。実際のところ、この本は優れたデザイン見本でもあり、文字と図像による社会学の記録でもある。

『中国米食』のアートディレクションと撮影を担当したのは、私が尊敬してやまない黄永松《ホワンヨンソン》氏である。大きくなってから、いくつかのインタビューを読み、本の中でちまきを作っていたあの女性は他ならぬ黄氏のお母さまで、ちまき用の葉っぱを用意したのはお父さまだったと知った。さらに、編集チームはこの本のために、一年かけて米を育てたのだということも。本に出てくる料理の九割も、編集チームが自分たちで作ったもの。漢声には、長い時間をかけて、深みのある本を世に出す伝統がある。こうしたさまざまなエピソードは、今日のインターネット環境にあっては、もはや神話になりつつあると言ってよい。

子どもの頃は内情を知らず、ただ単純に本を楽しんでいただけだが、それでもこれは大したものだと感じていた。内情を知ったあとは、その芸術的教養の深さに励まされる思いだ。人はみなそれぞれの幼年期によって形作られる。そして、この、私と同年生まれの料理本が、私の一部を作ったのだ。

家にあった『中国米食』は、数年前リフォームのために段ボール箱詰めにしたあと、行方不明になってしまった。しばらく残念に思っていたが、あるとき、漢声巷《ハンションシアン》〔出版社の小売部門〕で中国向けの簡体字版を手に入れた。ハードケース入りの上製本がソフトカバーに、繁体字が簡体字に変わった以外、写真もレイアウトも元と同じままだ。きれいに印刷された砂糖蓮根と餅の写真に指で触れて、私は欠けていた幼年期の一部をようやく取り戻すことができたのである。

第三部
明るい宴席

明日のおもてなしのために

弟のお客さまが日本からいらっしゃるので、家でお食事を差し上げることになった。母にとっては、それが生前最後のおもてなしになった。

お客さまのうち、乃南《のなみ》アサさんは著作がたくさんある小説家で、『凍える牙』で直木賞を受賞している。東日本大震災のあと、彼女は台湾各地を訪ね、その見聞を『美麗島紀行』にまとめて出版した。彼女と日本台湾文化経済交流協会の松井氏に弟は親しくお付き合いいただいている。お二人と通訳の方、お客さまは全部で三人だ。

そのおもてなしの日がまた、普通の日ではなく、総統選挙の投票日当日なのだった。乃南さんは選挙に興味津々で、投票前夜、弟がお客さま二人を案内して、最後の集会に出かけて行った。そこで台湾の選挙の白熱ぶりを目の当たりにして、投票当日は村の開票所へ行き、開票状況を見学することになったのである。そのため、おもてなしは二部に分け、まず午後に拙宅でお茶を差し上げ、その後徒歩で開票所へ。小さな村の有権者は数百人だから、開票作業は二時間もかからずに終わる。開票を見終えたら、また歩いて家に戻り、今度は夕飯をお出しする、という段取りだ。

以前は家でおもてなししても、記録を残すことはなかった。けれども、この時は母の持ち時間がすでに限られていて、からだは少しずつ枯れ、心の灯りは一つまた一つと消えていくかのような状態だった。私は毎日、残りの日々が少ないことを意識して、詳細にその日の出来事を書き記した。それは激しい川の流れのまん中に立って、水中の草を何本かつかまえるようなものだったかもしれない。あの時の買い出しや、食事、移動の経路、またおもてなしの詳細の一部について、記録が残されたのは、そういう事情による。

とはいえ、これからお読みいただくのは、おもてなし当日のことではなく、それまでの準備についてである。

お客さまを招くための準備は、旅行前の準備に少し似ている。目的地に着く前から、旅はすでに始まっていて、支度をして出発を待つ間の心の動きは、旅先で実際に起きるもろもろに少しも劣らない。

母の病気は、日常の形さえ変えてしまったほどで、楽しいことに至っては、なくなってしまったに等しい。あとから考えると、おもてなしは以前、母の楽しみだったのだけれど。

たいていは、おもてなしの当日から遡ること数日前の夜中、ダイニングテーブルの片隅に紙を広げ、字を書き絵を描く母の姿を見かけた。書いているのは料理の順番と買い物リスト、絵は盛りつけのプランだ。書き終えたら、その紙を冷蔵庫に貼り付ける。その後数日の間、ちらりと見ては考え、よりよいアイデアが浮かんだら書き直すのだった。

母の後ろ姿や表情には、著述や絵画制作のような、創作活動と同じ集中力が見えた。

私の母は一九五〇年代に生まれ、六〇年代に育った台湾女性だ。その時代、女性は結婚し、子供を産むのが当たり前だと考えられていた。もし社会に出るならば、「まともな職業」につかなければならなかった。ある職業がまともかどうかは、おもに想像上の問題だったから、結果的に当時女性がつくことのできる職業の範囲は非常に狭く、公務員か教員、経理事務など数種類しかなかった。それ以外は家庭の主婦で、主婦業の大変さは他の職業に劣らないにもかかわらず、一つの職業とは考えられない、別枠だった。

創作とは何か。母がそんなことを話したことはない。母の語彙にそうした言葉はなかった。

こうした女性たちは明らかに優れた素質を持っていた。けれども社会の狭量さと家庭の無関心さによって、ほとんどの場合、才能とはかけ離れた仕事についた。私の母は会社に勤めて、会社の帳簿を預かる以外に、人事、庶務、一族の私的な金銭管理も担当していた。家に戻れば、年寄りや子どもがいた。母はかつて毎日、がんを患った舅《しゅうと》のために、鶏を長時間火にかけてエキスをとり、糖尿病の姑《しゅうとめ》のために、小麦若葉のジュースを搾った。彼女の娘は肥満体で、息子は偏食がひどく、夫の事業は山あり谷あり。その世話で日々くたくたになっていた。

私の世代は、自己実現を強調し、何を実現するかははっきりしなくても、自己に関しては永遠に不足を覚える。母は正反対だった。

母は華道を十年習い、先生から一番出来のいい弟子だと言われていた。台所に入れば、包丁使いの見事さは超絶技巧レベル。果物を出すときには、配色を考えた繊細な組み合わせの立体作品に仕上げることができた。しかし、こうした能力は、彼女の時代にあっては、高く評価されなかった。いわゆる「宝の持ち腐れ」だ。本人の才能と希望を十分伸ばす環境がなかったのだ。そのため母は日常生活の中で、私たちのために華麗な朝ごはんや昼ごはん、弁当を作り、ごく稀に才能をたっぷり発揮する機会があるとしたら、それが来客のおもてなしだった。

最後のおもてなしのとき、母はすでに体力を失っていたが、創作の火花はまだ盛んに煌《きら》めいていた。そのため母と私は、二人でチームを組んだ。母の言う料理を私がせっせと書き取る。母の作ったリストに基づき、私が買い物に走る。母のベッド脇に腰かけて、何日も議論を積み重ね、毎日少しずつ、共同制作を進めた。

おもてなしの買い物は肉体労働だ。一か所では全部揃わないので、何か所かまわらなければならない。二つの市場と大型ショッピングセンター、そして内湖《ネイホー》の花市に行ったあとで、つくづく思った。母は以前ひとりで五〇ccのスクーターに乗り、買い物をすませていたわけだが、それには才能は言うに及ばず、どれほどの根性と腕力、さらに超能力が必要だったことだろう。大稲埕《ダーダオチョン》に向かい、頼りになる老舗で、安心感を取り戻す。帰綏街《グイスイジエ》の「芳山行《ファンシャンハン》」で品質のよいスルメ、クラゲ、干しヒラメを買う。迪化街《ディーホワジエ》の「泉通行《チュエントンハン》」で宜蘭《イーラン》産の砂地落花生を買う。延平北路の「龍月堂《ロンユエタン》」では緑豆糕《リュウドウガオ》。「永泰《ヨンタイ》食品行」向かいのお菓子屋さん（すでに閉店）で、卵ピーナツ〔二八ページ参照〕、スイカの種、甘納豆を手に入れる。

スープを仕込むには、お客さんがみえる二日前に蘆洲中山《ルージョウジョンシャン》市場へ出向いて、地元産の山うきびジュースの屋台に行って、さとうきびの切れ端をわけてもらう。
斤取り置いてくれるよう頼むと、買い物当日に品切れで慌てなくてすむとのこと。その後さと
日前に行っておばあさんに皮のついた肉を二斤（一キロ二百グラム）、肋骨のついたところを二
羊肉を買う。同じ場所で四十年、おばあさんが経営している店だ。母の言いつけによれば、一

母の煮る山羊のスープは臭みがなく、あっさりしていながら、口に含むと喉を潤す感じがあり、山羊好きでない人も喜んで食べた。材料は山羊の肉以外に、さとうきびの切れ端と新鮮なみかんの皮（乾燥した陳皮ではなく生のみかんの皮）。叩いてつぶしたひね生姜とぶつ切りしたねぎを鍋で炒めたところに、水を注いで煮ていく。ふたをする前に、花椒の実も少々投入して。

さとうきびの切れ端は根っ子に近い部分で、一番甘いにもかかわらず、泥落としに手間がかかるため、誰も欲しがらない。屋台の周りに投げ捨てられていることも多く、普通はただでもらえる。それなのに、あの日さとうきびの売り手は、私が行ったら一元取った。母はそれを聞いて大笑い。さとうきび屋も人を見るんだね。私が行ってお金を取ったことなど一度もないのに、と。

お客さまは外国の方々なので、できるだけ台湾らしい食べ物やわが家伝来の料理をお出しし

たい。中国料理のご馳走は、戻すにも、煮るにも時間のかかる乾物を多く使う。私は子どもの頃から、母方の祖母や母が料理するのを台所で見ていたので、やり方はおおよそわかっているけれど、火加減が難しい。事前にできるだけ下準備を進めておこう。スープは作っておける。肉も柔らかく煮ておく。半分まで準備したところで母に味見してもらい、うなずいてくれたら、お客さまにお出しできる。直前に温め直したり、とろみをつけたりすることにして。

料理はすべて母が決めた。風味に奥行きと変化が出るよう、濃い味と薄い味、柔らかいものと歯応えのあるもの、塩辛いものと甘いものを組み合わせた。そして旬の味。市場に出回り始めたばかりの、天然のボラの卵から作ったカラスミや冬野菜の、茎の太い芹など。

当日のメニューはこんな感じだ。カラスミの炙り焼き。アワビと小白菜のスープ煮。スルメと芹の唐辛子炒め。乾しナマコと銀杏の豚肉煮込み。クラゲと豚マメ（豚の腎臓）の沙茶醤《シヤチヤジヤン》炒め。季節の野菜炒め。イカの白雪揚げ（甘酢にんにくソース添え）。山羊肉の澄ましスープ。季節の果物盛り合わせ。台湾高山茶。

料理をお出しするのは夜だが、台所の準備は早朝から始まる。クラゲは前日から流水につけて塩抜きしたものを薄く切って、砂を取り除く。スルメは完全に戻す。豚マメは筋を取る。野菜はよいところだけを選び、塩を入れたお湯で軽くゆでておく。山羊肉のスープは煮上がってから一度濾《こ》して、ちょっと冷凍庫に入れ、表面に浮いた油を半分取り除く。滷肉《ルーロウ》はほろりと崩れるところまで火を入れる。豚マメは皿に層をなすよう並べていく。母が台所に様子を見にきて、いい感じねと言ったので、影武者の私は気を強くした。

一月は真冬だが、この年は異常気象で寒さがさらに厳しく、台北近郊の林口《リンコウ》ですら雪が舞った。お客さまがいらしたら、まずは熱々の甘いものをお出ししよう。

甘いものは落花生のお汁粉で、お碗の端に温めた油条《ヨウテイアオ》〔揚げパン〕を斜めに置き、お客さまに浸しながら食べてもらえるようにした。落花生は一晩水につけ、朝早くから煮ておいたものだ。宜蘭の砂地で育った落花生は、実が小さい分、滑らかで油分が多く、硬い芯が残ることもない。ゆで汁が乳白色になり、実がすっかり煮えたら、氷砂糖を加えて、少し煮立たせる。氷砂糖を溶かし、火を止めてしばらく置く。粗熱が取れた頃、ちょうど甘さも染みるので、食べる直前にもう一度温める。このように煮た落花生はお玉ですくっても形を保っているが、口の中に入れるととろける。

お茶菓子もひとテーブル分用意した。大稲埕の餅菓子類に加えて、伝統菓子で有名な金山の店に注文した小さな紅亀粿《ホングイグオ》もいくつか。赤ちゃんの手ほどの大きさで、可愛らしく、地元の文化を伝える意味もある。

カラスミとアワビは、どちらも前菜で、前もってお皿に並べておくことができる。母が台所にやってきて、二切れずつ見本に切ってみせてくれた。私の包丁技術は、同世代の中ではましなほうだが、母から見たら、おそらく歩行器を使う赤ちゃん並み。それでも、この日、母は私のことを笑わず、見本をみせながら、いろいろ話してくれた。

わが家のカラスミは、炙って皮が膨れ、香りが漏れ出て、なおかつ中心部はねっとりしている状態を目指す。炙りすぎて乾いてしまうのが最もいけない。結果的に、切るのが難しい。母が使う包丁は、普段から陶器の底で研いであるので、十分使用に耐える。けれども念のため、お客さまを招く前に、一度市場に持っていき、専門の職人に研いでもらった。切りやすくなった包丁で、母を見習って斜めに切る。ひとつ切っては、湿らせた布で刃の部分を拭き、また乾いた布で拭いてから、次の一切れに向かう。魚卵の外側の脆い部分がつぶれず、粘り気のある内部もまっすぐ滑らかに切れたら、見た目も美しい。

お客さまはこちらに向かっていて、もうすぐ到着だ。家の中を湯気が動き、オレンジ色の灯りが点っている。グラスを柔らかい布で磨き上げ、母が嫁入りする際に持たされた骨董品の食器を一セットずつ並べた。寒い日なのに、あまりに忙しくてうっすら汗をかいた。

食事はもうすぐ始まる。母は全体を見渡して満足げだ。痩せて凹んでしまった顔が、笑おうとすることで少なからず膨らむ。母はゆっくりと一人で台所から外に出て裏庭に向かう。花びらが重なった椿の花を一本切ると、テーブルの上に飾った。

滷肉の家

滷肉《ルーロウ》はわが家伝来の料理。もっとも台湾の多くの家庭で日常的に食べられていて、昔は毎日食べたものだった。ところが今では、一族の中で滷肉を煮るのは私ただ一人となり、なかなか口にできない料理になってしまった。

母の実家では、家族全員が同族企業で働き、家は事務所のすぐ隣にあった。絆は固く、関係は緊密だった。家の建築様式は三合院と呼ばれる伝統家屋ではなかったが、暮らしのかたちはまさに三合院式の村落共同体。毎日の昼飯、夕飯づくりは母方の祖母が担当し、親子三代数十人がいっしょに食卓を囲んだ。現在の台北ではもうほとんど見ることができない暮らしのかたちだ。

祖父母は、おじたちの家を順番に回って暮らした。数か月に一度の引っ越しは、門を出て数歩で完了だ。一族の食事は、二人がその時住んでいる家でとった。正午と夕方、祖母が食事を作り始めると、炒めものの香りや湯気、鍋に杓子《しゃくし》の当たる音が、廊下沿いに伝わってきて、それぞれの仕事場にいる家族たちは、ああ食事の時間だと気がつく。祖母の得意料理はたくさんあったが、どれかひとつを選ぶならば、やはり滷肉ということになる。

一族の食事は、毎度十数種の料理を並べたのだから、大変な労働だった。紅焼《ホンシャオ》〔醬油味の煮込み〕料理は準備がしやすいから、しばしば食卓に上がった。毎週大鍋で煮られた滷肉を、私たちは数日間続けて食べた。冷蔵庫の中にはいつでも、乳白色のラードと煮汁が冷えて固まった中に、光る褐色の肉がまるで琥珀のように煮凝っていた。〔フランス料理ならコンフィに当たる〕オイル煮の台湾版だ。毎週毎週大鍋の中で煮込まれて、一度も休まず、やめることもなかったのだから、その時代、わが家には滷肉の精が住み着いていたと言っても過言ではない。

子どもたちが外で勝手な買い食いをしないよう、小学校時代のこづかいは、緊急時に公衆電話がかけられる金額に限られていた。そのため下校して家に帰ると、いつもひどく腹ぺこだった。成長期の少女が感じる空腹は、クッキーなどのお菓子でおさまるようなものではなく、白飯に肉汁をかけて食べる必要があった。

私は台所に祖母を探しに行き、滷肉飯《ルーロウファン》を探し当てる。滷肉はだいたい午後に調理して、夕方まで煮込み続けた。もしその日煮たばかりのものがなかったら、祖母は電気鍋で私のために温め直したものを出してくれた。

「今日は何杯食べますか」と祖母はいつも笑顔で私に尋ねる。ほんの少しからかうような、いたずらっぽい調子で。

「二杯」と私は正々堂々、大声で答える。

「お肉の汁はかけますか」

「かけます」とさらなる大声。

祖母は私のために、調理台の下に小さな椅子を置く。私はそこに上って炊飯器のふたを開けると、炊き立てぴかぴかの白いご飯を自分で茶碗によそう。ご飯の上には脂身がたっぷり溶け込んだ肉汁をかけ、続いて分厚い四角形でぷるぷる震える皮つきの角煮を二かけ、そのてっぺんに乗せるのだ。

わが家の滷肉はまず肉を油で炒めてから、水を注いで煮込む。肉の塊は見たところ形が整っているものの、完全に柔らかくなるまで煮てあるので、箸で触れるだけで崩れ、とろっとした肉汁と化して、唇に粘りついてくる。赤褐色の肉汁が熱い白飯にからみ、米の一粒一粒に水分と油分がまとわりつく。

ご飯を食べながら、祖母とおしゃべり。二杯目を食べ終わる頃には、まったく幸せな子どもが一人出来上がる。子どもの世界は小さなもので、話題は来る日も来る日も学校で起きた他愛もない出来事について。誰々がずるをしたとか、誰々がお休みだったとか。大人になって初めて気づいたのだが、子どもの話は聞いている大人にとって、たいてい退屈なものだ。それなのに、格別忙しかったに違いない家の大人たちが、おしゃべりに付き合ってくれたのは、忍耐強かったばかりではなく、可愛がってくれていたからなのだと、今になってわかる。

滷肉の潔癖

わが家はこと滷肉に関しては、すこぶる潔癖であった。

滷肉の鍋の中には、肉しか入れない。ゆで卵や豆腐や夏になると観音山でたくさん採れる緑の筍、冬の大根などは、肉汁で煮るとそれぞれ神級の美味になるが、必ず別の鍋に肉汁を取り分けて煮た。もとの鍋に異なる材料を入れると、肉がいたみやすく、長く保存できなくなるし、煮汁の中に豆腐のかけらや卵の白身が浮いていると見栄えもよろしくないからだ。

祖父は古風な人だった。毎日ワイシャツと西洋ズボン姿で、髪の毛を一糸の乱れもなく撫でつけ、一生に幾度も笑わず、毎晩必ず決まった量の酒を飲んだ。生涯を通じて痩せていたのは、偏食で、食べる量も少なかったためだと思う。家での食事は普段でも、十数種類のおかずが並んだが、祖父が食べるものは限られていて、野菜や米はほとんど口にしなかった。餃子や肉まんは中身の具だけ食べ、空気の抜けた皮をお碗の底に残したまま箸を置くと、もう席を立った。

しかし、その祖父も家で煮た滷肉は食べたのだ。

祖父は滷肉の食べ方も変わっていた。皮に脂身がついているところだけを食べて、赤身は食べなかった。祖母は祖父が栄養不足になるのを心配して、食事のたびごとに、肉汁を取り分けて煮た豆腐や筍を祖父のそばにだけ置き、お酒を飲む際に多少なりとも食べることを期待した。

祖父のような男性は、この先の世界では、徐々に数が減っていくだろうと思う。祖母のように、一面では恨み言を口にしながら、肉汁で豆腐を煮続けるような感情のあり方も。

当時、祖父の横には、いつも私がいた。子ども時代の私は、色白で肥満し、肉に埋もれた関節が見当たらないほど。まるで豚足の水煮である。家族も近所の人もみな可愛いと言ってくれていたが、女の子としては、ぼんやりながら、太っていては美しくないのだと理解していた。そのためテレビのコマーシャルで「ダイエット」という言葉を聞いて、しっかりと覚え込んだのだ。まだ幼稚園時代のことで、理由ははっきりとわからないまま、「ダイエットしなくちゃ」と言い始めた。メディアが撒《ま》き散らす価値観は幼い女の子にとって、著しく毒性が高いのである。

ダイエットすると決めた幼女は、祖父に向かって、心にもないことを言った。「おじいちゃん。私ダイエットするの。脂身はいらないから、おじいちゃんと組になるね」

滅多に笑わない祖父が、この時ばかりは大いに笑った。そして箸で脂身だけとって自分の碗に残し、赤身の部分を私の碗に入れてよこした。私は祖父にくっついて、自分の赤身肉を食べつつ、祖父の脂身をじっと見つめた。台湾の俗語に言う「吃碗内《チーワンネイ》、看碗外《カンワンワイ》〈碗の内を食べながら、碗の外を眺める。自分のもので満足せず、常に他人を羨む〉」という心境を、この時身をもって理解したのである。

一人で滷肉は煮ない

祖父母がどちらも亡くなったあと、家族で協議し、以後は別々に食事をとることになった。大勢でにぎやかに食べていたのが、瞬時に静まり返り、滷肉は突如絶滅の危機にさらされたのである。

母は長女で、結婚してからも長年外祖母《がいそぼ》の助手を務めた。滷肉についても一子相伝の弟子であった。母の生涯は、おおよそわいわいと食事をとった時代のうちに過ぎたが、私たち子どもが留学していた数年間は、父もしばしば留守だったので、一人で食事をすることになった。昼は会社で弁当を食べ、夜は適当に麵類ですまし、数年というもの、一人で滷肉を煮ることもほぼないままに過ぎたという。

一人暮らしをするようになって、私も理解した。祖母であれ母であれ、一人で滷肉を煮ることはなかったのだ。滷肉はおおぜいに食べさせるためのものなのだから。

かつて数年間をイギリスで過ごしたとき、当初のカルチャーショックで最も苦労したのが食べ物だった。なにしろ、国民一人当たりが一生に消費するサンドイッチの数は平均一万八千個というお国柄だ。それなのに私は、毎食温かい出来立ての料理を食べるばかりか、テーブルの上には必ず滷肉がある台湾家庭の出身なのだ。冷たいものをしばらく食べ続けると、内臓を一つ失ったような感じになり、そこにイギリスの真冬の冷たい風が吹き込んで、その隙間がどんどん広げられるかのようだった。

そんなとき、思い出すのはただ一つ、滷肉だ。思い出すだけで、気持ちが少しずつ落ち着いてくる。母に電話して、作り方を詳しく尋ねて書き取り、その通りに作った。

母はどうしてもテレビ電話のアプリを使えるようにならなかった。私の住む家のWi-Fi環境もお粗末だったので、電話で話すしかなかった。もし現在だったら、きっと母は何キロかの肉を買ってきて、最初から最後まで作って見せ、スマホで撮影したことだろう。そうしたら、母が料理をする様子を撮った動画が残せたのに。それはふり返って初めて言えることで、実際には何の役にも立たない繰り言だけれど。

イギリスのスーパーで売っている豚肉は匂いが強く、滷肉のような味の濃い料理に仕上げて、ようやく匂いを抑えることができた。当時容易に買えた醤油は、中国広東省から輸出された「珠江橋《ジュウジャンチャオ》」ブランドの濃口醤油。米はインド産の長い米か、タイの香り米。もし台湾のうるち米のようなもっちりした食感が好みだったら、アジア食料品店にイギリス人が寿司米と呼ぶ種類の米があった。日本米とはいっても、アメリカで生産されたもので、食感は似ていたが、香りはまったくなかった。

いずれにせよ、そうして作った滷肉と白飯は、家のものとは雲泥の差だった。それでも、海外暮らしでは、自分で何とかできたら、もう十分以上なのだ。慣れてきてからは、しばしば作った。身近なアジア人留学生たちが朝から晩までカップ麺で生き延びているのを見て、弁当箱に一つひとつ詰めてプレゼントしたり、後には何と、滷肉を売ったことさえある。

ロンドン台湾グルメフェス

ロンドンで借りていた部屋の大家さんは台湾人女性で、目がぎょろっと大きく、お化粧が濃かった。私たちと何歳も違わないのに、綺麗でやり手の彼女のことを蘋《ピン》姉さんと呼んでいた。彼女が当時つきあっていたのはイギリス籍香港人の彼氏で、姓は思い出せないが、名前は高文《ガオウエン》といって、子どもの頃からイギリスに留学したため、話し方も身のこなしもイギリス風だった。

あるとき、蘋姉さんは、ロンドンで行われる台湾グルメフェスティバルの販売スペースを獲得した。彼女は料理をしないので、相談の結果、私が台湾の食べ物を作り、蘋姉さんと高文、高雄からきたルームメイトの王《ワン》さんが協力し、売上げ金はみんなで山分けすることにした。

台湾の食べ物といってもさまざまあるが、材料を手に入れやすく、私が自信を持って作れるものとなると、実はいくつもない。そのうち、海外に暮らす台湾出身者が誰でも知っている食べ物というと、やっぱり滷肉だろう。滷肉飯にしろ、南部出身者が肉燥飯《バーソープン》と呼ぶ細切り肉の煮込みにしろ、あるいは中部のいわゆる爌肉《コンバー》〔角煮〕にしろ。醤油と砂糖で味つけした豚塊肉の煮込みに、八角か五香粉《ウーシャンフェン》の香りがしたら、多少手順や割合が異なり、仕上がりが違っていたとしても、在外台湾人なら、まるで記憶の底にあるスイッチを押されたかのように、瞬時に反応するはずだ。

私たち四人により構成された臨時部隊は、近くの食料店で豚バラ肉を買い占めた。次いで私はルームメイトといっしょに、来る日も来る日も、紫エシャロット〔タマネギの仲間〕と豚肉、ニンニクを刻み続けた。わが家のレシピでは、エシャロットをたっぷり使うが、皮をむき、包丁で薄く薄く刻むのは、結構疲れる作業だ。幸いイギリスには、バナナエシャロットと呼ばれる大きな品種がある。大きさは手のひらほど、刻めば他の玉ねぎ同様涙も出るが、皮をむく手間が相当程度省ける。その強烈な香りは二階の窓から漂い出て、路地の向かいの家にまで届くほどだ。

高文は以前、親戚が経営する中華料理のテイクアウト専門店で働いていたことがあり、業務用の巨大な炊飯器を借りてきた。私たちはバスタブで洗った大量の米をその炊飯器に入れて炊いた。台所に四口あった電気コンロは全て、肉を煮るために総動員だ。明かりは深夜まで灯ったままで、朝まで眠らないこともあった。

フェスの当日は、会場に人が溢れ、滷肉は完売、汁も米粒も残らなかった。お客さんの中には、一度買って食べてから、戻ってきて持ち帰り用をいくつか注文する人もいた。それも、ちょっと複雑な表情で、「この滷肉、何だか本物みたいだ」と言いながら。

本物なのだ。食べ物も本物だし、ホームシックも多分本物だ。

みなしごたちの滷肉

母ががんの一番末期に、最初から最後まで、私の手をとって教えてくれた料理も滷肉だった。自分で想像しながら作っていたものと、母のレシピ通りに作ったのとでは、全然違う。

時々、誰かが昔家でよく食べた料理の話をして、また食べたいのだけれど、作り手がいなくなった後は、料理も途絶えてしまったと語るのを聞くと、それは大変だと心配になる。私の経験に照らすと、生涯を通じて懐かしく思い出すような料理なのだったら、間に合ううちに、是非とも覚えておいたほうがいい。この先々の、上の代も下の代もいない暮らしに備えて、日常茶飯のメニューを一種類でも繰り返し練習して覚えておけば、いつでも自分で作って食べられる。それは自衛の一策なのだ。旅立った人を呼び戻すことができない上に、料理までいっしょに失ってしまったら、味覚の帰る故郷がなくなってしまうではないか。

病気になってからの母は、三分立っているだけで、疲れ果てるようになった。それなのに、滷肉の仕込み段階で、最初に豚肉を十数分間炒め続ける作業を、母は私に適度な色合いを教えるために、立ったまま、全て自分でやって見せた。母が手順通りに教えてくれる内容を、私は必死に記憶し、書き留めた一切はしっかりと自分の手に握りしめて、手放さない。

滷肉の作り方には主に二つの流派がある。一つのやり方は、豚肉のアクを取ったら、水と調味料を同時に加えて煮ていく方法。もう一つは、私の実家のように、肉を炒めてから煮ていく方法だ。わが家は商家で、効率を重視した結果、何にしろ煮込み料理はすべて先に炒めてから煮るという方法をとったのだろうか。滷肉だけでなく、紅焼牛肉《ホンシヤオニウロウ》や、山羊肉のスープを作るときですらそうだ。炒めてから煮る方法には利点があって、それは肉を炒めて油を出すために、脂身もしつこくないし、形が保たれて、柔らかいのに崩れないということだ。

豚肉は冷凍ものを使ったのでは味がぐっと劣り、いっそ食べないほうがいいくらいだから、必ず地元産で、屠《ほふ》ったばかりの温体黒豚肉を使う。黒豚は偽物も出回るので、信用のおける肉屋さんは、皮にあえて二、三本の黒毛を残しておく。それを必ず抜いてから料理にかかる。母が指定した部位は、一般的なバラ肉ではなく、閩南語で言うところの「太興《タイヒン》」、つまり皮つきの肩スペアリブだ。豚の首下胸上にあるこの部位は味が濃く、長時間煮ても崩れない。ただしタイヒンは量が少なく、人気が高いので、一日前に市場に行き、肉屋さんに翌日の取り置きをお願いしておく必要がある。私が行きつけにしている中山市場の精肉店は、最近ではＬＩＮＥによる注文も受け付けている。

私自身のレシピでは、肩スペアリブとバラ肉を同じ鍋で煮るが、脂とコラーゲンが豊富な豚皮を一緒に入れる場合もある。大鍋でたくさん煮たほうが、滷肉の味がよくなる。肉の量が少ないと、コラーゲンが十分に出ず、こってりしないのだ。皮つきの肉は大きく四角に切り分ける。

鍋を熱し、底の部分に少量の油をひき、豚肉を入れる。皮が焼けて水ぶくれができるころ、豚の脂身から油がじゅじゅっと滲み出始める。さらに我慢強く、時間をかけて、全ての切り身がこんがりと色づき、少し焦げ目がつくまで焼く。そうしたら、肉を鍋の隅に寄せるか、大きなボウルを用意して、一度取り出す。鍋底には豚の脂（ラード）がたっぷり溜まっているはずだから、そこに紫エシャロットの薄切りを茶碗に一杯分、叩いてつぶしたにんにく二つとともに投入する。火を弱め、ラードの中でエシャロットを焦がさないように注意しながら、かりかりになるまで揚げて取り出し、油を切っておく。

次は「糖烏《タンオー》」だ。

油の中で砂糖を炒めて、カラメル状に焦がしたものを、母はいつも閩南語で「糖烏」と呼んでいた。華語〔標準中国語〕で「焦糖《ジャオタン》」とか「糖色《タンスー》」と言ったことは一度もない。母が残したレシピ帳に書かれた煮込み料理の調味料には、必ず「糖烏」の二文字が入っている。台湾式の滷肉は上海方面の紅焼肉とは違って、出来上がりの色が比較的薄く、明るい褐色だ。赤っぽいのは色素を入れたかと思われそうだが、実は「糖烏」の結果なのだ。それでいて砂糖の分量は多くない。わが家は全員台湾北部の出身だから、どんな料理を作るにも、砂糖は少なめである。

砂糖は溶けると「糖烏」になるが、それは金色の「糖烏」である。目を逸らしたら、あっという間に黒く焦げて苦味が出るから、細心の注意を払う必要がある。砂糖が色づいたら、即座に肉を鍋に戻して、糖烏をまとわせると同時に、鍋肌から茶碗半分の米酒、ついで醬油を垂らす。醤油と酒は必ず鍋肌から入れ、決して直接肉にかけないこと、と母。醤油は熱くなった鍋肌で一瞬の間に沸騰し、強い芳香を放つ。最後に肉にかぶる量の水を入れ、エシャロットを戻したら、味をみて、スープよりもやや塩気が強い程度なのを確認する。その後は中火と弱火の間くらいで、ふたをして、煮込んでいく。

わが家の滷肉に、五香粉や「滷肉の素」のような出来合いの調味料は入れない。香料は二種類だけで、一つは漢方薬局の上白胡椒《じようしろこしよう》、ほかに八角を一つか二つ。上等の肉を使い、醤油の香りを引き出したら、それで十分だ。出来合いの調味料は歌を歌うのにこぶしを回すようなもので、使いすぎると興醒めだから、むしろ入れないほうがいい。火にかけている間は、あくを取りながら、肉が柔らかくなるまで煮る。手間を省こうと電気鍋を使うのはだめだし、圧力鍋もだめ。肉が柔らかくなっても味が染みず、色艶も劣るから。

母が亡くなったあと、今日に至るまで、何らかの困難にぶつかって、みなしごのような気持ちになりかかったら、すかさず滷肉を煮る。ゆっくりと肉を切り、鍋で炒めて、大鍋にいっぱい煮るのだ。熱々の滷肉は心を癒してくれる。小さなアパートの中がよい香りに満たされたら、子ども時代の、あの完全無欠な家族と再び会うことができるから。

年越しの兜麵

わが家で古くから食べていて、年越しにしか作らない料理がある。家では閩南語で「兜麵《タウミー》」と呼んでいるが、世間には「兜銭菜《タウチンツアイ》」と呼ぶ人もあり、より直接的に「粿番薯《キッハンチー》〔さつまいも〕粉《フン》」という言い方もある。褐色で半透明、ねばねばした澱粉《でんぷん》料理だ。

父方も母方も何代も前から台北に住んでいる。祖先の出身地は片方が中国福建省泉州晋江《しんこう》で、もう片方が泉州同安。どちらも年越しには必ず兜麵を用意したので、私は子どもの頃から、元宵節の湯圓《タンユエン》〔餡入り白玉〕や端午節のちまきのように、ごく当たり前の食べ物のひとつだと思っていた。ところが大人になって友人たちと話をすると、みんな不思議そうな顔でまったく知らないと口を揃える。それで、どうやら記録しておくべき食べ物らしいと、ようやく認識した次第だ。

今やどんなものでもお金で買えるし、年越し料理もレストランで食べる時代だ。ところが、この料理だけは店で買うことができず、家で作るしかない。

兜麺は高級料理ではないが、水溶き片栗粉のようなしゃぶしゃぶの状態から始まって、熱い鍋の中、長時間にわたり、力を入れて混ぜ続けなければならない。澱粉にすっかり火が通ってまとまり、野菜や肉がすべて半透明の餅に包み込まれて、ようやく出来上がりだ。作る量が多ければ、それだけ手間も時間もかかる。さらに、家ごとに好んで入れる具も塩気の強さも生地の柔らかさについての好みもすべて異なる。そのため、各家庭の味や作り方が、そのまま味覚の私的な歴史となる。

兜麺の豪華さは家ごとに異なる。父方の年越し料理は質素で、兜麺の色も味も薄かった。母方は材料からして豪勢で、干したホタテやスルメイカなどの海鮮乾物が入った。いま八十歳の美鳳《メイフォン》大叔母によると、子どもの頃は物資が不足していたから、当時の兜麺は干しエビで香りを出すくらいだったけれども、ご先祖さまにお供えしたあと、冷えたものをこんがりと焼き上げ、海山醤《ハイシャンジャン》〔甘辛のたれ〕をつけて食べるだけでとても嬉しかったそうだ。

もし兜麺にスルメイカや干し椎茸、干しエビを入れるなら、前もって戻しておく。干したホタテは水で戻し、蒸してから、細めに割く。ほかにそぼろ肉やにんじんの千切りも用意して彩り豊かにし、出来上がり前には香りのいいセロリを大量に加える。わが家のレシピではさやえんどうを歯応えが残るくらいにゆでて、千切りにしたものも入る。丁寧に作るならば、すべての材料をできるだけ細かく切り、干しエビなども可能な限り細かく砕く。そうすると口当たりがよくなる。揚げ物鍋にたっぷりラードを入れ、紫エシャロットの薄切りをさくっとなるまで揚げたら、取り出しておく。その後、ひき肉、干しエビ、スルメイカ、干し椎茸を順番に投入し、香りが十分にたつまで炒めたら、白胡椒を加える。さらに、出汁、乾物の戻し汁を材料にかぶるくらいまで入れ、醤油で少し色をつけてから、沸騰させ、くったりするまで煮る。味つけは多少濃いめがよい。このあと水溶き澱粉を加えると味が薄まるし、煮詰まり始めたら、味を調整するのは難しい。

さつまいもの澱粉は水を加えて濃いめに溶き、鍋に入れて汁と混ぜ合わせる。さて、いよいよ「兜」と呼ばれる作業の始まりだ。澱粉がかたまり始めたら、固い鉄製のおたまか木べらを握り、強火のまま、かき混ぜ続ける。鉄のおたまが鍋底に当たるときの短い音を閩南語で「糙《キッ》」と表現する。澱粉に火が通り、餅のようになってきたら、さらに力を入れてよく混ぜなくてはならない。さもないと外側には火が通って、中は生のままということになる。

うちの家族は人数が多い上、みんな兜麵が大好きなので、毎年大量に作らなくては全員に行き渡らない。混ぜているうちにおたまの柄が折れるのは毎度のこと。重労働ゆえ、家族の中でも力持ちがこの仕事を担当する。当初は母方の祖母がやっていたが、齢をとって力が足りなくなると、母と叔母の姉妹二人が電話で呼び出された。その後には、もっと強そうな一番下の叔父が登板した。鉄のおたまでかき混ぜる際、鉄鍋が大きく揺れるため、別の一人が鍋の持ち手を支えておく必要がある。そうこうするうち、毎年の兜麺は一族全員が周りを取り囲んで応援する行事となった。おたまを揮《ふる》う人、鍋の持ち手を押さえる人、材料を投入する人、騒ぎに来た人。

お正月を迎える料理、おせちは、食べ物である以上に、縁起の良い言葉を載せるメディアでもある。

たとえば、私の母語では食雞《チヤケー》〔鶏を食べる〕が起家《キーケー》〔家を興す〕に通じるほか、吃魚《チーユイ》〔魚を食べる〕が有餘《ヨウユイ》〔余裕がある〕に、吃豆《チードウ》〔豆を食べる〕が吃到老老《チーダオラオラオ》〔長生きする〕に通じる。そのうちでも兜麺は、最もたくさんの意味が層をなす食べ物だ。年越しに登場する縁起の良い言葉は大部分が発財《ファーツァイ》〔金持ちになること〕に関係したもので、兜麺に練り込んだ数々の食材は財宝や金銀を象徴し、澱粉質の粘りは家族の和睦と団結を象徴する。実際にもこの料理は、家族みんなが協力することなしには出来上がらないのだから。

出来上がった兜麺は葛餅《くずもち》状で、柔らかく揺れる様子は、コンソメスープのゼリーを思わせる。

年に一度しか作らないので、たまに失敗すると、柔らかすぎて糊状になったり、濃すぎて硬くなったりする。兜麵がうまく出来上がると、材料を揃えた人も、おたまを揮った人も、正月期間中ずっと鼻高々だ。家族全員が食べながら、ほめそやし続ける。「今年の兜麵は去年よりQ〔なめらかで弾力がある〕だね。去年は今一歩だった」「今年は味つけがちょうどよくできている」「今年はスルメイカがいっぱいだね」

冷めた兜麵は弾力性に富み、油で焼くと素敵なおやつになる。焼いた兜麵は出来立てよりもさらに人気が高い。家族みんながコンロを取り囲み、箸で兜麵を一口サイズに千切りつつ、鉄鍋の中で、こんがり焼けたところから口に運んでいく。粘る上に熱々だから、口の中を火傷しそうなほど。みんなアチチチチと口からは息を吐くばかりで、まったく言葉にならない。

広い世間にあって、血縁でつながった一族が、何世代にもわたって同じおせちを作り、食べ続けてきたという話は、決して小さなことではない。数世代の間、散り散りにならず、つながりを継承しようとする意志があって、ようやく成り立つ物語なのだ。いま、年越しの料理、おせちの話をすると、多くの人が、〔伝説で年越しの際に現れたといわれる怪物の〕年獣《ニエンショウ》と同じように恐れて、プロに頼んだり、売っているのを買ったり、いっそレストランに食べに行ったりするが、それ自体は批難されるべきことでもない。年越しの料理作りを担当する人が、どれほどくたびれ果ててしまうか、みんなよく知っていて、かといって食べないのも残念だからと、買ってすますのだから。ただもし、年越しのおせちのうち一種類だけでも作り続けて、家庭文化遺産にしようという話になったならば、わが家では迷わず兜麵である。文化財の保存はどんな場合もみんなの理解と協力を必要とするものだが、わが家では今日まで守り続けてきている。

揚げ物よ、盛大なれ！

揚げ物は盛大で、揚げ物は熱烈だ。揚げ物は大勢で食べるのに適している。だから揚げ物はおもてなしに向いている、特に年越しの際に。

とはいえ、揚げ物はどこにでもあり、ほとんど粗雑な軽食の代名詞になっている。たとえば、ファストフード店に行って、鶏肉なのか小麦粉なのか判然としないチキンナゲットを注文して食べる。あるいは塩酥鶏《イエンスージー》〔鶏など多種の食材の唐揚げ〕の屋台では、あらゆる食材を濃い茶色の濁った油の中に投入して加熱する。揚がったら、塩胡椒をたっぷりとまぶす。それを油の染みない袋に入れ、竹串を何本か刺して寄こすスタイルは、大変豪快ではある。がやはり、軽率な印象を免れない、そういう種類の揚げ物だ。

もちろん、揚げ物なんて珍しくもない、と決めてかかるわけではない。揚げ物は簡単に食べられるようになったことで、かえって嫌われ始めた、贅沢な現代の象徴でもある。

大鍋の油の中で各種食材を料理する方法は、それほど昔とは言えない一九六〇、七〇年代に、サラダ油がピーナッツ油とラードに代わって普及する前、物資に限りがあった質素な時代には、一貫して高価で贅沢な食べ物だった。「蓬莱百味《ポンライバイウェイ》台湾料理」（有名料理人の聞き書き本）で知られる黄徳興《ホワンダーシン》シェフによれば、日本統治時代に有名だった台湾料理店「蓬莱閣」で使われていた揚げ油は、すべて自家製のラードを使用し、一度使ったラードや油かすは、従業員に持ち帰らせたという。

新しい油は金色に透き通り、ぴかぴかと光っている。熱い油は水分に反発するから、食材を油に入れると、細かい泡が湧き上がり、ジャージャーと音が鳴る。揚げ物は視覚的にも聴覚的にも、壮烈かつ美麗である。そのため、今日揚げ油はそれほど高価ではなくなっているにもかかわらず、新しい油の瓶を開けて、どくどくと鍋に注ぎ入れる際には、自然と敬意に満たされるのだ。

家で揚げ物をするのは、もちろん水煮や蒸し料理よりハードルが高い。少しばかり揚げたのでは割に合わないし、揚げ終わった後で、揚げ物用の鍋を洗うのもひと苦労だ。家での揚げ物はできれば遠慮したいという人が多いために、ここ数年は油を使わないエアフライヤーが流行しているのだろう。人々は揚げ物のサクッとした口当たりが忘れられない一方で、揚げ物鍋に立ち向かう気魄《きはく》に欠ける、それが現実である。けれども私には修行の経験があり、何度も揚げた経験がある。心にお祝い気分が満ちる正月やパーティー、何人かの友だちがうちに集まる際などには、揚げ物でみんなをもてなしたい。家で使う油はきれいだし、普通揚げないような昔風の食材を揚げたらみんな喜ぶ。これもまた油ならではの潤滑作用というものだ。

揚げ物の技術を私は母に習った。そして母が飛び抜けて高い揚げ物技術を有していたのは、生活環境によるものだった。

「家で揚げ物をする」技術の優劣を競う世界的な大会が開かれるとしたら、母はおそらくナショナルチーム級だ。大家族が毎日家で食事をしたばかりか、雇い人が百人近くいた時代もあって、それでも仕出し弁当など頼まず、雇い主が食べ物を提供したのである。母は十代のうちから百人の食事を任された。油で揚げることは、食材に火を通す上で、最も高速な調理法だ。人が多いとそれだけ力を発揮するので、お客さんを招く際には揚げ物をするし、年越しとなれば、盛大に揚げた。昔は家に煉瓦を積んだかまどがあったが、そこで強力なガスコンロを使えるよう改造し、大きな中華鍋で揚げ物をするために数リットルもの油を使った。ナショナルチームのレベルはこのようにして養成されたのである。

そのため母は揚げ物については厳しかった。外食の際、一口揚げ物を口に入れると、もともと細い目をさらに細くして、閩南語でこうつぶやいた。「含油《カムイウ》、袂暁糋《ベーヒャウチン》」、その心は「食材がべたべたしている。揚げ方がわかっていない」。揚げ物がべたつくのは、通常は温度が低すぎるため。油を十分に熱し切れていないのだ。それに対し、揚げ物を置いた紙に油跡がほとんど残らず、さくっとした仕上がりで、冷めてから食べても油が滲み出ないようならば、それは「勢《ガウ》糋《チン》」すなわち揚げ方がわかっている、ということになる。

料理人が揚げ方をわかっているかどうかは、母によると、料理技術が合格点に達しているかどうかを見極めるポイントになる。料理の種類によっては、食材により、味の好みにより、評価がさまざまに分かれる場合もある。しかし、揚げ物がからり、さくっと揚がっているかどうかは、基礎能力の問題だ。もし純粋に技術について議論するならば、世の中にはからっと上手にできた揚げ物と、油っぽくべたついて完全に失敗したものの二種類しかない。そして揚げ物がうまくいかないならば、それは基礎能力が劣っているということなので、他の料理についても十中八九期待しないほうがよい。

私は子どもの頃より揚げ物ナショナルチームの母と祖母のそばで、盛大なる揚げ物模様を見て育ったことにより、どうやら多少の技術を身につけることができたらしく、のちに小さなアパートの狭い台所で試みても、大抵うまくいく。私にできることなのだから、みなさんにもお試しいただきたく、以下ではわが家で年越しの折に作る揚げ物を二種類ご紹介したい。昔風な料理ではあるが、間違いなく美味しい。

滅多に料理をしない人が、こうした料理を作ってみせたなら、家のお年寄りたちを驚かせることができるはず。ひと口ふた口食べるうちに、自分の母や祖母を思い出して、懐かしさに心が暖まってくれれば、若者相手に早く結婚しろ、子どもをつくれとせかしたり、年収はいくらか問い詰めたりすることを忘れて、思い出話に花が咲くこと間違いなしだ。

雪白炸花枝《シュエバイジャーホワジー》（コウイカの白雪揚げ）

これは母方の祖母伝来の料理で、おそらく福州料理を参考にしたと思われるが、今では確認のしようがなくなってしまった。花枝《ホワジー》〔コウイカ〕を揚げて金色ではなく、白色の球形の花のように仕上げた、非常に高貴な料理だ。大稲埕の福州料理店「水蛙園《シュイワーユエン》」が出す五味花枝《ウーウエイホワジー》も白い揚げ物だが、水蛙園のものは調味に五味醬〔ケチャップに砂糖、酢、生姜、にんにくを加えたソース〕を使うので、類似した味つけという意味では、台南「阿美飯店《アーメイ》」の洋焼花枝《ヤンシャオホワジー》によく似ている。この料理は出来たらすぐにテーブルに運ぶ必要がある。コウイカがさくっと揚がり、ソースも美味しくて、テニスで言うならば、一打で勝利を招くサービスエースというところ。

先にソースを作り、それから集中してコウイカを揚げると、慌てないですむ。

お碗の中に大匙二杯の砂糖を入れ、少量のお湯で溶かしたところに、醬油百ccと黒酢を五十cc、大量のにんにくみじん切り、ねぎみじん切り、香菜《シャンツァイ》〔パクチー〕みじん切り、細かくした鷹の爪適量、ごま油小さじ一を入れてよく混ぜると、濃厚で甘味のあるソースが出来上がる。

身の厚いコウイカを選んで、皮をむき、内臓を取ったら、平らに置いて、包丁でダイヤ型に浅い切れ込みを入れる。こうすると、揚がったときに切れ込みが開いて、見た目がよくなると同時に、ソースがからみやすくなる。イカは揚げるとかなり縮むので、小さくなりすぎて食感が損なわれないよう、三センチ×六センチの長方形に切り、料理酒と白胡椒で下味をつけておく。

粉は九割のさつまいも澱粉に一割の片栗粉を混ぜるが、出来上がりを金色ではなく白に仕上げたいので、卵は入れない。イカに粉をまぶす際には、やや強めに握って、粉をしっかりまとわせるとともに、余分な粉を振るい落とす。少々置いて落ち着かせる間に、油を火にかける。

揚げ物をする鍋は、大小にかかわらず、厚みがあって、間口の広いものがよい。温度が急に上がったり下がったりしにくい。道具は他に大きい網杓子《あみじゃくし》を準備しておき、最も重要なタイミングが来たら、慌てず騒がず、食材を一気にすくいあげる。揚げ物をする際に一番大事なのは頭と心が落ち着いていることだ。

コウイカを油に入れたとき、小さな泡がたくさん湧いて、煙が上がらないのが、理想の温度だ。最初の十秒の間は触らず、形が決まるのを待つ。触ると、粉が落ちて油が濁ってしまうので注意。二十秒たったらすくい上げ、いったんわきに置く。

強火で油の温度を上げ、イカをいっぺんに鍋に入れると、大きな音がして、細かい泡が激しく湧き上がる。これが二度揚げだ。二度揚げは十秒でよく、油切れをよくする。皿に盛り、ソースをかけたら、急いで食卓に運ぶ。

芋棗

芋棗《ユイザオ》は父方の祖父母宅で、毎年の正月に食べられていたもので、祖母が亡くなったあと、私と弟はこのまま食べられなくなってはたいへんだと、家で何度か試し、ようやく成功した料理だ。芋棗は市場内の揚げ物屋や夜市でもときに売られていることがあるが、味は家で作ったものにかなわない。芋棗は作るのが簡単で、誰もが好む味だから、是非作ってみるといいと思う。

芋頭《ユイトウ》（タロイモ。里芋《さといも》を二回り大きくした感じで味も似ている）の皮をむき、厚めの薄切りにして蒸す。

柔らかくなった芋が熱いうちにつぶしながら、グラニュー糖を溶かすように混ぜ込んでいく。味見をして、多少甘すぎに感じるくらいだと、後から油と粉を加えたときに、ちょうどよい甘さになる。植物油を大匙二杯、やはり熱いうちに入れるが、オリーブオイルや苦茶油《クチャヨウ》（茶ノ実油）など個性の強い油は使わないこと。芋の香りが負けてしまう。ラードを少し加えると、明らかに香りがよくなるが、全部ラードにしたのでは逆効果になる。

小麦粉と片栗粉を同量ずつ、あわせて一合ほど芋に加え、よく練る。粉が多すぎないように注意。団子にまとまる程度でよく、多すぎると芋の香りが消えてしまう。まとまったら、五センチ×三センチほどの楕円形に小分けする。私と弟は二、三十年も芋棗を食べてきて、プレーンな芋棗が一番だと確信している。しかし、世間には五香粉や揚げたエシャロットを足したり、塩卵の黄身、肉でんぶ、小豆餡、餅などを包み込む流派もあり、周りに衣をつけて揚げる人までいる。好みで何を加えても構わないが、うちでは加えない。

油を熱したら、まず芋棗をひとつ入れてみて、大きな泡がたったらそれでよし。温度が低すぎると、芋棗が油の中でばらばらになり、まとまらない。イカを揚げたときと同様、油に入れてしばらくは、触らずにおいて、形がまとまるのを見届ける。中火で黄金色になるまで揚げ、最後に火を強めて薄茶色に変わったら出来上がりだ。

最後に、せっかく大鍋に油を熱したのだから、揚げてみようかと思う食材があったら、ついでに揚げてみるとよい。甘味のついた年糕《ニエンガオ》〔餅米粉を砂糖水に溶いて蒸した餅〕をひと切れ、砂糖ピーナツとともに春巻きの皮に包んで揚げてみる。刻んだエビと豚のひき肉に黄ニラを混ぜ、春巻きにして揚げる。年越しに揚げ物をすると、しゃーしゃーと鍋から聞こえる音もめでたくて、正月が一層にぎやかになっていいものである。

芋の天分

今年の正月は七つのタロイモで百個ほどの芋棗を作った。世界にタロイモ料理が何種類あろうとも、まずは芋棗だ。私にとっては究極の芋料理である。

父方の祖母が元気だった頃は、毎年旧暦大晦日夜の食卓に必ず芋棗があった。芋棗は弟が一番好きで、なおかつ唯一好きなイモ料理なのである。祖母が亡くなったあと、普段台所に出入りしない弟が、芋棗を食べるために、わざわざ私に声をかけてきて、一緒に再現したほどだ。

私は祖母が芋棗を作るのを見たことがなかったため、味から作り方を推測するしかなかった。砂糖は白糖、きび砂糖、氷砂糖、パームシュガー、粉はさつまいも澱粉、片栗粉、小麦粉、油は菜種油、バター、ラード、ガチョウ油、ピーナツ油、ココナツオイルと異なる種類の材料を試してみた。何度か失敗を繰り返し、ようやくおおよそ似た味わいにたどり着いた。祖父母が亡くなったあと、父方の親戚は、大晦日の夕飯を別々にとるようになった。そのため、私たちは芋棗を母方親族の年越しに持っていった。母方は大晦日の晩に集まる人数が多く、芋棗は大人気を博した。一日で百個近くがみんなのお腹に消えた。最後には、弟の奥さんと一番下の従弟も動員して、芋棗をこね続けた。

タロイモを蒸してつぶし、砂糖と油、少量の澱粉を入れてよくこねる。芋団子ではなく芋棗と呼ぶからには、金棗《ジンザオ》〔金柑〕程度の大きさの楕円形にまとめて、油で揚げる。寒い冬の日に揚げ物鍋の傍に立ち、揚げ上がったら手に取って、ふーふーさましながら口に入れる。薄くさくっとした皮が歯の間で崩れ、中の芋ペーストは熱々だ。芋棗の芋ペーストは濾していないので、滑らかではない。まだ多少嚙みごたえがあって、それがとても美味しいのだ。

ある友人は家族全員台南の出身で、芋丸《ユイワン》〔芋団子〕なら知っているが、芋棗など聞いたこともないと言う。一説によれば、北部では芋棗、南部では芋丸が普及しているそうだ。つまり、芋棗は一部の台湾人にとってのみの伝統料理で、社会の常識というわけではないらしい。芋丸は丸《ワン》〔団子〕というくらいで、形は団子型だが、大きさはやや大きめ、かつ中に具が入り、それも塩漬け卵の黄身、肉でんぶ、小豆餡とさまざまだ。台北寧夏《ニンシア》夜市の有名屋台「劉芋仔《リウユイザイ》」で売っているのは、まさにこのような芋丸だ。他に芋餅《ユイビン》も売っていて、いつでも長い行列ができている。

ある友人のお父さんは、もう引退しているが、かつては万華《ワンホワ》〔台北の古い下町繁華街〕で名の知れた出張料理人だった。昔の宴会料理で揚げ物といったら、決まって自家製芋棗を出したものだったという。当時のレシピでは真ん中に具として冬瓜の砂糖漬けを入れたというのだが、現在ではもう見られなくなっている。

わが家のある台北郊外では、冠婚葬祭の際、いまだに出張料理人を呼び、屋外で宴会を開く。ところが残念なことに、現在では手製の芋棗を作らなくなっているばかりか、揚げ物はみな工場で作られた半加工品を使い、本来台湾料理では使わない食材まで、安いからという理由で登場するありさまだ。デザートに至っては、有名ブランドのアイスクリームをそのまま配って試合放棄。私が子どもだった頃、丸テーブルをいくつも並べて宴会を開く際には、母方の祖父がお気に入りだった料理人「甲仔《ガーヤ》」に準備を頼んだ。彼の作った昔風の料理は、今も忘れることができない。冷たいデザートの梅汁トマトも、カニおこわも、親方が自分で包丁を握り、米を炒めるところから作ったもので、昨今の有名店よりも美味しかった。

わが家の芋棗は砂糖のみを使うが、塩と砂糖と両方で調味した芋棗も少なくない。芋棗の中に揚げたエシャロット、五香粉あるいは胡椒を入れるのだ。「欣葉餐庁《シンイエツアンティン》」の李秀英さんによるレシピには、カレー芋棗もあって、具としてカレー味の肉を包み込む。

甘くも、しょっぱくも、甘塩《あまじお》にもできるのが、芋の特徴だ。根菜の中で、タロイモ類は加熱しても比較的口当たりが乾いていて、繊維質が多い。味が中立的なのも長所である。さつまいもやカボチャは最初から甘みがある上、水分も多いので、そのまま食べるほうがよい。その点タロイモは油や砂糖、他の澱粉類を加えての加工に向いているのだ。

タロイモ好きの人は、亜熱帯で湿度の高い台湾での暮らしに向いている。地元産の檳榔心芋《ビンランシンユィ》の品質がよくて、料理にもデザートにもたっぷり使うことができるから。

タロイモ料理の出来は芋自体の良し悪しによるところが大きい。市場ではしばしば商品の芋を一本手に取り、切断面を見せて売っている。赤や紫の筋が均等に走り、手に持った感じが軽いものが、澱粉質が高くて、加熱するとほくほくした口当たりになる。

品質の悪い芋に当たると、実が硬く、つぶそうにもつぶれない。硬い塊を取り除いても、たいていはやはりだめで、どう味つけしても救いようがない。経験から言えるのは、タロイモを料理しようと思うなら、落ち着いて、買い出しの際に注意深く選ぶべきだということだ。よい芋を買うことができたら、失敗することはほぼない。八月以降、秋冬にかけては、台中の大甲《ダージア》で穫れる芋の品質が最もよくなる季節だ。他の時期は運に左右されるので、もしよい芋に出会えなかったら、きっぱり諦めたほうがよいかもしれない。

よい芋が買えたとして、大胆に捨てることも大事である。皮は厚くむくこと。外側から中に向かって一、二センチ削り、芋の芯だけを残す。私はよく華新街《ホワシン》市場の惣菜屋に行って揚げた芋を買い、持ち帰って火鍋に入れるが、この店ももっぱら芋の芯だけを使い、他の部分は別の用途に使う商売人に引き取らせている。

タロイモはさまざまな姿形であらわれる。人間に喩《たと》えるならば、いつも他人の世話をしている人のよい老人のようだ。舞台でスポットライトを独り占めするソロ歌手ではなく、バックコーラスのひとりとして、目立たぬ姿でスターを下から支え、ある時は豚の角煮と芋の蒸し料理になり、またある時は鴨肉と一緒に油に入って、鴨と芋ペーストの香り揚げとなる。

タロイモはそのままの姿でも、ペーストになっても、いつも変わらず美味しい。

そのままのタロイモを大きく切って揚げたものは、火鍋に入れても、〔高級スープの〕仏跳《フォティアオ》牆《チャン》に入れても本領を発揮する。仏跳牆を食べるとき、私はフカヒレにもアワビにも魚の皮にもうずらの卵にも食指が動かないし、揚げたスペアリブの衣の部分も油っこくて好きではないが、鍋の一番底にある栗と筍の細切りと芋が大好きなのは、ここに美味しさが溜まっているからだ。

もとの形のままの芋をかじる時の食感が好きだ。口に入るなりとろけて、次第に味が広がる。潮州料理で作るのに時間がかかる「返沙芋頭《ファンシャーユイトウ》」がまさにそうだ。究極の調理法はやはり両端と外側を捨てて芯の部分だけ使う。大きめに切って油で揚げ、濃い砂糖蜜の中で繰り返し炒めて砂糖が結晶になり、白く光る霜をまとったら出来上がりだ。熱々のところを食べると、砂糖の衣は薄く儚く、一口かじれば芋とともにふんわり溶けて、その素晴らしさと言ったらない。

鹿港《ルーガン》の芋頭丸《ユイトウワン》は千切りした芋で肉団子を包み、一緒に蒸し上げたものだ。千切りの芋と水に浸した米を挽いたものを合わせて、やや平らな楕円形に形づくり、両端が鳥の尾のように跳ね上がった形で蒸したものを芋粿翹《ユイグオチャオ》というが、現在では芋粿巧と書くことが多い。私のように閩南系の家で育った子どもなら、芋粿巧に関しては、多めの油で皮がぱりぱりになるまで焼き、にんにく醤油をつけて食べるのが、一番美味しいと思っている。

芋は生では食べられない。軽微な毒性がある。そのため、原型のままにせよ、ペースト状にするにせよ、いずれも中まで完全に火を通して、柔らかくなったところを食べる。それゆえ、芋の究極の料理法はペースト、芋汁粉《しるこ》ということになる。芋汁粉は伝統菓子の世界では重要な存在のひとつだ。子どもの頃、年配者の還暦や古希などのお祝いで、中華レストランに行くと、一番楽しみだったのは、食後に小さなお碗で出される芋汁粉か胡麻汁粉だったが、最近はとんと見かけなくなった。時間のかかるもの、手間のかかるもの、我慢強さを要するすべては、この先どんどん少なくなるか、あるいは大金を出さなければ手に入らなくなるのだろう。

芋を使ったデザートで、有名なものといえば、福州《ふくしゅう》の芋泥《ユイニイ》〔芋汁粉〕、潮州の福果芋泥《フーグオユイニイ》〔銀杏芋汁粉〕、江南の八宝扣芋泥《バーバオコウユイニイ》〔八宝芋汁粉〕を挙げることができるが、いずれも芋ペースト、砂糖、ラードが主材料である。福州式のきめ細やかさは、砂糖と油だけでなく、人手と時間がたっぷり練り込まれているからこそだ。芋を一度ならず濾し器にかけ、筋や硬い塊を取り除き、油もたっぷり混ぜ入れて、初めて本当に滑らかなペーストになる。

芋ペーストは非常に東洋的な素材で、我われ台湾人は大変好んで食べるばかりか、さまざまな形に変化させることにも熱心だ。現在では油をバターや植物油に換え、パイで包み、あるいはスポンジケーキの間に挟み、芋ミルクティーや芋プリンにもする。芋は決して最高級の食材でもなければ、最も見栄えがよいわけでもないが、永遠に素朴で懐かしく、どのように食べても美味しくて、間違いなく癒してくれる。

舶来おせち——ロールキャベツ

以前弟のガールフレンドだった女性が、その後結婚して義理の妹になった。二人が知り合ってすぐの頃、彼女は一度うちの台所で何種類か料理を作り、私たち家族にご馳走してくれたことがある。メニューは、卵焼きと味噌汁、そしてロールキャベツもあった。私は密かに驚きながら食べて、心中大喜びした。

ロールキャベツは父方の祖母が作っていた年越し料理の一品で、わが家の食卓に登場して六十年以上になる。

父がものごころついてから、祖母が九十歳で亡くなるまで、ロールキャベツは六十年以上、途切れることなく、旧暦大晦日の夜、他のご馳走とともに食卓に上った。祖母がこの料理を毎年作ったのは、彼女が日本統治時代に育った娘だったからだ。私の弟夫妻はどちらも東京に何年か住んだことがあり、義妹は日本のレシピを見て、ロールキャベツを作った。ここでいうロールキャベツはロシア式のものではなく、中央ヨーロッパ式あるいはイタリア式にトマトソースで柔らかく煮込んだものとも違って、日本式、もしくは少なくとも日台混合式のものだ。

父方の祖母は台北の古い街、艋舺《マンカ》〔現在の万華〕の出身で、家は青山宮の近くにあった。生まれたのは昭和元年、つまり一九二六年で、日本統治時代が敗戦で終わったときには十九歳、すでに社会人になっていた。祖母は職業婦人で、助産師の資格を持っていたが、助産師にはならず、東園町公学校、現在の東園小学校保健室に定年まで勤めた。日本語の読み書きができる昭和の娘は、後年まで日本の女性雑誌を読み、テレビはＮＨＫで相撲を見て、八十何歳になっても、拡大鏡を使って新聞を読んでいた。

作家新井《あらい》一二三《ひふみ》の著書『這一年吃些什麼好？〔この一年、何を食べたらいいかしら〕』の一節に、日本のロールキャベツは明治維新後に西洋から伝わった料理で、赤（トマト）、白（ホワイトソース）、和風（カツオだし）の三種類あると書いてある。ロールキャベツが日本でも外国料理ならば、私たちが台湾で食べている台湾風和風料理は、舶来の舶来料理ということになる。

父は子どもの頃からロールキャベツを食べて育ち、私もまた子どもの頃から何十年とロールキャベツを食べて育ったが、いったいどこの料理なのかと考えたことはなかった。ところが日本に留学した弟が、家に電話をかけてきて報告するには、「浅草に行ったら、そこら辺を歩いている背広姿のお年寄りが、みんなおじいちゃんに似ていて、おでんの鍋には、どこでもおばあちゃんが作るのと同じロールキャベツが入っている」と言うのだ。「ここはロールキャベツの故郷で、おじいちゃん、おばあちゃんが登場する映画の舞台みたいな場所だよ」と。そして不思議なことに、弟はもともとロールキャベツが好きではなかったのに、外国で見つけたら、おじいちゃん、おばあちゃんを思い出してしまい、見かけるたびに買って食べるようになったとも言うのだ。

ロールキャベツは祖母の年越し料理だったが、実を言うと、人気のある一品というわけではなかった。

事前に作っておける料理なので、私たちが祖父母宅に到着し、ご先祖さまにお参りする前に出来上がっていたから、私は祖母が作る過程を自分の目で見たことはなかった。大晦日の夕飯には必ず鍋ものが用意され、肉ボール、魚ボール、大根とともに、ロールキャベツもスープの中で煮込まれていた。けれども年越しの食卓には、カラスミに仏跳牆、みんなが大好きな芋棗に兜麵などなど、ご馳走がたくさん並んでいたし、子どもたちにとっては沙士《シャーシー》〔清涼飲料水〕を飲むチャンスでもあったので、誰も鍋に手を伸ばさないのだ。

そのためロールキャベツは一晩中、鍋の中で、誰にも気づかれず、浮き沈みを続けていた。

みんなが満腹になって、食器を片づけ始め、電磁コンロをしまっても、鍋は相変わらずテーブルの上に残り、ドーム型の食卓カバーに覆われる頃、居間からは麻雀の音が聞こえ始め、テレビではジャッキー・チェン主演カンフー映画の新作が始まる。ロールキャベツはその間も鍋の中にあって、少々くたびれ始めている。

大晦日の深夜を跨ぎ、金紙《きんし》〔神さまへのお供え〕を焚き上げて、表から爆竹の音が聞こえてくると、そろそろお開きの時間だ。するとおばあちゃんは、前もって各家庭の持ち帰り用に準備してある冷凍ロールキャベツを出してくる。おばさんたちはよく断っていたが、わが家は必ずもらって帰った。父の好物だったので。

ロールキャベツは手のかかる料理だから、祖母は一度にたくさん作って冷凍していた。つまりいつでもかなりの分量の在庫がある状態だ。

祖母のロールキャベツは家族が食べるためのものだったから、魚のすり身は少しだけで、ひき肉がたっぷり入り、材料をけちることはなかった。よそと違うのは、白クワイの角切りを入れたことで、柔らかい食感に歯応えが加わった。肉団子の中に白クワイを入れたという一点だけでも、すでに日本風を超越した台湾式のひらめきが感じられる。最後に小包のように、干《かん》瓢《ぴょう》を巻いて中央で結んだから、スープの中で長く煮てもばらばらになることはなかった。

けれども、あの蒸してから冷凍して、さらに鍋で煮たロールキャベツは、たいてい味が抜けてしまっていた上に、干瓢は嚙み切りにくくてちょっと酸味もあったから、子どもの口には合わなかった。毎年一月十五日の元宵節を過ぎても残っているものを、父だけが頑固に食べ続けた。少し大きくなってからは、毎年ロールキャベツを見かけはしても、遠くの親戚のような縁遠さで、食べることはなくなっていた。祖母が亡くなってからは、食べる機会も失われ、久しぶりに食べたのが、弟のガールフレンドが作ってくれたあの日だったのだ。

彼女のロールキャベツは味も見かけも颯爽としていた。最初にキャベツの葉を一枚一枚はがし、根っこに近い部分を持って、沸騰したお湯に滑り込ませる。数秒後に引き上げると、キャベツの葉は十分に柔らかくなり、肉餡を巻くことができる一方、新鮮なキャベツの甘さと歯応えは保たれていた。具の中に魚のすり身は入れず、百パーセントの豚挽肉にみじん切りの玉ねぎを混ぜて塩胡椒し、キャベツで包んであった。包み終わりの部分を下にして、ぎっしりと大皿に並べ、強火で蒸しあげる。出来上がりはまだ緑色がみずみずしく、皿には不思議なことに金色のスープが満ちていて、なんとも言えず美味しかった。

短時間蒸すことで完成するロールキャベツは、長時間煮たものとは違って、葉が甘く歯応えもあり、具の肉団子がしっとりと水分を含んでいる。一年中味わうことができるが、まるで春の日の若葉の緑のような爽やかさだ。美味しさが忘れられず、翌日すぐに作り、また食べてみた。そして、その後は、外でも見かけるたびに食べるようになった。わが家の伝統料理が復活したのだ。

ロールキャベツを出す店は多くない。昔ながらの市場にある鍋物材料の専門店だと、さつま揚げやボールと並んで、時にロールキャベツも見かけるが、値段が安くて一つ二十、三十元ぐらいのものだと、具のほとんどが魚のすり身と澱粉で、食べても美味しくはないが、捨てるのももったいないというレベルだ。外で食べるなら、おでんも売っている台湾風日本料理店がいい。たとえば華西街夜市の「寿司王《ショウスワン》」と「添財《テイエンツアイ》日本料理」は、どちらも台北の旧市街で創業六、七十年になる老舗だ。こうした店は工場から来た出来合いのものは使わず、ロールキャベツも手作りしている。

屋台店でも、一目でちゃんとした食べ物を出すとわかる店があり、寿司王はそのうちの一軒だ。台湾式手巻き寿司のほかに、おでんも売っている。おでんのつゆはいつもわずかに沸騰していて、少しでも鍋の外にこぼれると、店主が数秒以内に拭き掃除する。初老の店主は二代目で、料理をしていないときは、いつも台を拭いているから、屋台に似合わぬ清潔感が漂っている。寿司王のロールキャベツは良心的で、高級なキャベツを使い、ぎっしり詰まった具もすべて本物だ。

添財日本料理は開封街と武昌街に一軒ずつあるが、私が好きなのは城隍廟《チョンホワンミャオ》脇の小道にある武昌店のほうだ。金目鯛などの刺身、ご飯をまったく入れず代わりにレタスの細切りを入れた台湾風の手巻き寿司もいいが、木造の建物に、家族で食事をする人たちの楽しげな雰囲気が満ちているところも魅力だ。必ずしも毎回おでんを頼むわけではないが、可能な限りカウンターに陣取る。おでん鍋と寿司職人のすぐ前の位置だ。

この位置から鍋の中をのぞき、人を眺める。おでん鍋の脇に立つおばさんは間違いなくベテランで、もっぱらおでんの面倒をみている。鍋は直径が一メートル前後もある大きなもので、具は十数種類ある。大根、タロイモ、豆腐袋、牛蒡《ごぼう》、さつま揚げなどが、鍋の中にぎっしりと、ジグソーパズルのように並んだ景色の豪勢なこと。具は一つ減ったら一つ足され、おばさんは休みなくつゆをかけ続ける。ロールキャベツの場所は一度に五、六個が限度で、残り少なくなるのを待って補充される。こんな風に専門のおでん係がいるから、煮すぎることもなく、柔らかく味が染みた状態で客に出せるのだ。おばさんは注文を受けた品を食べやすい大きさに切ってから、皿に盛り、客に出す。

添財のロールキャベツは創業から現在までずっとある定番の品で、毎日新たに作られている。材料は挽肉と全体の三分の一ほどの量の魚のすり身。主役はあくまでもキャベツで、具は添え物だ。包丁を入れると、キャベツの葉が何重にも巻かれている様子は、まるで爪楊枝のように痩せた人がふわふわのダウンコートをまとっているかのよう。ロールキャベツは柔らかく煮上がっていて、噛むと美味しい煮汁が口中に広がる。味の重点はキャベツの甘味で、具の充実ぶりではない。それもまたいいものだ。

世界各地に広がる数千数万種類ものロールキャベツはさておき、本文中で触れたロールキャベツだけとっても、それぞれ作り方も味も異なる。個性を発揮する空間がたっぷりあると言ってもいい。さまざまなレシピを見て、私なりに総合した結果がこれから推薦する作り方だ。

弟の奥さんにならい、煮る代わりに蒸して、歯応えを残す。二軒の老舗にならい、キャベツは主役とするため、しっかりして絶対に甘いものを選び、多少高くてもよしとする。冬はキャベツがいいので、ロールキャベツもうまくいきやすい。

具はひき肉八割に魚のすり身二割とする。すり身は少ししか必要ないので、わざわざ買うには及ばず、冷凍庫にある白魚かイカ、あるいはホタテ数個を半解凍して、まな板の上で小さく切って叩けばよい。外で売っているすり身には澱粉や化学調味料が入っているから、食べないに越したことはない。ひき肉とすり身を混ぜたら水を加え、カツオだしを少々足してもいい。冷凍肉だと粘りが出ないので、生の肉を使うこと。

さくっとした歯応えを求めて、祖母にならい、賽《さい》の目《め》切りの白クワイと玉ねぎを加える。小さく切りすぎないこと。にんじんも小さく切って少し加える。香りづけに、香菜の茎をみじん切りにして小さじ一杯分加える。葉は使わない。おろし生姜もほんの少々入れると、肉の臭みを抑えることができる。香菜と生姜は隠し味として、存在を感じさせないほうがよい。

大きめのキャベツ一つから、大きい葉っぱだけ使うとして、十個ほどのロールキャベツを作ることができる。料理に少々時間がかかるが、年越し料理は普通の食べ物とは違い、儀式のための食べ物なのだ。まったく手間がかからなかったら、かえってありがたみが薄れてしまうだろう。古い歴史のある料理が私の台所にたどりつき、新しい姿形でおせち料理の食卓に復帰した。私にとっては、祖母を憶《おも》うよすがである。

第四部
お茶とお茶請け

香港のお茶

母の葬儀が終わってすぐ、香港に出かけた。

金曜日の朝早く、飛行機が香港に着陸すると、すべてを濡らす雨が静かに降っていた。市街地へ向かうバスは、イギリス統治時代の名残りの二階建てで、上階にあがると、乗客は私ひとり。一番前の座席に腰を下ろした。目の前にはスクリーンを思わせる大きな窓。車体が揺れるのにともなって、視界も揺れる。

前方には空に届きそうな高層ビル。空は鉛色。バスが高速道路に入ると、海上の道を走るため、中空を飛ぶような感じがする。眼下の海には、住む人のいない小さな島が散らばっている。雨に濡れた島々は濃い緑色だ。百年以上前、人影が少なく、高層ビルなどなかった頃の香港は、きっと野生の熱帯植物が繁茂する土地だったのだろう。

香港とマカオは母が十七歳の少女だった頃、初めての海外旅行で出かけた場所だ。当時の台湾はまだ戒厳令下で、出国は容易でなかった。そのため、家族全員が盛装して飛行場まで見送りに行き、主人公である母は花の首飾りをかけられて、記念に撮った集合写真が残っている。祖父の経営する貿易会社の名義で申請した、少女時代の母にとって初めての海外旅行。到着した際に見た景色がどのようなものだったかはわからない。けれども、生まれて初めて故郷を離れ、飛行機に乗って行った場所のことを、誰も忘れることはできない。母は後年、繰り返し香港の思い出を口にした。そして私たちは、そのたびごとに、「香港なんてすぐ近くなのだから、いつだってまた行ける」と答えた。

結局母は再度香港を訪れることはなかった。

バスはスピードを上げて、緑豊かな海上から、くねくねした道沿いに、コンクリートのジャングルへと入って行った。上空に巨大な商店看板がかけられた狭い道を人々が川の水のように流れていく。上環《ションワン》に到着だ。ホテルはウエスタンマーケット近くの香港マカオフェリー乗り場に隣接した高層ビルの上階にある。部屋の内装はモダンでシンプル、エアコンが現代的なひんやりとした空気を吐き出す。壁一面のガラスの向こうは平坦な海で、船が無声映画のように動いている。ところが、ホテルから一歩外に足を踏み出すと、先ほどまでのひんやりとしたモダンな空間とは正反対に、海産乾物の匂いが充満する上環の食品街が広がっていた。

上環は香港に移住した華人たちが最初に集まって住んだ場所の一つだ。海鮮乾物街は一本の道だけではなく、数本の道にまたがって構成されている。徳輔道西《デボー》を中心に、近くの文咸東街《ボンハム》、永楽街《ウィンロツ》、高陞街《コーシン》にまで広がり、アワビ、ナマコ、魚の浮き袋、フカヒレ、貝柱、干しエビなどの「海味」乾物店に加え、漢方薬材を扱う店もあるところは、台北の迪化街《ディーホワジエ》に少し似ている。海味の二文字はここで複数の意味をうまく伝えている。海沿いの道を歩くと、濃厚な磯の香りが波のように押し寄せて、なるほど海の磯臭さと魚介の甘さの両方を指すのだと実感できる〔中国語の「味」には「匂い」の意味が含まれる〕。

母の実家は家族経営の貿易商で、外国の客も地元の客も相手にし、小さなつきあいから大きな接待まで、立派な宴会でおもてなしした。祖母と母の二人で、手順の複雑な台湾料理を出すことができたのには、海外の友人たちの影響もあった。一部に潮州料理を取り入れて、海産乾物を多く使い、その旨味を強調した。常備されていた高級海産乾物は、今の基準だとまったく政治的に正しくないフカヒレ、燕の巣、あるいは魚の浮き袋、アワビから干したイトメまで、たいていは祖父の友人で潮州出身のおじさんが、香港から注意深く運んできたものだった。素朴な時代、舶来品は珍しかったり豪華だったりしただけでなく、ふり返れば、夢のように輝いて見えた。私は海産乾物街の空気を深く吸い込むと、母の丸く膨らんだ色白の顔を思い出した。この食品街のオレンジ色の電灯の下で、母が興奮して顔を紅潮させる様子を見てみたかった。

このあたりには路面電車が走っていて、チリンチリンと鈴の音を響かせながら通り過ぎていく。速度は昔風で、エアコンもないから、都会の汚染された空気と雨の湿気が混じりあって窓から入り、車内にいても外を歩いているかのように五感に訴えてくる。チンチン電車で上環から中環《ジョンワン》まで行き、茶餐庁《チャヤツアンテン》でエッグタルトと濃いミルクティーを頼んだ。それから、また階段を上り、階段を下りて、上環に戻ると、お茶の葉を探し始めた。

母は高校を出たばかりの未成年期から、六十歳近くになり病気で退職するまで、ずっと同族会社で働き、一生を通じて転職もしなかった。事務所は実家の延長で、社長は祖父、叔父叔母はみな同僚だ。事務所入り口脇のティーテーブルには、いつも鉄観音茶の容器があった。茶葉はガラス製の瓶に入れられて、決して切れることなく、細かに補充されていた。その頃、オフィスのコーヒーマシンはまだ流行前で、人々は仕事が一段落すると、立ち上がってお茶を一杯飲んだものだった。そのため、母は人を管理し、帳簿を管理し、給料を配るほかに、お茶淹れまでも担当していた。

お茶は香港の「福建茶行《フッギンチャヤホン》」から取り寄せた鉄観音で、時には同じ地域の「嶢陽茶行《イウヨンチャヤホン》」が扱うジャスミン茶を飲むこともあった。母は「白湯《さゆ》は生な味がする」と言って飲まず、日常的に水代わりとしてお茶を飲んだ。祖父も決して白湯は飲まず、昼飯、夕飯には酒を飲む決まりで、他の時はお茶を飲んだ。長年の習慣というだけで、特に健康的だとも思わないが、何しろ頑固な家族だった。

少女の私は小学校から帰ると、家より先に母の事務所に向かい、台湾語で祖父に「おじいちゃん、ただいま帰りました」と挨拶する。そしてガラスのコップに入ったお茶の量を見て、少なくなっていたら足し、机の脇に立って祖父に向かい、その日一日の報告を行う。台湾語の発音を間違えると、母がその場で直してくれる。五分も話すと、話のたねも尽きて逃げ出したくなるが、ちょっとぼーっとすると、祖父が「それで?」とつっついてくるから、母は私に「きちんと立ってもう一度話してごらん」と促す。思えばあれは母が意識的に立てた教育プランだったのだろう。結果的に私は毎日母語を練習し、目上の人、年配者と話す作法を身につけた。

その頃、会社の経営はもう叔父の手に移っていたが、祖父は退職後も毎日事務所に来て、勤勉さを象徴するがごとく鎮座していた。まともな昔かたぎの男性にとって、仕事をしないという事態は考えられなかったから、毎日糊がきいてぱりっとしたワイシャツを着て、油を施した髪の毛ばかりか顔までもぴかぴかに光っていた。自分の手で興した事業は国にとっての領土のようなもので、祖父は毎日体を張って見守り続けたのだ。

祖父は仕事をする必要がなかったので、いつも新聞を読んでいた。私が話をするとき、顔を上げなかったとしても、しっかり聞いてはいた。うるさいと感じると、手を振って、もう終わりの合図をした。

祖父のためにお茶を淹れ、お酒を注ぐのは私の役目で、加減をうまく測ることが大事だった。祖父には、すべて自分で決めたさまざまなルールがあった。お茶を飲むのに使う分厚いガラスのコップには、水色の網のような模様が染めつけられていて、他の人のものと間違えることはなかった。お茶を入れる量は、七分《ぶ》で正解、七分半が理想的、八分を超えてはいけない。量が多すぎると叱られて、「お茶もうまく淹れられないんじゃ、しつけができていないな」と言われる。お茶が入り、その日の報告を終えると、ようやく自分用のお茶を淹れることができる。母の隣に陣取って、宿題をしながらお茶を飲むのだ。当時は子どもがお茶のタンニンを摂取しすぎることを心配する大人などいなかった。私本人はといえば、鉄観音茶がすごく美味しいので、喜んで飲んでいたのである。

福建茶行の有名な鉄観音は、福建省の安渓《アンシー》で生産されたお茶だ。もちろん老舗のお茶がブランド品になっているのは、創業以来、自家焙煎を続けて、風味を保ち続けているからだ。この店の鉄観音は、現在台湾で出回っているものと大きく異なり、深く焙煎した熟茶〔微生物発酵させた茶〕である。湯呑みに注ぐと、赤みのある明るい琥珀色で、口に含めばまったりとした味わい。冷めてもまったく渋みが出ないから、一日中飲むことができる。私は子どもの頃から熟茶を飲んで育ち、昔風の好みを身につけてしまったようだ。大きくなってから、ほかの人の真似をして包種茶《バオジョンチャ》や金萱茶《ジンシュエンチャ》などすっきりした香りの生茶〔発酵度の低い茶〕を飲んでみたところ、時に胃をやられてしまい、あまり量を飲むことができないのだ。

台湾には地元産のお茶があるのに、わが家では毎日香港から取り寄せたお茶を飲んでいたのには、もちろん理由があった。祖父は本当に面倒なおじいさんで、家の者に厳しく、生活上の決まりは多すぎて覚えきれないほど。それでいて友達には寛容で、驚くほど優しかったから、つきあいの範囲はとても広く、香港、タイ、マレーシア各地に華僑の友達がいて、しばしば行き来していた。

その時代の義理人情といったら、現代人には理解し難いほどだった。たとえば、友人の子どもをうちに住まわせて、台湾の学校に通わせ、母や叔父たちと一緒に育てた。香港のおじさんの二人の息子は、そのまま十年も家で暮らした。おそらく当初は幾分かの生活費を払ったのだろうが、商売の景気が上がったりになると、台湾に来て息子と会う際、手土産としてフカヒレや茶葉、漢方の塗り薬を持参して謝礼がわりとした。福建茶行の鉄観音は、当時そのようにして一箱また一箱と運び込まれたものだった。その後、おじさんの息子たちは香港に戻り、消息も途絶えた。けれども十数年におよんだお茶の習慣は深く根づいていて、なくなったら困ると、中国と行き来するビジネスマンである私の父に託して、深圳《しんせん》から香港に入り台湾へと向かう途中、上環で大量の茶葉を購入して持ち帰るよう頼んだのだ。

当時、事務所には一面ガラスの壁があり、夕方の西陽がガラス越しに鉄観音茶の入ったグラスを照らした。強い光に照らされると、本来色の濃いお茶が明るく見える。子どもの頃、お茶を飲んで過ごしたいくつもの午後は、私の記憶の中で静止画面になっている。険しい山の如く厳しい祖父は、いつも真っ直ぐ背筋を伸ばし、新聞を読んでいた。ハイヒールを履いた母が、工場内の鉄の階段を上り下りすると、うぉんうぉんという音がこだました。その様子はまるで昨日のことのようにまぶたの裏に焼きついている。小さな孫娘は成長すると海を渡り、家の誰よりも遠くへ行ってしまい、滅多に戻ることもなかった。最初に祖父の呼吸が止まり、次に煉瓦造りの古い事務所が取り壊されて、巨大な金属メッキの工場に建て替えられた。入り口脇の大きなガジュマルの木も、その際に切られて消えた。母は病気になり、やがて亡くなった。何物もつかまえて、じっと捉えておくことはできない。時間は冷静で、いつも人間の側の洞察力が足りないのだ。

今もよく覚えている。福建茶行のお茶は、薄い長方形で、緑かピンク色のブリキ製の入れ物に入っていた。表面にはペガサスの商標が描かれ、英語と中国語で商品説明が書かれた様子は、いかにも植民地風だった。母と叔母は空き缶を捨てずにとっておいて、経理に使う印章を種類ごとに分けて入れたり、国際郵便物に貼られたきれいな外国の切手を切り取ってしまっておいたりした。パソコンが普及する前の時代、帳簿付けと給与の支払いは、人手と紙を大量に消費する作業だった。母と叔母の机の上に置かれた空き缶は、忙しい会社の中でいつも変わらぬ位置を占めていた。

叔母は母が亡くなる前に、強く主張して退職した。母のベッドのそばに来て、「姉さん、私退職することにした」と小さな声で伝えると、もう返事をする元気のなかった母は、うなずきながら目を細めて少し笑い、賛成の意を表した。叔母は荷物を片づけるとき、何もかも会社に残したまま去ったが、すっかり錆びて、ふたの開け閉めをさんざん繰り返したために歪んでしまった福建茶行の缶だけ家に持って帰った。お茶の缶は戦友であり、記念品でもあり、実の姉妹が肩を並べて仕事した三十年の時間そのものでもあった。世間の人は時にものを軽く見るが、先のわからない人生の途上、古いものをそばに置くことで、思い出がそこに宿ることを知らないのだろう。

福建茶行のある上環の孖沙街《マーサー》は短い通りで、私はうっかり通り過ぎてから、ふり返ってようやく看板を見つけた。間口は狭く奥に深い建物で、外装は数十年前の重厚なもの。それでいて老舗の店内はすっきりミニマリスト路線で、余計なものは置かず、広告も貼らず、棚に並ぶのは茶葉と茶缶と茶道具のみ、照明は白熱灯である。店長は細身で背の高い男性で、面長の顔には深い皺が刻まれているが、視線は落ち着いていて礼儀正しい。商品構成はシンプルで、多くの人が有名な鉄観音とジャスミン茶を買いにくる。福建茶行の鉄観音は三つの等級に分かれていて、茶王、特級、一般という。子どものときに飲んだ鉄観音の等級がわからないので、茶缶のデザインを一所懸命説明するしかない。「長四角で、これくらいの大きさ」と指で示して見せる。「ふたは緑色の撥ね上げるデザインで」と説明すると、店長のおじいさんは聞きながら微笑み、確かに私が二十年前この店のお茶を飲んだことがあるとわかったらしい。残念ながら長方形の缶はもう使わなくなり、筒型に変わってしまったが、昔風に金で書かれた文字の字体と赤で描かれたペガサスの商標は同じままなので、一眼で間違いないとわかった。私は鉄観音の茶王を一缶買うことにし、淹れ方を尋ねた。

「簡単ですよ」。おじいさんはテーブルに向かい、手のひらほどの大きさの紫砂壺《しさこ》を手に取ると、簡潔に説明してくれた。

「まず急須に熱湯を入れて温めてから茶葉を入れます。分量は容量の五分の一程度」。そう言いながら、急須の外側に手振りで線を引いて見せた。
「熱湯を茶葉に注いで、十秒たったら、一旦お湯を捨てます。先に茶葉を湿らせるわけです。二度目にお湯を入れたら三、四分待って、もう飲むことができます。このお茶は繰り返し飲めます。六、七回淹れても香りは変わりません。簡単に言うと、お湯が沸いていればお茶は美味しくなる。何もトリックはありません」

お茶屋から歩いてホテルに戻った。空はもう暗くなり、大雨が降り始めた。雨水が海面に降り注ぎ、対岸のビルのネオンサインを霞ませている。大雨が降るとき、人々はかえって静かなものだ。私はお茶を淹れたかったが、道具がない。部屋にあるのは白い磁器のマグカップが二つとティースプーン、電気ポットだけだ。

お茶の缶を開け、アルミの真空包装を破ると、炭のように落ち着いた香りがした。カップを熱してから、茶葉を少し入れてみた。茶葉の形状は球形によじれ、色は深い黒だ。少量の湯で湿らせてから、新たにお湯を沸騰させて注ぎ、蒸らす。それからティースプーンをカップの縁に当てて、茶葉を抑えつつ、入ったお茶をもう一つのカップに注ぎ入れた。

ホテルの黄色い室内灯の下でも、琥珀色の茶湯が、避けきれなかった少量の茶葉の滓《かす》や粉を伴って、白い磁器のカップに落ちていくのがよく見えた。顔を近づけると、蒸気とともに、遠い昔から来た木の香りが立ち上る。甘く穏やかな香りが外の雨音を静め、子ども時代の景色が眼の前に浮かび上がった。香りが記憶の底に達して、深い場所にある思い出を連れてくる。一口含むと、味と記憶が重なり合った。長い年月が過ぎ、多くの物も人も変わってしまった後も、お茶はなお当時のお茶のままであることに、深い感激を覚えた。

当時いた多くの人が亡くなって、私とお茶が残された。大人になって独立した孫娘であり娘である私が、わずかなヒントを手がかりに、一つの島からもう一つの島へと、お茶を、あるいは少しばかりの時間の遺跡を探しに訪れた。もうこれからは、どんなに恋しく思っても、自分で自分に責任を持ち、ていねいにお茶を淹れ、そして暮らしていくのだ。

お茶を待つ時間

十年の間に、どれだけのお茶を飲むだろう。一日二杯で計算すると、七千三百杯になる。一種類のお茶を十年も飲み続けると、若かった娘も中年女性になる。私の世代は女性も自立して、仕事に熟練し、暮らしの中で自分の世話をする方法も知っている。徹夜をやめ、血糖値の上昇に注意し、果物は多めに食べて、スナック菓子は少なめに。深く愛する上質の澱粉、白米やパンも半分に減らさなくてはならない。それでも、お茶は飲まないわけにはいかない。私のお茶はイギリスの建築労働者用のお茶だ。色が濃く、味も濃い。そこに牛乳と砂糖を加える。私のお茶は値段が安くて気がおけない品だ。それは個人的な歴史の遺跡であって、また友人そのものでもある。

イギリスの茶葉生産量はほんのわずかしかなく、大部分はインド、スリランカ、南アフリカから輸入されている。茶葉を細かく砕くと、淹れたお茶は色濃く、やや苦くなる。そこに牛乳と砂糖を加えると、一度に飲みやすくなるのだ。イギリス人の多くは日常的にこの種のお茶をコーヒーよりも大量に飲む。しかし、ミルクティーとは呼ばず、ただティーと呼ぶ。

初めてイギリスに渡ったのは四月のことで、そろそろ春のはずなのに、雪が降っていた。亜熱帯の島から来た女子学生が、ロンドン郊外のヒースロー空港から長い道のりを経て、イギリス南部の海辺の街にあるホストファミリーの家に着いたのは、もう深夜のことで、からだじゅうが冷たく凍ってしまっていた。ホストマザーは私を部屋まで案内しつつ、下の娘さんに熱い紅茶を一杯淹れるよう頼んでくれた。それは砂糖と牛乳入りで、甘く温かかった。掌でマグカップを包み、唇を尖らせてすすると、甘い紅茶がからだじゅうにしみわたり、私は初めてイギリス式のお茶というものを知った。そして、学生時代から今日まで続く、初めてにして最も長い関係を結んだのだ。以来、からだや心が冷たくなったと感じたら、その度ごとに、お茶を飲んでやり過ごしてきた。

私はイギリスに着いてまもなく、ホストファザーのケビンからティーの淹れ方を習った。

ケビンは鉄道車両を補修する技師で、からだは大きく、性格は優しかった。家の中の細々したこと、たとえば猫が吐いたものを片づけるとか、全ての部屋の床を張り替えるとか、奥さんのペットである陸亀のために木の小屋を作るなど、どんなことでも自分の手で片づけた。私の育った環境だと、男性は仕事を理由にして家庭生活に加わらず、家族はシングルマザーとその子どもたちのように暮らしていることが多かった。だからケビンのような人がいるのを知って、当初はずいぶん驚いたものだ。

私の観察したところ、働き者のケビンは一日に四杯から五杯の紅茶を飲んでいた。朝五時に家を出て、ロンドンの職場まで、列車に一時間半揺られて通った。朝は濃いめのお茶を飲んでから出かけるのでなければ、海辺の街の夜明け前の寒さに立ち向かえなかったことだろう。

ケビンがいつも飲んでいたティーバッグはPG Tipsという銘柄の安いお茶で、葉っぱは極限まで細かく砕かれ、淹れたお茶の色は濃い、ブルーカラーのイギリス人たちに最もよく飲まれているブランドだった。テレビコマーシャルもその印象を強化するもので、だいたいはイギリス北部訛《なま》りの大柄な男性が、茶飲み友達である毛糸で編んだ猿のぬいぐるみとともに、煉瓦造りの質素な長屋でお茶を淹れている、というものだった。

イギリスの人類学者ケイト・フォックスが著した『イングリッシュネス』という本に「朝食のルールと紅茶への信仰」と題された章がある。フォックスによれば、イギリスでは社会階級ごとに紅茶の飲み方が異なっている。大まかに言って、紅茶に入れる砂糖が多いほど労働者階級に近づく。中産階級、上流階級はえてして「弱くて薄く」砂糖を入れないアール・グレイを好む。そしてある人物が建築労働者用紅茶を何としても遠ざけようとする態度から、階級に関する不安と焦りを読み解くことができるという。

ケビンにとって出勤前と帰宅後に紅茶を飲むことは、大切な儀式だった。彼専用のマグカップは、勤務先のサウス・ウエスト・トレインズに関係した品で、白の地に赤と青で小さな列車の隊列が描かれていた。私は交通機関が好きで、中でも列車が好きなものだから、そのカップについて、彼と話したことがあったのだと思う。私が台湾に戻る直前、ケビンは会社で同じカップを買い求め、茶飲み友達の記念にとプレゼントしてくれた。

ケビンの飲む紅茶は色がとても濃くて、ちょっと見にはコーヒーと見紛うほどだった。イギリスの安いティーバッグには、たいてい糸も持ち手もついてはいなくて、ただ不織布の包みの中に数グラムの粉茶が入っているだけだ。お茶が入ったら、ティースプーンで取り出してゴミ箱に捨てる。二杯目を淹れることは決してない。昔風のイギリス人だと、スプーンでティーバッグを押さえながら、手の指で残りのお茶を絞り出したりする。専門家は、「それでは渋みがカップに入ってしまう」と言う。けれども、ティーバッグを絞るか絞らないかという程度の問題についてであれば、一生の間、専門家の意見に耳を傾けなかったところで、別にどうということもない。

お茶が入ったら、冷たい牛乳を入れる。どんなに寒い冬の日でも、必ず冷たい牛乳を入れる。

お茶を飲みながら、いくつかビスケットを食べる。一番人気がある、手のひらほども大きくて丸いダイジェスティブビスケットの片側にミルクチョコレートが塗られたものを、紅茶に浸しながら食べる。これがすなわち建築労働者のお茶（builder's tea）であって、強さもカロリーも十分だ。寒い冬にからだが疲労し尽くしたとき、これほど慰められるものはそうない。

二〇一一年のイギリス映画『マリーゴールド・ホテルで会いましょう』は、七人の高齢者がネット上で老人ホームの誇大広告に騙され、長年修繕もされていないインドのホテルで過ごすことになる話だ。七人それぞれに過去からの物語があり、思いもよらない環境の中で人生を見直すことになる。出演者はみなイギリスのベテラン俳優で、マギー・スミス、ジュディ・デンチ、ビル・ナイなど。撮影当時、七人の年齢を合計すると五百歳近くに達したという、熟練演技力の大競演だった。

マギー・スミスが演じたのは頑固な老婦人だ。空港の安全検査で機内持ち込み用のカバンを開くと、中からはイギリスの典型的な保存食品が次から次へと出てくる。玉ねぎのピクルス、卵のピクルス、チョコレート味のダイジェスティブビスケット三十六個入りに加え、大量のPG Tipsティーバッグだ。天涯孤独の彼女は、たった一人、いわば小舟で大海に漕ぎ出すにあたり、自身を故郷の食べ物で包囲しようとしているのだ。

また、ビル・ナイが演じる元教師は、好人物だが不器用な性格で、長い手足の置き場が見つからない感じだ。彼とジュディ・デンチが演じる賢くて気のきく未亡人との間で、黄昏の恋が芽生える。イギリス人高齢者同士の告白もまた、お茶から始まる。

「お仕事は何時に終わりますか」とビルがジュディに尋ねる。

「五時です」

「おお、アフタヌーンティーの時間ですね。お茶はどのように淹れたのがお好みですか」

自分はあなたのために、どのようにお茶を淹れて差し上げたらいいのか、という誘いが意図されている。

「牛乳を少しだけお願いします」とジュディが答える。誘いを受けるという意思表示なのだ。

お茶は挨拶であり、社交辞令であり、計量単位でもある。そうしたさまざまな意味を含めて、イギリス人はしょっちゅう誰かをお茶に誘っている。

「お茶を一杯いかがですか」「一杯いただきたいです」と言うのは、台湾人が「ご飯は食べましたか」「ええ、お腹いっぱいです」と言うのと同じ意味なのだ。もし、ある人が自分の好きなタイプでない場合は、「自分向きのお茶ではない」と言う。大勢で話をしていて、一人が場を白けさせてしまったら、別の誰かが立ち上がって言うだろう。「みなさん、お茶のおかわりはいかがですか」

一つひとつの言語は、主として、日常生活にかかわる言い回しで成り立っている。そのため、台湾では米の飯を使った比喩が多く、イギリスではお茶を用いた表現が豊富である。

労働者階級がPG Tipsを好むのに対し、中産階級が最も好むお茶のブランドはトワイニングである。一人例外的なトワイニング支持者がいて、誰あろう女王エリザベス二世だ。王室の執事によると、女王は朝食にトワイニングのアール・グレイを飲む習慣があり、旅行に行くときも茶葉を持参するという。

イギリス滞在中は私もトワイニングのアッサムやブレックファースト・ティーを好んで飲んだ。台湾に戻って購入すると、品が違うではないか。というよりも、おそらくはどのブランドのティーバッグでも同じで、イギリス人が濃い紅茶を飲む習慣に合わせて、本国で販売する分には茶葉を多めに入れているのだ。たとえばトワイニングがイギリス国内で売っているティーバッグには三グラム以上の茶葉が入っているのに対し、国際バージョンのほうには二グラムしか入っていない。

ロンドンで観光客が行く王室御用達の百貨店フォートナム＆メイソン（F＆M）は、贅沢品を売っているのであって、日常的な店ではない。

友だちがロンドンに行き、F＆Mでティーバッグの詰め合わせを買ったからと、私にも一つ分けてくれた。ホームステイ先に戻り、そのお茶を淹れたところ、「まあ、高級なお茶ですこと！（Oh! Posh tea.）」という声が聞こえた。“posh《ポッシュ》”は商品がハイレベルだという意味のほかに、上流階級のアクセントも指す。一般庶民がこの語を使うときは、声が高くなって、他人事《ひとごと》のようなニュアンスが加わる。

紅茶を数か月間も毎日淹れていると、だんだん上手になってくる。私なりに整理して、絶対うまくいくと自信を得た手順で淹れると、確かに美味しいと評判をとるようになった。ケビンにお茶をと頼まれて、一杯淹れてあげたこともあるし、また年配者の家での集まりに赴き、お茶を淹れて差し上げて、おじいさんたちに喜ばれたこともあった。

お茶を淹れる前に、まずポットとカップを温める。熱湯を注いで、触れると熱く感じるほどにまで容器を温めるのだ。別に冷水を用意して、火にかける。お湯が沸き、ひゅうひゅうという音が聞こえてから、さらに少しやかんをコンロにかけたままにする。その間にポットの湯を空け、茶葉あるいはティーバッグを投入する。

一人でお茶を飲むときは、茶葉の計量専用の匙で一杯分の茶葉を用いる。何人か用に、大きなポットを使ってお茶を淹れるときは、一杯分の茶葉を「ポットのために」と言って足す。つまり、ポットで三人分のお茶を淹れるならば、匙四杯分の茶葉を用いることになる。

沸騰しているお湯を注ぎ、すぐにふたをして、しばらくの間、静かに置いて蒸らす。寒い季節にはポットを保温用の厚い布でくるんでもいい。マグカップでティーバッグのお茶を淹れるのならば、浅い小皿をひっくり返し、ふたにして蒸らす。かき回さず、揺らさず、茶葉が自然と湯の中で浮き沈みし、踊り、その後静まって、ゆっくり香りと色を解き放つのに任せる。

お茶は自分で自分を完成させる。したがって、人間の側では、邪魔をしないように気をつけなくてはならない。

お茶を淹れるとは、待つということだ。深く黒い色のお茶が飲みたければ、五分間蒸らし、わずかに渋味を感じるくらいになるまで待つ。そのために小さな茶色のガラス製砂時計を購入した。お茶を蒸らし始めるとき、砂時計を上下ひっくり返し、五分間静かに砂が落ちきるのを待つ。砂時計で時をはかるほうが、電子タイマーやスマートフォンの目覚まし時計よりいい。時が過ぎること、過ぎ去ってしまうことは、本来静寂の中の出来事なのだから。

お茶を待ちながら、別のことをしてもいい。トーストを焼き、目玉焼きを作るか、あるいはお茶菓子を用意する。お茶が出来上がったら、カップに注ぎ、ティーバッグを取り出す。新鮮な牛乳を入れよう。

世間には、お茶が先かミルクが先かと議論する人たちがいる。カップの中に、先にお茶を注ぎ、その後ミルクを注ぐべきか、それとも反対かについての論争である。ミルクが先だという立場にはそれなりの根拠がある。庶民が使う安い陶器は壊れやすいので、先に少しミルクを入れておき、そのあと熱い紅茶を注いだほうが、器に与える衝撃が少なく、壊れにくいというのだ。ただし今日ではたいていのカップが丈夫にできているから、是非ともミルクを先に入れるべきだという根拠は失われ、もはや個人の習慣の問題にすぎない。

お茶が先かミルクが先かという問題は、私が見たところ、スコーンには先にジャムを塗るべきか、それとも先にクロテッドクリームを塗るべきかという議論と同じく、結果の差はほんのわずかで、むしろ信仰の問題である。信仰は意志の壁であり、無理にぶつかったところで、何も解決しない。議論好きの人たちには議論を楽しんでもらえばよい。自分で飲む一杯のお茶のためにもめるなんて、いったいどうしたことだろう。

とはいえ、イギリスでは必ず紅茶に冷たい牛乳を加えるという一点について、私も信仰を持っている。フランス料理でソースを煮詰めるとき、熱いソースに冷たいバターをひとかけ投入すると、瞬時に乳化して、ソースがきれいにまとまる。冷たい牛乳を熱いお茶に加えても同じ効果が起きるのだ。だから、特に理由もないのに、無駄に牛乳を温めて、臭みや膜を生むべきではない。冷たく新鮮な牛乳をそのまま加えるほうが、面倒がなくてよい。

イギリスの乳製品は品質の水準が高い。当時、紅茶を飲むときは、チャンネル諸島産の牛乳を使っていた。ジャージー牛かガーンジー牛の乳で、パスチャライゼーション〔百℃以下の温度で行う加熱殺菌法〕や均質化を行わないので、瓶の口に近いあたりに、バターのような明るい金色をした乳脂肪分が小さな塊になって浮いていた。よく振ってからふたを開けると、口当たりはねっとり滑らかで、旨味を感じる。台湾ではジャージー牛を娟珊《ジュエンシャン》牛と訳しているが、数が少なく、またパスチャライゼーションや均質化を行うので、味はまったく違ってしまっている。理想的な牛乳は求めてもなかなか手に入らない。それでいて、お茶は毎日飲むものだから、値段が高いのもだめで、普段は〔六十三℃から六十五℃の間で行う〕低温殺菌の牛乳を見つけては紅茶に入れて飲んでいる。

紅茶を飲むこと十年。どれほどその習慣が身についたかと言えば、ティーカップに染みついた茶渋《ちゃしぶ》にも負けないほどだ。旅行前にスーツケースの準備をするとき、入れてはみたものの、やはり出すものがいくつもある中で、お茶の葉だけは必ず少量なりとも持っていくのだから、まるで常備薬だ。知らない土地に行き、不条理な状況に陥っても、お湯を沸かしてお茶を淹れたら、即座に落ち着く。

初めてロンドンに来た頃、学生寮の近辺は治安が悪く、夜には銃声が聞こえるほどだった。鉄道駅ではしばしば警察官たちが指名手配中の薬物犯罪の容疑者を取り囲む様子が見られた。

私の部屋は半分地下にあったため、天窓が外の舗装道路と同じ高さで、窓から見える景色は、行き交う通行人たちの靴、靴、靴だった。

近所の犯罪者予備軍が、窓から覗いて私が一人なのを知ると、寒い冬だというのにズボンを脱いでしゃがみ込み、からだをガラス窓に押し付けて、脅かそうとする。その悪意はからだよりもっと赤裸々だ。

さっとカーテンを引くと、表情を変えずに台所に行って湯を沸かし、お茶を一杯淹れて気を鎮める。電気ケトルの柄をつかもうとして、指がかすかに震えているのに気がついた。湯が沸き、ぷるると音がして、湯気が鎮まった。私はいつも通りカップを熱し、茶葉をつかみいれ、熱湯を注ぎ、ふたをした。そして待つ。脈拍が落ち着き、恐怖感がおさまるのを。熱湯の中で茶葉が浮き上がっては回旋し、その後落ちていくのを。お茶が深く濃い色になり、自分で自分を完成するのを、ただひたすらに待った。

台北の老舗茶菓子店

お年寄りの中には乳製品を食べない人が多い。反対に、私たち一九八〇年代生まれは、台湾の高度成長期で乳製品が大いに薦められた時代に生まれ育った。

グローバリズムの風が台湾島にも吹いてきて、私が生まれた翌年、台湾で最初のマクドナルドが民生東路《ミンションドンルー》にオープンした。その数年後にはピザハットも開いたが、わが家の人たちは初めてのピザに関しては慎重だった。当初ピザハットは配達をしていなかったので、食べたければ店に行くしかなかった。つまり、正式な外食である。

ピザハットの店内には赤いボックス席が設けられていた。当時はピザを注文すると、セルフサービスのサラダバーがセットでついてきて、目新しく、格好よかった。母方の祖母が初めてピザを食べたときのことを覚えている。台湾料理を食べ慣れた祖母の口にピザはまったく合わなかった。生地の上に塗られた濃厚なトマトソースと融けるチーズの組み合わせについて、祖母の正直な反応は、「変な匂いがするし、酸っぱい味だけれど、腐っているわけじゃあないのかね」だった。祖母にとって、乳製品の匂いは臭いのだった。

それからしばらく経った一九九〇年代、台北のコーヒーショップでは、「ニューヨーク風チーズケーキ」が大流行した。原料はクリームチーズで、脂肪分が高く、口当たりは柔らかく滑らか、後味は軽い発酵食品の酸味だった。

子ども時代は、誕生日にクリームフルーツケーキを予約するのが流行していた。立派なケーキに、生クリームを塗り、缶詰の水蜜桃《すいみつとう》を刻んで挟んだものだ。表面には赤と緑二色の砂糖漬けチェリーで飾りつけがしてあった。見ていると、多くの人は生クリームケーキを食べるときに、プラスチックのフォークで生クリームを取り除き、食べなかった。太るのが嫌な人もいれば、生クリームはしつこくて嫌だという人もいた。当時は生クリームの多くがマーガリンを用いたもので、あまり品質がよくなかったから、食べると必ず舌の先にゴムのような異物が残った。人々が敬遠したのは、むしろ敏感さと警戒心の正しい表現だったのだ。

ここのところ外出先でお茶を飲むと、フランス式のパウンドケーキとイギリス式のスコーンがブームになっているようだ。どちらもバターを原料とするので、脂肪分は目に見えないけれども、実際にはかなりの量が入っている。そのため口当たりが重い。

イギリスに住んでいた頃は、ずいぶんスコーンを食べたものだ。クロテッドクリームと手作りのジャムが乗っていて、雪の降る日に濃い紅茶と合わせると、とても癒された。けれども台湾に戻ってからは、全然食べる気が起きず、ひとつ食べてみると、のぼせたかのように調子が狂う。台湾の気候は湿度も温度も高い上に、私自身青少年期を過ぎて、からだが受けつけなくなっているらしい。ならば、少なめに食べるとしよう。

とはいえ、お茶を飲むには、やはりお茶請けが必要である。乳製品は避けることとして、伝統的な茶菓子を探すほうがいいようだ。

私の祖父母世代は、だいたい一九三〇年代前後の生まれで、今まだ健在であれば、八十代から九十代にかけての年齢だ。乳製品が台湾で普及したのは第二次世界大戦後のこと。だから祖父母世代が子どもだった頃のお菓子は、地元で取れる農産品を加工したものだった。油は植物性ならピーナツ油や胡麻油、動物性なら一般にラードを使った。こってりした味が好みなら、小豆餡や棗ペーストの濃厚さがある。もちもち感が好みなら、餅米の弾力。考えてみれば、どれも乳製品を含んではいない。

お茶菓子で格別人気があるのは土豆糖《トウドウタン》〔ピーナツ飴〕と芝麻糖《ジーマータン》〔ごま飴〕だ。わが家は大家族なので、祖母が買ってくるお菓子は、どれも大袋入りだった。ピーナツ、白胡麻、黒胡麻がそれぞれ一袋ずつ。平らに熨《の》したナッツ飴の表面に、うっすらと包丁あとのような折り目が引かれていて、手をプラスチックの袋の中に伸ばし、ひと欠片《かけら》折り取っては食べた。ナッツ飴はとても硬くて、一口かじると、割れたのは自分の歯なのかそれとも飴なのか、すぐには判然としないほどだ。とはいえ口いっぱいに美味しさが広がった。

子どもの頃は台北の西部によく行った。堤防沿いを車で走り、中興《ジョンシン》橋を渡れば到着だ。紅楼《ホンロウ》の並びで沙茶火鍋《シャチャフオグオ》を食べるか、「金獅《ジンシー》楼」で飲茶をするか、それとも「驥園《ジーユエン》」の四川料理か。いずれ食後には成都路の「上海老天禄《シャンハイラオテイエンルー》」へ行くのだ。

上海老天禄はおつまみの滷味《ルーウェイ》とお茶菓子、両方で有名だ。私の家は静かな地域にあったので、西門町《シーメンディン》に行くと、あまりのにぎやかさに都会と地方の格差を体感する思いがした。母は自分用に老天禄の鴨の舌や手羽を少々買い、晩酌のつまみにした。辛味を効かせた滷味は大人専用だ。私たち子どもには別に好きなおやつを選ばせてくれた。たとえば、筍豆《スンドウ》〔味つけ大豆〕、巧果《チヤオグオ》〔胡麻入りの薄くひねった揚げ菓子〕、麻球《マーチウ》〔ゴマ団子〕、油炸饊子《ヨウジャーサンズ》〔卵と小麦粉で練った生地を毛糸玉状に伸ばして揚げた菓子〕などだ。筍豆は炒めた大豆で、歯応えがとびきりよい。巧果、麻球、油炸饊子はすべて揚げ菓子で、さくさくして美味しかった。一番印象的だったのは老天禄の桂花《グイホア》条糕《ティアオガオ》だ。餅米で小豆餡を包んだ細長い餅菓子で、金木犀の花になぞらえた美名に負けない口当たりのよさだった。

老天禄以外に、寧波《ニンポ》西街《シージェ》の「劉仲記《リウジョンジー》」も中国江南地方のお菓子を扱っている。店構えが地味なばかりか、商品の配列もそこらの雑貨屋のようで、棚には大量生産の袋菓子も多く並んでいるが、中に劉仲記の商標を印刷した自家製菓子が混ざっている。王宣一著『国宴と家宴』の中に、上海の女性たちが好んで食べた薔薇瓜子《グワズ》の話が出てくるが、ここで売っている。

劉仲記は胡麻味と薔薇風味の酥糖《スータン》〔さくさくした飴菓子〕が看板商品で、包装を見るだけでも心が踊る。セロファンと白い紙で三つの酥糖を四角に包み、白い紙の上には赤インクの印刷と黒い手書き文字の組み合わせ。書道でいう拙趣な風合いだ。私は中身を食べ終わったら、包装紙を切り抜いて手元に残している。

薔薇酥糖は麦芽糖で白胡麻の粉と蒸した米粉をぐるぐると何層にも巻き上げたもので、さっくりとほろほろ、異なる質感が組み合わさる。薔薇水の香りはほのかで、胡麻粉と混ざり一体となって溶ける。単独で食べても美味しいが、すっきりした味わいのお茶、たとえば龍井茶《ロンジンチャ》や東方美人茶、あるいは台湾の杭菊茶《こうきくちゃ》などと合わせて食べればまた口当たりが絶妙である。

劉仲記のピーナツ飴と胡麻飴は種類が大変多く、ナッツ飴の専門家と呼べるほどだ。中に一つ華洋折衷の風味がたまらない商品があり、白脱花生糖《バイトウオホワシヨンタン》〔バターピーナツ飴〕と呼ばれている。「白脱《バイトウ》」は、昔バターの中国語訳として使われた表記で、ここではバタースカッチ、すなわち乳脂肪を用いた固い飴を指す。歯触りが極度に固く、キャラメルの味に明らかな塩気が混じっている。現代の言い方に翻訳すると、塩キャラメルバターといったところ。危険なことに、熱量の高さは固形燃料なみだとわかっているのに、左手で右手を叩きながら、もうひとつだけ、とこっそり取っては食べずにはいられなくなる。

さらに一歩踏み込む勇気があるならば、劉仲記のバター飴を買ってきて、少々加工してみる。高品質なビターチョコレートを湯煎して溶かし、キャンディーの上にかけて乾燥させるのだ。パーティーに登場させたら、味の面でもカロリーの面でも、フランスの芸術品級デザートに遜色ない。

以上のごとき昔風な台北茶菓子の数々は、時に贈り物としてもよい。

迪化街で百年の歴史を刻む「高建《ガオジエン》桶店」あるいは「林豊益《リンフォンイー》商行」で、ふた付きの竹籠をいくつか購入する。大稲埕「有記《ヨウジー》茶行」の奇種烏龍茶あるいは「林華泰《リンホワタイ》茶行」の日月潭紅玉茶を一箱入れ、残りの空間を埋めるお茶菓子として、劉仲記の薔薇酥糖、椒塩桃片《ジャオイエンタオピエン》（塩胡椒味の胡桃チップ）、延平北路「龍月堂」の台湾式緑豆糕《リユウドウガオ》、塩梅糕《イエンメイガオ》（三〇頁参照）を組み合わせる。二軒の店はどちらも白地に赤文字の包装で、古典的デザインが可愛い。お祝い感を強調したいならば、「李亭香《リーテインシャン》」の金銭亀は小亀型のピーナツキャラメルで、甲羅に寿の文字が書かれている姿が面白い。こうした老舗は創業以来の年数を合計したら数百年にも上る歴史があるので、語るべきエピソードも山盛りだ。

今日ではマカロンやガレット・デ・ロワに馴染みのある人のほうが、塩梅糕に馴染みのある人よりも多いことを私は残念に思うのだ。お友だちの皆さんに、こうした昔風のお茶菓子を紹介し、是非まったく新しい味わいとして経験していただきたい。それが古典派台北女子の心からの願いである。

パイナップルケーキのモダン

台湾人なので、数え切れないほどのパイナップルケーキを食べてきた。けれども、パイナップルケーキのことを「意識」し始めたのは、故郷でのことではなく、外国にいたときだ。

イギリスに旅立つ前、贈り物、自己紹介の手段として、パイナップルケーキと烏龍茶を用意した。亜熱帯の島から来た自分が、熱帯の作物であるパイナップル入りの菓子を贈ったら、たとえ短い時間ではあっても、互いの出身地について語り合うきっかけになるだろうと。

台湾は伝統菓子の種類が極めて豊富なのに、なぜだかパイナップルケーキだけが注目されて、民間外交の道具になっている。その理由を考えてみるに、伝統菓子によく使われる小豆餡や緑豆餡が、豆類は塩味のおかずとして食べる習慣の西洋人の口に合いにくいからではなかろうか。その点、パイナップルの果肉を入れたパイナップルケーキは、味が想像しやすい上に、熱帯産の異国情緒が加わる。さらに、外側は西洋菓子と同様にバターを使用した生地だから、珍しすぎるわけでもなく、受け入れられやすい。賞味期限が長いこともまた、明らかな長所だろう。

何度も贈り物にし、自分でも食べてみて、外からの目で見直してみると、パイナップルケーキは伝統食品に分類されるのが常ではあるが、遡ってみれば、地元の農産物と西洋のアイデアが結びついて生まれた、モダンな名産品なのである。

モダンというのは、第一に外見がモダン、第二に材料がモダンだ。

まず外見から。台湾伝統菓子の世界に、見た目が華やかなものはたくさんある。緑豆糕にしても婚礼用の大餅《ダービン》〔大きな焼き菓子〕にしても、木製の型で抜き、寿や双喜〔喜の字を横に二つ並べ、結婚の祝いに用いる〕の文字、あるいは花鳥虫魚などの模様を浮き上がらせる。緑豆椪《リュウドウポン》のようにバターパイ風の生地を用いたものは、上に赤い色で文字を書いたり、点を打ったりする。図柄には祝福の意味があり、赤い文字が説明の用を果たしている。

その点パイナップルケーキは、稀に違う形のものがないではないが、一般的には長方形で、ふた口で食べ切ることのできる、金色スエード製の小さな枕のようだ。十年前にロンドンに住んでいた頃、ルームメイトのお母さんが台湾・板橋《バンチャオ》の名店「小潘蛋糕坊《シャオファンダンガオファン》」のパイナップルケーキを大箱で送って寄越したことがあった。当時の包装は素朴なもので、今日見られるような個包装やプラスチック製緩衝材など存在せず、ケーキとケーキは直に接して、箱中にぎっしりと詰まっていた。その状態で九千キロあまり飛行し、ロンドン二区の小さなアパートに到着した箱を開いたところ、実にひとつも破損していなかった。直線構造は重ねるにも収納するにも便利で、まさに形態が機能に従ったモダニズムケーキと言える。

どうしたわけだか、誰もパイナップルケーキの形が単純すぎることに気づかない。私たちは飾りつけが大好きな社会に生きているが、なぜかパイナップルケーキだけはその衝動の対象にならず、ミニマリズムを極めることが黙認された。中身をイチゴや他の果物に変えたり、塩漬卵の黄身を隠し込んだりしても、外見が永遠に同じならば、特に説明はいらない。そのため私は外見に趣向を凝らしたパイナップルケーキを食べる気になれない。ハート型は甘ったれているし、パイナップル型はそのまますぎ、台湾島の形は郷土愛が強すぎ、どれも四角形にかなわない。

そして材料。イギリス時代の親しい友人に、八十歳のアランさんがいた。初めてパイナップルケーキを口にしたとき、彼は眉根を寄せ、しばらくの間、過去の経験から相応しい語彙を探し求めた末にこう言ったのである。「このお菓子はスコットランドのバターケーキにパイナップルジャムをはさんだみたいだ」。百点満点とはいかないが、かなりいい線いっている、と感心したものだ。

パイナップルケーキの前身はその昔結婚のお祝いに配られたパイナップル餅だ。小麦粉、砂糖、卵黄などを混ぜ合わせた「和生餅《ホーシンピアン》」の生地でパイナップルと冬瓜の餡を包み、円形または方形の、数人で分けて食べるとちょうどよい大きさに仕上げたものであった。のちのパイナップルケーキは、これを小さな四角形に変え、初期の生地はラードを練り込んだものだったが、次第にバターを使ったドライケーキに進化した。主原料はバター、小麦粉、卵で、粉ミルクまたは粉チーズを加えることにより、乳製品の味を強調している。

いわば国際結婚で生まれたパイナップルケーキは、生地がミルク味で、中身は粘りが強い。台湾生まれに間違いないものの、洋風で、折衷《せっちゅう》主義の新製品が、他の伝統菓子と袂を分かって独自の道を歩み始めた。

そして、私たちはパイナップルケーキにとっての歴史的瞬間を目撃した。中の具を百パーセント台湾産のパイナップルに変えた「土鳳梨酥《トウフオンリースー》」の発明である。名前に「土」の字がついてはいるが、実際は原生種ではなく、二十世紀初めに日本人がハワイから導入したカイエン種のパイナップルで、酸味が強く、ジャムにしてもなお繊維が豊富で喜ばれる。

「土鳳梨酥」は本来、伝統的なものとは一線を画す、新種の商品だった。ところが台湾メディアは、もともとのパイナップルケーキに冬瓜が含まれていたことを問題にし、何度も笑いものにし、「パイナップルケーキなのにパイナップルが入っていない」と結論づけた。数十年の歴史を持つパイナップルケーキが突然偽物扱いされる羽目に陥ったのだ。多くの人々は、もともと好んで食べていたかどうかにかかわらず、騙されたような気分になった。スイーツを食べるという楽しみが、二項対立の攻撃合戦になってしまったのだ。台湾社会では、政治以外にも多くみられる対立のひとつに。土鳳梨は繊維が多いから、冬瓜を入れることで口当たりを調節し、柔らかさを増すことは善意の表れ。それもまた真実なのだが。

土鳳梨のパイナップルケーキが登場してから、早いもので十年になる。当時の騒ぎの大きさからすれば、台湾中のお菓子屋が土鳳梨に宗旨替えしそうな勢いで、私は子どもの頃から食べてきた冬瓜餡のパイナップルケーキはもう食べられなくなってしまうのかと心配したが、幸い騒ぎは収まった。今日のパイナップルケーキには土鳳梨と金鑽《ジンズワン》鳳梨の二種類があり、百パーセントパイナップル餡のものがある一方、異なる割合で冬瓜餡を混ぜたものもある。人々は自分にとって納得のいくパイナップルケーキを食べ、正々堂々と贈り物にする。パイナップルケーキ問題を通じて、台湾人はより経験を積み、多様性を認めるようになった。社会全体もそうなればいいと私は心から願っている。

第五部
南洋への旅

シャムへの飛行ルート

それはたった一度の海外の旅。母と私と二人だけで、他の家族は同道しなかった、ただ一度の海外旅行。

その頃母はがんにかかり、診断を受けた時にはもうステージ四だった。二週間に一度抗がん剤治療を受け、毎回二泊三日の間、病院で過ごした。本人と家族は先のまったく見えない中、手に手をとって進む思いだった。終点がどこにあるのかはわからず、前方は明るく見えたり、暗く見えたりした。

治療を始めて一年たった頃、病室にしばしば顔を出すのは私だけだった。母とおしゃべりをしていて、ふと思いついたのだ。まだ体力があるうちに、一緒に短い旅に出てはどうかと。私がプランを立て、母に少々気分転換をしてもらったらどうかと。あの頃、患者本人も付き添いの私もかなり煮詰まっていて、逃げ出したい気分だった。それで母娘二人、しばらく現実に背を向けて、とぼけてしまうことにした。

行き先はタイ。飛行距離が短い上に、私は何度か行ったことがあって、母にとっての負担がそれほど大きくないと判断できた。主な目的はバンコックのチャイナタウンに住む知人の蔡《さい》さん一家を訪ねることだ。

母は最初乗り気でなかった。病気が心配だったのではなく、病人のくせに旅行などしては叱られるのではないかと心配したのだ。どうしよう、どうしようと二日ほど思い悩んだ挙句、えいっとばかり行くと決めた。私はすぐに航空券を押さえ、母が考え直せないようにした。当初私は、病気になってまで他人の反応を心配する母が理解できなかったが、旅行の計画が伝わってみると、実際に一族の年長者の中には、母と私に直接説教してくる人がいた。病人は病人らしく家にいなくてはだめだと。六十歳近かった母は、立ったままで説教を聞き、顔にはおとなしげで申し訳なさそうな微笑を浮かべていた。人の言葉は本当に恐ろしい。母は一体どのようにして、受け流す方法を身につけたのだろう。

母は家族の長女で、学校を卒業するとすぐ実家の会社に就職し、病気で退職するまで勤め続けた。生涯を通じて、実家の領域から外に出たことがなかった。家は郊外にあり、暮らしは閉鎖的で、出かける機会も多くはなかった。そして母は同世代の女性たちと比べても、おとなしくて真面目だった。ただ、することは昔風だったが、幸いにも考え方は陳腐でなかった。

母は毎年の記録簿に、一族全員の誕生日と命日を詳細に書き込んで、家族全員の郵便物を管理した。年休を取り終えることはなく、それでいて盆暮の前には休みをとって父の実家に出向き、舅《しゅうと》姑《しゅうとめ》のために丸鶏の調理を引き受けた。毎年旧正月の元日には自分から国際電話をかけて、タイのおじさんと一人暮らしの大おばさんに新年の挨拶をした。

善良な人が有能とは限らないし、有能な人が自発的に動くとも限らない。だが私の母は善良な上に有能で、自発的に動くのだった。のちに、母について語る人たちは、口を揃えて、よい娘、よい姉、よい妻、よい母だったと誉め称えた。母がそれぞれの立場を有能にこなしたと誉めるようすは、まるで燃費のいい車を誉め称えるみたいだった。

誉められるには、いい子でなければならない。自我を小さくして、日々の仕事に邁進することだ。母はまるで大きなビーチパラソルを一人で支えていたようなもので、周囲の人は誰もが日陰の涼しさを享受した。

運命が突然に私の母を襲った。一生いい子で過ごしたのに、災難を避けることができなかった。一生を他人のために費やしたのに、神様は母を連れていくという。大きな病に罹って、母は百パーセントのいい子から、五十パーセントのいい子に変わったように見えた。人情のしがらみに逆らうことはなかったが、黙々と耐えるだけでもなくなった。

私たちは寒く湿度の高い台北から飛び立ち、乾燥して暑いタイの首都に降り立った。バンコックに行くといっても、バンコックの旧市街に住む古い知り合いを訪ねる旅だ。あるいは、私たちはどこにも行かなかったと言うこともできる。ただチャイナタウンのヤワラート通りにある知り合いの蔡おじさんの家で、母自身の少女時代に戻って、〔飛行機のように〕発着を繰り返し、旅立とうとして折り返し、去ろうとしてふり返り続けた、だけだと。

ヤワラート通りはバンコックの西部、チャイナタウンに位置する。五車線の大通りは一方通行の直線で、滑走路を思わせる。そこは一晩中眠らない、独立した都市国家のようだ。金を売る店の巨大なネオンサイン、潮州料理屋の赤く塗った円柱、道を埋める移動屋台に、ぎっしりと詰まった自動車の列は、舞台劇の背景を思わせる。人々の声が響き、さまざまな匂いが混ざり合い、輝く永遠のクライマックス。

私たちは車で、悪名高いバンコックの交通渋滞を通り抜け、ヤワラート通りに向かった。道が混んでいる分、街並みをたっぷり眺めながら、時間が凝縮した往時の町にゆっくりとたどり着くことができた。ヤワラートは単なる一キロ余りの道路名ではなく、一つの地域の象徴でもある。バンコックでタクシーを拾って「ヤワラートまで」と言うと、運転手はヤワラート通り、サンペン通り、ジャルンクルン通りとその間をつなぐいくつもの横丁で出来上がった一つの地区を目指す。

ヤワラートはすっかり古びているのに、少しも衰えを見せない。何十年間も新しいビルは建たず、古い建物は改装されずに存在し続けている。焼け落ちた宝石屋がくすんだ店先を晒しているのに、門前の屋台は何事もなかったかのように商売を続けている。朝も晩も、通行人と商売人が途絶えることはない。恐るべき生命力が廃墟と化す一歩手前でカーニバルを続けている。

十八世紀から今日まで、数十万もの中国移民が、広東省東部の潮州や汕頭《スワトウ》からここにやってきた。一つひとつの建物に黒と赤で塗られた横額が懸けられ、金の文字は中国語とタイ語の両方で書いてある。読んでみると、意味は通じるけれども、言葉遣いは清朝時代のものだ。タイのことを今でもシャムと呼んでいるし、バンコックは「泰京」、通りには「在シャム同郷会」などの看板がかかっている。中国語新聞はタイ国王を「皇上」と呼び、「万歳」とその長寿を祈る。台湾でサチマと呼ぶお菓子を現地では「芙蓉糕」と呼んでいる。

母とヤワラートの関係は昔馴染みの再会にも似ていたが、本当は少女時代の母に会いに戻ったのだ。

通り沿いのすべて、食べ物、茶器、薬品の包装などが、まるでマッチを擦った一瞬の明るさのように母を輝かせた。母は生気を取り戻し、病人のようではなく、少女に戻った。

私が母と出会ったとき、彼女はすでに母親だった。そのため母の少女時代については、聞いた話とわずかな写真を合わせて想像するしかなかった。ぼんやりと知っているのは、彼女が生活の重荷や金銭上の心配に疲れ果てた中年女性になる以前、かつて宝石のように輝く賢い少女だったということだ。

母の実家は製造業と貿易業を営んでいたので、外祖父の友人、知人の中には、タイ、インドネシア、マレーシアなど東南アジアの華人が少なくなかった。母は色白で人好きがしたし、能力にも恵まれ、昔風の料理を何種類も上手に作ることができた。そのため、少女時代の彼女は東南アジアから訪れる祖父の知人たちから可愛がられた。今でも家にはその物証が残っている。

少女時代の母の体型に合わせ、ウエストをとても細く絞ったスカートが一着ある。インドネシア製バティック〔ろうけつ染めの布〕を用いたもので、生地がしっかりしていて、色彩も華麗だ。インドネシアとマレーシアでゴム園を経営する方から贈られたものだという。母は出産後体型が大きく変わったので、そのスカートを私に譲ってくれた。ところが娘の私はぽっちゃり型で着られず、今も簞笥《たんす》の中にしまったままだ。

もう一人がバンコック在住のタイ華僑、蔡家の大おじさん〔祖父と同世代の親しい知人〕で、祖先の出身地は潮州である。

母が結婚するとき、大おじさんは金のお盆を贈ってくれた。お盆の縁は花模様で彩られ、タイの仏暦年が刻まれている。母はそのお盆を何重にも包装して台所の奥にしまい、お客さまをもてなすときだけ、お茶を乗せて運んだ。家を新築したときも、大おじさんは立派なお祝いを贈ってくれた。チェンマイの職人に注文して作らせた八点一揃いのチーク材家具だ。椅子が五つでテーブルが三つ、龍の模様、花鳥の模様、寿の文字が、裏表両面から立体的に彫刻されている。一年がかりで出来上がった家具をタイの北部からバンコックに送り、そこから船に乗せて、数か月がかりで台湾に届いた、高価なばかりか、深い思いのこもった記念の品だ。

無形の贈り物もあって、それは身についた知識と技術だ。

蔡大おじさんは母に潮州式功夫茶《コンフチャ》の淹れ方を教えてくれた。そのため母はヤワラート路六番街の食器屋でシャム錫《すず》製の茶盆を見かけると、吸い込まれるように店内に入って行った。

以前祖父の机の上には、いつもこれと同じ茶盆が一セット置かれていた。銀色に光る円形二層構造の上部は透かし彫りの浅い器で、下部は密閉容器になっていた。円周部分には手彫りで花模様が描かれていた。母は小さな磁器の茶碗を手に取ってもう一つの茶碗の中に入れ、手を動かすと、茶碗はくるくると回り始めた。功夫茶で茶碗を温める動作だ。

店の主人は落ち着いた中年の潮州華人で、最初は新聞を読んでいたが、母がお茶に通じているのを見て取ると、立ち上がり、声をかけてきた。会話は英語に潮州語が少々混じる。私が通訳を引き受けたが、時々キーワードに潮州語が登場すると、たとえば「功夫茶《カンフーティ》」の発音は閩南語と同じなので、母はにっこりと笑った〔広東省東部の潮州は福建省南部＝閩南と隣接した地域〕。

ヤワラートには金《きん》の店と薬局が多い。母は薬局のショーウインドウをじっと見つめて、一つひとつ指差しながら（そう、そう、あれ、あれ）と記憶の糸をたぐった。

その昔、蔡大おじさんや長男の阿順《あじゅん》が台湾に来るときは、タイの老舗の薬品をたくさんお土産に持ってきてくれたものだった。「五塔行軍散《ゴータヒンクンサン》」あるいは「猴桃標白薬油《カウトウピヤウペイウイウ》」などで、わが家の引き出しの一つには、こうした東南アジアの秘薬がぎっしりと詰まっていた。

「五塔行軍散」は粉末状で、緑と赤のアルミ箔で包まれた、下痢止めの特効薬だ。

「猴桃標」のほうは白い塗り薬で、平べったく丸い錫の缶には、猿が桃を手に持つ様子が、馬鹿げた図案で描かれていた。家では「猴桃標」を「猿の軟膏」と呼び、子どもの頃、蚊に嚙まれたり、虫に刺されたりすると、母がこの薬を指で患部に刷り込んでくれたものだ。ハッカ油の香りが涼しげで、しばらくすると虫刺されの腫れが引いた。「猿の軟膏」を愛用する私は、大きくなってからはタイに行くたび、大小五種類を買い揃える習わしとなった。一番大きいものので醬油皿ほど、小さいものはコインのサイズだ。「猿の軟膏」はなかなか使い終わらないが、いつも手元に常備してあるから、子どものときの暖かい思い出で大人の虫刺されを鎮めることができる。

バンコックの華人は潮州人が最大派閥だ。そのため潮州料理で有名な滷鵞《ルーウー》〔味つけ鵞鳥肉〕の名店がバンコックにはたくさんある。旅行中、母は何でも食べるが、私たちはバンコックに行ったら、必ず滷鵞を食べる。

昔は飛行機に乗る際の規則があまり厳しくなかったので、蔡大おじさんは台湾に来るたび、バンコックのトンブリーにある有名店「蔡欽興《ツァイチンシン》」の滷鵞を手荷物に入れて搭乗し、まっすぐわが家の食卓まで届けてくれた。もう一人、香港に住んでいる潮州人の知り合いは、家族伝来の滷鵞レシピを私の母に伝えてくれた。母はそれを香港六国《ロッコク》ホテルの便箋に詳しく書き留めた。六国ホテルは一九三三年創業の老舗ホテルで、かつては海に面していたため、便箋にはジャンク船が入港する絵柄が描かれていた。

一九八〇年代、台北のロータリー〔円環、日本語で「円公園」とも呼ばれた〕に「酔紅楼《ズイホンロウ》」という潮州料理屋があって、私は子どもの頃、祖父に連れられてそこに行き、食事をしたことがある。日暮れ後のロータリーは、ネオンサインが灯り、車のヘッドライトと合わさって、昼間のように明るく見えた。祖父は足が悪かったから、運転を引き受けた叔父は一時停車して老人と子どもを先に降ろしたが、後方にびっしり並んだ車の運転手たちはしびれを切らして、やたらとクラクションを鳴らした。記憶の中の情景と現在のロータリーを比べても、面影はまったく残っていない。

もっとも、酔紅楼は今もあり、八徳路《バーダー》のビル二階に移って営業を続けている。入り口のカウンターに開店当時の写真アルバムが置かれているので開いて見ると、古い写真に写った入り口脇の水槽が驚くほど大きい。ウエイトレスたちは真っ赤なチャイナドレス姿で一列に並び、客を出迎えている。私の記憶と重なるだけでなく、何ごとも大げさで派手好みだった八〇年代という時代がくっきりと切り取られてもいるようだ。

バンコックはヤワラートの「老陳 著名滷鵞《ラオチエンジユウミンルーウー》」は二軒の建物の壁に挟まれた斜めの横丁にあって、店とも言えないほど小規模の商いだ。朝早くから商売を始め、昼過ぎには売り切れ仕舞いとなる。滷鵞のつけだれは、白酢《しらず》にすりおろしたにんにくを入れるのが定番だが、老陳ではさらに唐辛子と香菜《シャンツァイ》〔パクチー〕の根を加えている。潮州とタイの混合だ。この店の鵞鳥肉は味がよく染みている。長年使い続けているたれは、さまざまなスパイスが混ざり、複雑で奥深い風味を持つ。

母は何年もの間、本当に美味しい滷鵞を食べる機会がなかったので、しばらくはものすごく嬉しそうで、笑うと三日月型に下がる目じりがいよいよ細く細くなった。

治療が始まったばかりの頃、私は日常の食事をできる限りさっぱりした薄味のものに変えた。

母には私の意図が通じたのだろう。あえて気がつかないふりをしてくれた。今になって、バンコックでの母が滷鶩を食べて目を細く細くしていたのを思い出すと、胸に込み上げるものがある。母に我慢を強いて、最後の日々を思いのままに過ごさせてあげなかったことは、どんなに悔やんでも悔やみきれない。

ヤワラートを離れる前に、お菓子とお茶を少し買ってお土産に持って帰ろう。

「鄭老振盛《ジョンラオジエンション》中西餅家《ジョンシービンジャ》」は創業百年になる菓子店で、潮州式の「朥餅《ラオビン》」を主に作っている。番地は「泰京耀華力〔バンコックヤワラート〕路天外天街西河楼下門牌四号」と、まるで時代劇のト書きのようだ。外の通りが灼熱の太陽に焼かれている分、店の中は暗く、時代がかって見える。弧形のガラス製ショーケースの上には、折りたたみの菓子箱が人の背よりも高く積まれ、銀色の盆の上にはさまざまな菓子が山になっている。

店の奥さんは華語〔中国語〕が話せるので、少し話をして、「朥餅」をいくつかと五香塩《ウーシャンイエン》小豆餡餅《シャオドウシエンビン》を買った。

看板商品の「朥餅」は大きさが丼ほどもあり、金色のさくさくした皮に店名の「鄭老振盛」

が赤で押印されている。小豆餡は柔らかく、搾ったら油が垂れそうだ。それもそのはず、店では広東語で「勝餅《ローベン》」と呼んでいるが、これは「ラード菓子」という意味なのだ。昨今ではラードという言葉を聞いただけで怖がる人も多いので、台湾では多くの老舗菓子店がラードのかわりにバターを使うようになり、時代と歩調を合わせている。けれども、どんな油を使うか、どう使うかは文化の問題だから、ラードの代わりにバターを使うのは西洋化に過ぎず、必ずしも進歩を意味しない。油を変えてしまうと、中華菓子の魂が失われるので、むしろ新しい商品ととらえたほうがいい。

わが家はラードを支持している。理想的なラードは純な香りがして、火にかけてもあまり煙は出ない。小麦粉と混ぜた生地を焼くと、さくさくして実に美味しい。鄭老振盛の勝餅は味覚の生ける化石だ。餡の中に西瓜の種、冬瓜の砂糖煮、塩卵の黄身が入っていて、なんとも贅沢。買ってホテルに持ち帰り、角砂糖より少々大きめに切って、濃いお茶と一緒に食べると、舌の上で溶ける感じが上品で、後味は大変すっきりしている。

バンコックに着いて何日も経ってから、ようやく蔡大おじさんの一家と再会した。水臭いようだが、申し訳なさが先に立つのだ。蔡さんご一家は、古い友人との関係をとても大事にされていて、前回母がバンコックを訪れたときは、一族の三十人もが空港で出迎えてくれた。何度も場所を変えて食事をご馳走になったばかりか、台湾の家族全員宛てにプレゼントまで用意してもらったので、母はあわててチャイナタウンのレストランを数十席予約して、お返しの宴を開いた。今回はご家族の皆さんを巻き込むわけにいかないので、現地に到着して落ち着いたところで、電話を差し上げた。

蔡大おじさんは八十歳を超えた高齢とあって、長男の阿順が迎えに来てくれた。阿順は以前台湾に長く住んでいたことがあり、母にとっては海外に暮らす弟のような存在だ。二つの家族の間には、数十年にわたるつきあいがあり、人間関係は三代におよぶ。蔡大おじさんの言葉で言うなら「家己人《カーキーラン》」。身内を指す単語は潮州語と閩南語で共通している。

阿順は母の顔を見ると、一瞬だけ嬉しそうにしたが、すぐに母の痩せ方が尋常ではないことに気づき、どうしたのかと尋ねた。母は誰にでも明るく接する習慣で、自分から病気の話をすることはない。阿順の問いにも、言を左右してはぐらかしてしまった。

バンコックの阿順と台湾の母たち家族の関係は、一九七〇年代に遡る。

当時、台湾と東南アジアの間は貿易の往来が頻繁だった。蔡大おじさんの子どもは十五人いたが、長男阿順が跡継ぎとして特別の教育を授けられた。彼は中高生時代、毎年台湾に送り込まれ、数か月の間、台北と台中でいくつかの工場を選び、生活しつつ実習して、機械の修理や、鍵の製作、発泡スチロールや気球などについて学んだ。今の言葉で言うとワーク・ステイ・エクスチェンジということになるだろうか。

初めて台湾に来たとき、阿順はタイ語と潮州語しか話せなかったため、コミュニケーションがうまくいかず、辛さのあまり、毎日部屋の壁に鉛筆で絵を描き、バンコックに戻るまでの日数を数えていた。いくつかのホームステイ先のうち、阿順がわが家を最も気に入ったのは、食べ物がよかったからだという。大家族の上、しばしば宴会が開かれたので、日常の食卓が、普通の家の正月並みに豪華だった。

一族には同年代の子どもが十数人いたし、当時は他にも華僑の子が下宿していた。時間の経過とともに少しずつ打ち解けて、この家がバンコックの阿順にとって台北の故郷となったのである。

台湾とタイを往復しつつ十年が経つうちに、阿順は技術を身につけ、タイに戻って風船工場を開いた。経営が軌道に乗ると、彼はまたしばしば台湾のホームステイ先を訪問するようになり、そのたびごとに、我が家でひと月も滞在した。

私が子どものころから阿順をはっきり記憶していたのは、匂いのためだ。

大体は夏、家の中にココナツの匂いが充満すると、あっ阿順が来たとわかった。彼はいつも甘い餅米を炊いていた。パンダンリーフを束にしてココナツミルクに入れ、砂糖と少しの塩を足す。タイ北部で獲れる粒の長い餅米を蒸し上げたところに、そのココナツミルクを加えるのだ。作っている最中からいい匂いがして、出来上がった餅米は甘く粘りが強かった。

大きくなった私はごく自然に、ココナツライスと新鮮なマンゴー、緑豆ケーキを一緒に皿に乗せたものがタイの典型的なスイーツ「マンゴー餅米」だと知っていた。当時は付け合わせがなく、甘いココナツ味の餅米だけを食べたが、それでも非常に美味しかった。

チャオプラヤー川の西側にある蔡家を訪ね、母は数年ぶりに、大おじさんや阿順の大勢の兄弟たちと再会した。みんな大喜びだ。私は初めて蔡家におじゃまし、二つの家族に多くの共通点があることに気づいた。たとえば、どちらの家族も工場を囲むように住まいを建て、まるで一つの村のごとく、公私の区別なく生活し、親族の関係が密接なことだ。

大おじさんは八十歳を超して、年を取り、昔より小さくなったけれども、相変わらず元気で話好きだ。母は大おじさんに会うなり、親しげに手を取って、長椅子で寄り添い、楽しげに話を始めた。私の祖父母について、大おじさんの奥さんや子どもたちについて、そして潮州料理について。そばで見守りながら、私は母のように礼儀正しく暖かく、心根の正直な女性が今後も存在するだろうか、そう考えずにはいられなかった。年長者に好かれるというのは言葉になりにくい特質だが、私が最も具体的に知る例が、母である。

前回大おじさんに会ったのは十年近く前、祖父の葬儀の際だった。

大おじさんと阿順は葬儀の前日、会場の準備中に駆けつけてくれた。祖父はその昔、毎年夏に一年分のライチ酒を仕込み、食事の際、決まった分量を飲む習わしだった。その自家製酒をお客さんに振る舞うこともあった。私たちは残っていた酒を小さな瓶に分けて詰め、弔問に訪れた祖父の友人方にお配りした。そして、埔里《プリ》から運んできた大きな酒甕《さかがめ》を、会場の花器として使うことにした。

大おじさんは全身黒のスーツ姿でホールの外に立ち、十数メートル離れた場所から、生花に囲まれた祖父の遺影をじっと見ていた。

祖父の遺影は私が選んだ。近年撮った写真が見つからず、五十代の頃、誰かの結婚式に参加した際の半身像だったが、みな一番おじいちゃんらしいと言ってくれた。男ざかりの祖父は濃い茶色のスーツにタイシルクのネクタイを締めて、格好よかった。それは人づきあいが最も活発だった年頃で、祖父と大おじさんはしばしば海を越えて会い、バンコックで潮州料理に舌鼓《したつづみ》を打ち、台湾の酒に酔った。一緒に山ほどの煙草をふかし、数えきれない宴会に足を運んだ。

大おじさんが遺影を眺める視線は、大海を渡るように遥か遠くを見ていた。ひとことも言葉を発せず、胸の中だけで会話をしていた。時間は海なのだった。

私の母が亡くなったのは、バンコックに行った一年後だった。電話で訃報を伝えると、阿順は末の弟阿泰《あたい》を連れて弔問に来てくれた。再びの葬儀。再び喪服をまとった二人の男性がホールの外で、遥かに佇んでいた。

蔡家の兄弟姉妹は十五人。長男の阿順と末っ子の阿泰は二十二歳違いだ。そのため阿順は母と同世代だが、阿泰は私より二つだけ上のほとんど同年代である。阿泰はまったく新世代のタイ華人で、もう潮州語は話せない。彼は英語で私に「前回あなたに会ったのは十歳で、これくらいの大きさでした」と言って、胸の前あたりで手を止めた。

葬儀の後はレストランでお別れの食事会をした。蔡家の兄弟は皆から酒を注がれて、かなり酔いが回ったようだ。二人とも呂律の回らない口で同じことを繰り返し言っていた。俺たち二つの家族は三代にわたる長いつきあいだ。貴重な関係を失うことがないよう、これからもつきあっていこうな。

その後阿泰は何度か奥さんを連れて台北に来た。私と弟は二人を老舗の喫茶店「蜂大《フォンダー》」に案内してコーヒーを飲み、胡桃のクッキーを食べ、西門の「金峰《ジンフォン》」にはしごして滷肉飯を食べ、食後はさらに西門町の「楊記《ヤンジー》」でとうもろこしのかき氷を食べた。祖父と蔡大おじさんは昔兄弟の契りで杯を交わしたが、両家の若い世代はおやつの食べ歩きでコミュニケーションをとり、正月にはスマホで挨拶を交わしてつきあいを続けている。

また二年が過ぎて、私はひとり蔡家を再訪した。

阿順が車で迎えに来て、華語を勉強したことのあるお姉さんが車の中で通訳をしてくれた。

蔡大おじさんは助手席に座って、頬はピンク色、自分で動くことができるが、挨拶をしても返事はなく、ほとんど話さない。視力に問題はないが、目の前は見ないようで、遥か彼方に行ってしまったらしい。

九十歳近くなった大おじさんの記憶は海上の砂洲のようだ。潮の満ち引きで時々は顔を出すが、大体のときは水面下に沈んでしまっている。お姉さんによると、もう二年ほど大おじさんはほとんど喋らなくなっているそうだ。子どもや孫の名前も忘れるようになって、珍しく声を出すときには、なんと、亡くなった私の祖父のことを尋ねるそうだ。「台湾の柯《か》さんは元気にしているのか」と。

二〇二一年初頭、新型コロナウイルスが世界に影響を与えて一年たった頃、台湾もタイも出入国は厳しく管理されていた。フェイスブックで蔡大おじさんが亡くなったことを知った。享年九十一。写真の中では末っ子の阿泰がベッドの脇で両手を合わせて跪《ひざまず》いている。大おじさんは着替えを終えていて、写真で見えるのはぱりっとしたスーツの袖口だけ。私たちは胸が痛んだが、葬儀に参加することはできない。ただ電話を掛けたり、お悔やみの長いメッセージを送ることしかできない。

大おじさんが亡くなったことで、その世代はもう誰もいなくなった。

先人たちが先に行き、後の世代はまだ旅の途中だ。二つの場所、二つの家族、親子三代。未来においてもまた、記憶という名の飛行機は、発着を繰り返し、折り返し、去ろうとしてはふり返るのだろう。蔡家の台北物語も私たち家族のシャムへの飛行ルートも、まだ続きが書き継がれていく。

香りの総和

過去十年間に、タイを訪れた回数は十回を越えている。多くは知り合いを訪ねての旅だ。そのうち北部の古都チェンマイへの旅は、七回か九回か、もうはっきりしないが、行くたびに一、二か月は滞在している。行った回数も多いし、滞在期間も長いので、自分の中でタイは第二の故郷になった。

ある場所を故郷のように思う気持ちは私的な感情だ。その故郷とは一つの文化圏であるかもしれないし、一つの食卓であるかもしれないし、一連の人名であるかもしれない。経験や記憶によって描き出された境界線なので、パスポートや誰かの許可を必要とするものではない。

からだが特定の空気の湿度や、風の中に漂う匂いを記憶する。抽象的でぼんやりとした事柄が、かえってはっきりと記憶されるのは、プライベートな経験のため説明が難しい。たとえば、私はロンドンというと、絨毯《じゅうたん》の埃《ほこり》の甘い匂いを思い出す。出張でしばらくヨーロッパに滞在したあと帰国し、空港ビルを出ると、すぐに湿った土の匂いと草いきれが迫ってきて、一点の疑いもなく、台北に戻ってきたのだと実感する。

匂いの奥深さは、見えないところにある。オランダの装幀家イルマ・ブームは、あるときシャネルの香水五番のために、インクを使わない本をデザインした。本文の文字と写真が凸版で加工されて、薄く柔らかい紙の上に浮き上がり、手で触れることができるばかりか、光と影のあるところでは読むこともできるが、遠くから見れば、ただ一枚の白い紙にすぎない。デザインのコンセプトについて解説したブームは、明朗かつ当然のごとく言った。「匂いは確かに存在する。しかし、目には見えない。そういうことだ」

確かに存在するが、見ることはできない。匂いが記憶を呼び起こし、瞬時にかつての、ある時、ある場所に引き戻される。まるで熟睡中に突然起こされたかのごとく、身構える間もないままに。

そして私はタイを想うたび、香りに包まれるのだ。

お釈迦《しゃか》さまが膝の上に置いた指、少女の結い上げられた髪、渋滞した車列をぬって飛ばすブリキ製三輪タクシーのバックミラー。そのどれにも、必ずジャスミンの花のレイが結びつけられ、香りが風に乗ってたなびく。タイには上質で香りのいいジャスミン米があるが、この米を炊き上げて竹の器によそうと、一口噛むごとに甘みと香りが、遠くから近くへと次第に歩み寄って、ジャスミンの花よりもいい香りを放つのだ。さらにレモングラス、ガランガル、レモン、コブミカンの葉は、トムヤムクンの基本材料で、どこにでもある。

タイ料理において、香りは光と影だ。多くの場合、私たちは香り自体を食べるのではなく、その投げかける影に包まれる。香料は時に暗く僂く、時に明るく弾んでいる。トムヤムクンの中で、カレーの中で、フィッシュケーキの中で、日々の暮らしの中で。不思議なことに、こうした香料の組み合わせに気づくと、私は気持ちが落ち着く。タイの人たちは、香りで気分を落ち着かせる方法をよく知っているので、香料を嗅ぐための道具が幾種類もある。乾燥ハーブを数種類合わせて油に浸したもので、安価なものはプラスチックの瓶入り、多少高級なものはガラス瓶入りだ。いつも持ち歩いて、必要な際に香りをかぐ。このように香りを用いる文化は、ほかにあまり例がない。タイで過ごす時間はさまざまな香りに囲まれていて、そうした匂いがからだの中に沈み、積み重なり、次第に落ち着いていく過程は、神秘的で宗教儀式にも似た経験だ。

夏の台北盆地はタイと同じように暑く、しかも湿度が高いために、暑さが単なる暑さではなく、暑苦しさとして感じられる。そのような季節に、空気のさらっとしたタイにいるかのような気分を味わいたいならば、ハーブを使った料理を作り、家の中を香りで満たすのがいい。

その一：レモングラス

新鮮なレモングラスはあまり店で見かけないが、必要なときは〔台北郊外にある〕新北市《シンベイ》中和《ジョンホー》華新街《ホワシン》の市場に行くと、自分で植えたものを売る年配の女性がいる。うまく出会えなかったら、タイやミャンマー華僑の店で冷蔵庫に入っているものを買う。レモングラスはタイだと至るところに生えていて、ほとんど雑草扱いだ。料理を始める前に裏庭に行き、ひとつかみ摘んでくればいいので、お金もかからない。

ヨーロッパに住むタイ人たちは、帰郷のたびごと、スーツケースに半分、レモングラスを詰めて持ち帰る。実家の裏庭に植わっていたものを何重にもビニール袋に入れ、大切に大切にヨーロッパの家にある冷凍庫にしまい、少しずつ使って、次回の帰郷までもたせる。いつも身近にないと心配になるほど重要なものなのだ。

レモングラスは硬い茎の香りがレモンに似ているが、レモンの爽やかさに比べると、多少ぼんやりして、まろやかだ。そのため、使用するときは、叩いたりつぶしたり、あるいは細く切るなりして、香りを絞り出すようにすると、徐々に香ってくる。

結果として、レモングラスはつぶしてソースに入れることが多い。レッドカレー、グリーンカレー、マッサマンカレーのソース、あるいはタイ北部のローストチキン用調味料の中にはいずれもレモングラスが入っている。かなり硬いので、つぶすのに時間がかかる。もちろんフードプロセッサーを使えば一瞬の間に処理することもできるが、速い分、情緒に欠ける上、かなり凶暴な音がする。

レモングラスは臼に入れてつぶす前に、包丁で細く切っておく。そうでないと、つぶすのに時間がかかりすぎて、手が痛くなる前に心が折れてしまう。それでも機械を使わずにゆっくり手でつぶそうとするのは、暇を持て余しているからではなく、こうしたほうが香りがよく出るからだ。香りは化学物質で、油に溶け込んだり、水に溶け込んだりする。レモングラスがソースになるまでの過程を、香気に満ちた台所で味わうことができるのは感覚器官の喜びだ。リズミカルな手の動きに合わせ、神経を集中するうちに、心の中の雑念がいつの間にか消えていく。

都会の女性は雑事が多いから、カレーソースをゆっくり準備する時間がないならば、レモングラスでスープを作ろう。簡単にできて、香りを楽しむことができる。レモングラスをぶつ切りにしたら、繊維を断ち切るように何度か力を入れて叩く。ガランガルを数枚、パクチーの根、コブミカンの葉とともに鍋に入れると、複合的な香りがスープに溶け込み、湯気とともに香りのミストが立ち上がる。

このスープに海鮮や肉を入れればもちろん美味しいけれど、時には数種類のキノコ、セロリを数片、トマト少々を合わせてベジタリアンスープにするのも爽やかでいいものだ。実際、これがすなわちトムヤムクンの肉なしバージョンで、材料はほとんど同じながら、ココナツミルクが入らない。タイの人たちによると、ココナツミルクは傷みやすいので、スープに入れて、一度に飲み切らないと、すぐに腐ってしまうという。

その二：コブミカンの葉

ある種の香りはぼんやりとしていたり、塊をなしたり、霧に似ていたりする。しかし、コブミカンの葉は違う。レモンの香りに似て、清らかで、尖《とが》っているので、料理の中のソプラノ、色の中ならば最も鋭い青緑というところだ。昔台湾で「痳瘋柑葉《ムアホンカンヒュ》〔ハンセン病ミカンの葉〕」と呼んでいたのは、表面が患者の肌のように凸凹しているためだ。明らかに差別的な呼称である。それなのに、付和雷同《ふわらいどう》して同じように呼んで、平気なのは恐ろしい。そのため私はコブミカンの葉と呼ぶ。カフィア・ライムの葉という呼び名もある。この種の果実は、皮が厚く皺だらけで、搾ってもあまりジュースが取れないが、その分、皮と葉の香りが強く、東南アジア各地の料理で頻繁に使用される。

コブミカンの葉もまた、タイの人たちが料理をするとき、窓から手を伸ばして二枚ほどむしってては使う日常的な香料だ。ところが台湾では新鮮なものが手に入りづらいので、タイに行くたび、友人たちからたくさんもらい、持ち帰ったものを何重もの袋に密封して冷凍庫に保管する。必要なときに取り出して使うと、やはり乾燥したものよりは香りが高い。

コブミカンの葉はスープやカレーに入れて、日常的に使われる。タイの人たちは、使用する際、半分に折るようにして、柄の部分を持ち、葉を破く。そうすると、素敵なことに、箱のふたを開いたかのごとく濃い香りがたち、手の指先まで爽やかな香りに包まれるのだ。

私はコブミカンの葉があまりに好きなので、時々、クアクリンという料理を作る。

クアクリンはタイ南部の料理で、カレー味の肉そぼろである。コブミカンの葉を大量に用い、辛い上に特別香り高いので、比類ないほどご飯が進む。現地では挽肉を使って作る。牛、豚、鶏、いずれでも構わない。私は豚のバラ肉か首肉があったら、薄く切って入れるが、こうすると油の香りが加わる。乾いたフライパンに挽肉を入れて、油が出るまで炒める。カレーソースを入れ、香りが立ったら、魚醤《ぎょしょう》とパームシュガーで味つけする。小さくつぶした新鮮なレモングラスと、細切りにしたコブミカンの葉を足して、肉にすっかり火が通るまで炒め、香りが十分出たら出来上がりだ。火を消してから、唐辛子の細切りをたっぷりと、コブミカンの葉の細切りを加える。カレーの黄色、コブミカンの葉の翡翠色、唐辛子の妖艶な赤が合わさって、香り高く激しく辛く、舌を焼くだろう。

その三：パクチーの根

わが家の冷蔵庫には必ず香菜《シャンツァイ》〔パクチー〕がある。毎日使うからだ。パクチーは傷みやすいが、市場から買ってきたらすぐ、ジャムの空瓶に水を張って香菜を入れ、上からビニール袋で葉を覆って冷蔵庫に入れると、二、三週間はもつ。

パクチー全体を手に持ち、匂いをかぐと、最も香りが強いのは根の部分だとわかるだろう。台湾人はパクチーの根を切り捨てて、葉っぱと茎の部分を小さく切り、あんかけ麵、臭豆腐《チョウドウフ》、肉団子スープに添えて食べる。大好きな人が多い反面、嫌う人も少なくない。私も子どもの頃は大嫌いで、あんかけ麺に乗ったパクチーを取り除けなかったら、一口も食べないほどだった。大きくなってからは、何でも美味しく食べられるようになり、最後は一番嫌いだったものまで好きになった。このように愛は測り難いので、断言などしないに越したことはない。

パクチーの根はタイの料理人にとってポケモン的存在だ。さまざまな料理に隠し込み、時には形がわからないほどにつぶして他の香料と混ぜるのは、料理人の間ではほとんど公然の秘密だ。ジャングルを思わせる、湿度を帯びた土のような香りは、ソロ歌手として十分な実力を持ち、誰かとデュエットしてもばっちり決まる。

使用する前に、パクチーの根についた泥をきれいに洗浄する。ただの水洗いでは不十分で、爪を使って根の部分から泥汚れを剥がす。すると象牙色の根からかすかな香りが漂う。料理の準備中に、思いもよらぬプレゼントのようにちょっとした楽しみを独占できるわけだ。パクチーの根は使い道が広い。タイの友人に習った中で私がよくするのは、シーフードのつけだれに入れること。最近では台湾料理にも少し使うようになった。

たとえば、スペアリブと大根のスープを煮るとき、水に最初からパクチーの根一本と軽く炒めた白胡椒を何粒か入れ（潮州風の白い肉骨茶《パクテー》からインスピレーションを得たもの）、その後で湯引きしたスペアリブを入れるのだ。肉に火が通り切る前に、パクチーの根を取り出すようにすると、煮崩れず、それでいてスープの中には馥郁《ふくいく》たる香りが残る。その香りは、まるで記憶のように、あるかも知れず、ないかも知れず、どちらとも言い切れないが、それでいて確かに存在するのだ。

臼と杵

シンガポールのタイ料理レストラン、ナナでタイ国籍の友人である樹《シュー》さんと食事をしていて、臼と杵〔スパイスをつぶすためのすり鉢とすりこぎ。タイ語ではクロックヒンとサーク〕の話になった。テーブルの上には料理が二つとスープが一つ。青パパイヤのサラダ、豚そぼろのサラダ、タイ北東部の酸っぱくて辛いスペアリブのスープだ。

樹さんが尋ねる。「この中で、臼と杵を使った料理はどれとどれだと思う?」

「青パパイヤのサラダには絶対使ったはず。豚そぼろサラダの香りは、餅米と唐辛子を炒めてからつぶしたものだから、やっぱり使ったと思う」と私は答えた。

「じゃあ、スペアリブのスープには使っていないのね」と彼女が尋ねるので、私は少し動揺した。

彼女はスープの中の唐辛子をすくい上げ、私によく見るよう促す。「唐辛子のふちが鋸《のこぎり》で引いたようにぎざぎざなのは、包丁で切ったものではないから」。これも臼の中で叩きつぶしたものなのだ。

樹さんはタイ北部チェンマイの出身だ。一族全員料理の名人で、二番目のサオおばさんは、イギリス人の夫アランおじさんとともにイギリスの海辺にある小さな町で三十年間暮らしている。私はイギリスに滞在中、ご夫婦にたいへんお世話になった。

初めてサオおばさんの家を訪ね、ご飯をご馳走になった日、テーブルの上には私が食べたことのないタイ北東部の料理が並んでいた。台北の巷《ちまた》で食べるタイ料理は、そもそも本場の味とはかけ離れているが、その多くが中部バンコックあたりの料理を真似した、砂糖たっぷり、ココナツミルクたっぷりのものなので、タイ北部、北東部の料理とはまったく異なる。というわけで、その日の食事は私にとって非常に新鮮な経験だった。私はおばさんのする通り、手で餅米を握り、ヌアナムトックという牛肉料理と一緒に食べた。

おばさんはサーロインステーキの肉でこの料理を作った。五割ほど火を通した肉が薄切りにされ、エシャロットの薄切り、ねぎのみじん切り、ミントの葉と混ぜ、魚醤、レモンジュース、唐辛子粉、そして最も重要な材料である餅米の粉で調味してあった。餅米を褐色になるまで炒めてから、臼でつぶしたものだ。世界にはこんな料理があるなんて。濃厚で鮮やか、複雑で軽やか。私はいっぺんでタイ料理の大ファンになった。

初対面の客なのに、ぱくぱく食べるわ、大喜びするわの反応を、個性的なサオおばさんは面白がってくれて、「今後毎週食事をしに来なさい」と誘ってくれた。そして私は、その後本当にしばしば、食事をご馳走になりにうかがったのである。

サオおばさんの台所は小さくて、おそらく二平方メートルほどしかなかったが、木の壁にはアランおじさんが彼女のために手作りした棚が取りつけられ、唐辛子などの乾いたスパイスが一列に並んでいた。裏庭に向かう通路の部分には、透明屋根の温室がしつらえられて、唐辛子や各種ハーブの鉢がいくつか置かれ、いつでも摘んで使えるようになっていた。他には上開き式の冷凍庫があって、毎年タイに帰るたび運んでくる大量のレモングラスが保存されていた。おばさんは台所に故郷を再現しているのだった。

おばさんは毎食、アランおじさん用にソーセージとマッシュポテト、ベーコン、サンドイッチなどを用意したが、そのようなイギリス料理を自分ではほとんど食べなかった。イギリスに移住して三十年たっても、相変わらず朝食にはトーストにジャムではなく、スパイシーな汁ビーフンを食べていた。暇があるとタイ北部風のソーセージを作り、レモングラス風味のローストチキンを仕込み、毎日餅米を炊くのだった。サオおばさんの台所は密封され、時間の凝結したタイの宇宙で、ナンプラーとレモン、ライムの香りが、強烈な存在感を放ち、決して消えることはないのだった。

とはいえ、サオおばさんの台所には、単なる客という立場は存在せず、食べる者は、彼女とともに労働することが求められるのだった。二度目におじゃましたとき、おばさんは私の目の前に巨大な臼を置き、中のピーナツを全部つぶすよう命じた。サテー〔肉の串焼き〕のつけだれに使うのだそうだ。彼女の臼はタイの家庭によくあるような陶製や木製のものではなく、金属製で四十センチもの高さがあり、分厚く重く、仮に地震がきたところで二センチも動かないだろうと思われたし、もし投げつけたなら、間違いなく殺傷力の高い凶器となったはずだ。

ここでの問題は、どうしてピーナツソースを臼で作る必要があるのか、ということだ。おばさんはフードプロセッサーを持っていて、それで魚を処理してフィッシュケーキにしていた。それなのに、なぜピーナツソースには臼を使うのか。私は作業を終えて初めて、理由を理解した。初めての作業に腕がくたびれ果てて痺《しび》れた頃、ようやくおばさんから合格点をもらうことができた。出来上がったのは糊状ではなく、ごくごく小さな顆粒《かりゅう》で、香りはより強かった。そして粒の大きさが不揃いな分、口当たりが豊かだった。その後もおばさんの家を訪れるたび、私は餅米や、パパイヤサラダに入れるにんにく、干しエビ、ココナツシュガー、鶏を漬けるレモングラスのペーストなどをすりつぶした。大体は私が杵《きね》を突いているところに、おばさんが別の材料を投入した。私は半自動の人間杵つき機、あるいはより賢く機転の効くフードプロセッサーになったような気分だったが、そのようにして、ようやく臼と杵を使うことに慣れた。

タイ料理は常に臼と杵を使う。有名シェフのアンディ・リッカーが開いたタイレストランの名前ポクポクは、臼と杵を使うときの音から取られている。臼の素材は数種類あり、大きくて深い陶器の臼あるいは木製の臼を使えば青パパイヤのサラダやカレーソースを作ることができるし、小さな石臼を使えば乾燥スパイスやハーブ類を砕いて、少量のつけだれを作ることができる。

それればかりか、タイの人たちはこれで、結婚相手を選ぶことさえある。杵を打ち下ろすテンポの速さ、遅さ、優しさ、激しさから、性格を読み取ろうというのだ。

タイばかりでなく、多くの国で、臼と杵という古典的な調理器具が使われている。

ヨルダン、ワディラム砂漠のベドウィン人は、大きな鉄のスプーンを火にかざしてコーヒー豆を煎り、次いで金属製の臼杵を使ってカルダモンと一緒につぶす。臼杵の音が周囲にコーヒーを準備中だというメッセージを伝え、よろしかったら、こちらのテントにおいでくださいという招待の役目も果たす。コーヒーを飲むときの作法はカップを三回持ち上げること。一度目は自分の尊厳のため、二度目は人生のため、三度目はお客さんのためだ。

一方台湾では、酔っ払い鶏の香りづけに漢方薬材を少し買うと、小さな乳鉢に紅棗《なつめ》を入れて軽く叩き、割れ目を入れ、酒の中に味が染み出しやすくしてくれる。タイの人々がいつも臼杵を使い料理するのを見ていると、それが台所の重要な道具であるばかりか、なくてはならない道具であることがわかる。

タイ料理のレッドカレー、イエローカレー、グリーンカレーはすべて湿ったペーストで、他にも青唐辛子ペーストなどのつけだれが千種類以上にのぼる。材料を臼杵でつぶすと、香りは常に強くなる。杵でつくことで熱が生まれ、エッセンスが染み出すのだ。にんにくや唐辛子、パクチーの根、あるいはコブミカンの葉の強い香りが、次第に合わさり、臼の丸みを帯びた底に溜まっていく。それがタイ料理の奥深い味わいの基礎になるのだ。

臼杵を使うのは目と手をつなぐ労働だ。手をコントロールすることで、食物繊維を異なる粗さ、細かさにつぶすことができるし、ゆっくり進めることで、目による観察が可能になる。多くの作業はフードプロセッサーを使えば高速で処理できるが、香りの点で大きく劣る。それに分量が少ないと、容器内や刃の間にくっついてしまって、もったいない。

台湾に戻ってから、青パパイヤのサラダなどは材料を揃えるのが大変なので、作らなくなってしまった。食べたくなったら、信頼のおけるタイ料理店へ食べに行く。店で働くタイ人のおばさんは厳しく固い表情をしているが、甘く柔らかいものを好む台湾人の味覚に、容易には妥協しないという点でも固い。決して唐辛子の量を手加減せず、ポクポクポクポクという音を立てながら一心に青パパイヤの実を叩く。下を向き、やや眉根を寄せる気配はサオおばさんにそっくりだ。

とはいえ、わが家には陶製の小さな臼が一つある。これさえあれば、大好きな酸っぱくて辛い海鮮ソースをいつでも作ることができる。臼を買ったのはロンドン東部にある老舗セレクトショップのレイバー&ウェイトだったが、生産地は陶磁器の里スタンフォード郡だという。象牙色の分厚い陶器で柄は木製、形は丸みを帯びている。重くて使いやすい。

樹さんと電話で話すとき、ちょうど台所にいると、臼と杵を使うポクポクという音が響く。それを聞くと彼女は、あなたのところはまるでタイのようねという。樹さんがイギリスのサオおばさんに電話するのをそばで聞いていると、向こうもやはり料理をしながら話をしているらしく、背景にあの永遠に巨大な臼のウォウォンという反響音が聞こえる。穏やかで信頼できる台所が、すなわち故郷である。

東南アジアでチェンドルを食べる

マレーシアのペナン州ジョージタウンの景貴街《ケンクイ》に、チェンドルの店が二軒ある。現地のタクシー運転手は、通りの名前ははっきり言えないのに、「愉園餐室《ジョーホンツアンシー》」を指差して、「あそこのチェンドルは有名で美味しい」と言う。チェンドルは通りよりも有名なのだ。

ジョージタウンでは近年、壁に彩色画を描くのが流行っている。景貴街にも一か所あり、高さは建物の二階分だ。パステルカラーの青と緑で少年の姿が描かれている。壁の上の少年は手にチェンドルの器を持って下を向き、夢中で食べている。その下では本物のチェンドル売りが大忙しで営業中だ。これから買う人たちは整然と行列し、すでに買った人たちは、立ったまま、あるいは脇に座って、チェンドルを食べている。壁画の巨大さと現実の人間の小ささが、対比の面白さを生み出している。

チェンドルの漢字表記はさまざまで、閩南語では煎蕊《ヂエンルイ》、他にも珍多《ヂエンドウオ》、珍露《ヂエンルー》などがあり、だいたいが音訳だ。主材料である細長くてもちもちした緑色のゼリーは台湾の米苔目《ミータイムー》に似ていて、口当たりはつるっと爽やかだ。

チェンドルの緑はパンダンの葉で染めたもので、わずかにタロイモの匂いがする。景貴街のチェンドルは、器によそって砕いた氷を加え、ココナツシロップとココナツミルクをかけたあと、柔らかく煮た小豆をスプーン一杯加えてある。これが基本形だ。人によっては、さらにトウモロコシ、餅米、ジャックフルーツなど歯応えのあるものをトッピングするが、オリジナルの組み合わせを好む人が一番多い。

一般にチェンドルはインドネシアのジャワ島が発祥の地だとされている。ほかに、インドネシア人が華人の米苔目を真似したという説もある。マレーシアに伝わって、さらに現地の華人が手を加え、今に至るのだという。実のところ、東南アジア各地にチェンドルのバリエーションは数えきれないほどある。初めてチェンドルを食べたのはシンガポールのショッピングセンターで、潮州陶器の青緑碗《あおぶちわん》に盛られていた。ペナンの味だと聞き、一度食べたら大好きになった。バンコックでも繰り返し食べた。台湾では中和《ジョンホー》の華新街《ホワシン》で、タイやミャンマーの華僑が経営する小さな店で食べた。細長い緑色のゼリーの写真が壁に貼られ、品名は米苔目と書かれていた。ベトナム食堂で売っているものは、小豆の代わりに緑豆が乗せてある。ベトナム人女性たちが話すのを聞いていると、このような緑色のもちもちゼリーは、故郷では豆花《ドウホワ》〔柔らかな豆腐のデザート〕のトッピングに使われるという。

チェンドルと米苔目は実際のところ作り方が同じだ。主材料である米粉に、時にはタピオカなど他の澱粉も混ぜた生地を熱して、網目の大きな漉《こ》し器にかける。水を張った鍋で受けると、両端の尖った短いうどん様のもちもちゼリーができる。

一杯のチェンドルに東南アジアの風物が詰まっている。

米粉のもちもちゼリーにココナツミルク、小豆、ココナツシュガー、かき氷。作るのは簡単で、必要な材料の種類も少ない、素朴なおやつだ。とはいえ、産地を離れると同じ味を出すのが難しく、台湾ではなかなか美味しいチェンドルと出会えない。材料がなくはないが、流通量が少なく、結果的に完成品の質は今一歩となる。というわけで、東南アジアで見かけたら、せっせと食べておくに限る。

チェンドルゼリーの緑色はパンダンの葉から採った青梅の色で、本来鮮やかというほどではない。添加剤やエッセンスで染めれば、いくらでも鮮やかにできるが、その分味わいには欠ける。ココナツミルクはその場でココナツの実を割って搾るのが一番いい。缶詰のものは消毒のために加熱処理をしてあるので、香りが弱いのだ。けれども台湾で新鮮なココナツに出会うことはほぼない。ココナツシロップにしても、純粋なものは年々手に入りづらくなっている。ココ椰子の木に登って実を採り、何時間もかけて煮詰めていくのだが、そもそも暑い熱帯で、ココナツシュガーを煮詰める作業は肉体的に厳しい。そのため、今では市場に出回るココナツシュガーのうち、偽物のほうが本物より多いくらいだ。白糖、きび糖を混ぜたり、キャラメルで色づけして消費者を欺《あざむ》こうとする。本物のココナツから作ったシロップは、香ばしさに野性味が混じる上、鉱物を思わせるしっかりした舌触りを持つ。そのため、通常は隠し味として塩少々を加える。

ここ数年はバンコックに行くと、ジャルンクルン通り一帯の古いチャイナタウンに泊まることが多い。ジャルンクルン通りは、バンコックで最初に整備された西洋風の舗装道路で、二十世紀初めには中国系の商業地区としてにぎわった。地下鉄が開通する以前は、寂れた街並みが時代遅れで、その分、食べ物は美味しかった。

数軒の旅館に泊まったが、みな裏通りに位置していたので、一日中、うろうろと周囲を歩きまわった。高層ビルもショッピングセンターも少ない地域で、店はみな地元民向けだ。中古自動車の部品を売る店があり、台北の赤峰街《チーフオン》によく似ている。泥棒市もあって、どこから来たものか骨董の花瓶や宝石が道端に並べられている。別の通りには棺桶屋が何軒か並んでいて、真っ黒で巨大な棺桶が通りに向けていくつも置かれていた。最初通りかかった時はぞっとしたが、二日もしないうちに慣れてしまった。

ジャルンクルン通りの「恳記《クンキー》涼茶店」は創業百年の老舗で、この店の苦茶《クチャ》や八宝涼茶《バーバオリヤンチャ》は熱中症によく効く。恳記の隣には「シンガポール餐室」があり、ココナツミルクに緑色のもちもちゼリーが入ったアイスデザートで有名だ。明らかにチェンドルの仲間だが、現地では「ロッチョンシンガポール」と呼んでいる。地元の人によると「ロッチョン」は通り道の意味で、漉し器を通して作る食べ物につけられた名前だという。

シンガポール餐室は華人経営の店で、創業七十年を超えている。シンガポールとは無縁で、昔「シンガポール映画館」の隣にあったからつけた名前だそうだ。常夏のバンコックで、私は二日か三日に一度、この店のロッチョンシンガポールを飲み、束の間の涼を得た。店主は中国語を話し、店内のテレビはいつも中国中央電視台のニュースを流している。北京風の中国語で台湾の内政が語られるのを、私は気まずく感じながら、下を向いてせっせとかき氷を食べた。

ロッチョンシンガポールの値段はわずか二十何バーツと安い。薄緑のもちもちゼリーが入った細いガラスコップに、砕いた氷を半杯分加え、最後に新鮮なココナツミルクを注ぐ。通常のシロップと、パームシュガーではなくさっぱりしたジャックフルーツのシロップが、エメラルド色から粉っぽい白までグラデーションをなす様子が、上品で美しい。

その後バンコックのワットスタット寺院に壁画を見に行き、すぐ隣でスープ入りビーフンを食べていたところ、タイの伝統的木造家屋を改装したスイーツ屋があるのに気づいた。店名は直訳すると「生姜ケーキ屋」。椅子やテーブルはアンティークで、インテリアに藍染布や竹を編んだランタンを使うなど趣味がいい。流行のファッションに身を包んだお嬢さんたちが、お茶を飲みながらお喋りに興じている。

この店はヨーロッパ風のケーキとタイ風スイーツの両方を出す。緑色のもちもちゼリー入り氷菓があったので、頼んでみた。

到着したスイーツは高貴な気配をまとっていた。もちもちゼリー入り氷菓は、ふたつきで浮き彫りを施したガラス容器に入っていて、球形のココナツアイスクリームに黄色くて甘いココナツの細切りが乗っていた。別のガラス容器で供されるシロップは西洋風のバターキャラメルソース。それら全体が金メッキで高脚の盆に乗せられ、運ばれてきた。仏具店でよく見かける種類の盆だ。普通はお釈迦さまの前に置いて、線香や花や果物をお備えする。

食べてみたところ、味はチェンドルに似ていた。材料のパンダンとココナツミルクはチェンドルと共通だが、バターキャラメルソースは西洋風だから、半分だけ本物のまがいものだ。個人的な感想で、他の人は同意しないかもしれない。私自身すっきりしたロッチョンシンガポールやペナンのチェンドルに強い印象を受けすぎている可能性もある。けれども、こういう緑色のもちもちゼリーは、濃い茶色で甘さと塩味を兼ね備えたココナツシロップに浸っているべきである、と思えて仕方がない。

ペナン買い物記——インドの黒い鉄鍋

マレーシア・ペナンのジョージタウンで鉄製の両手鍋を買った。実際には、買ったというよりも、聞いたという感じだが。

マレー半島中部の町イポーからペナンへは、長距離バスで市の郊外まで行き、タクシーに乗り換えて市内に入った。海沿いの広い道路から、ビーチストリートの英国式建築群をゆっくりと通り抜け、町に着いた。珍しい景色に気を取られているうちに、気がつけば車は歩行者でごった返した道に入っていて、はうようにしか進まない。ここはジョージタウンのインド人地区、リトルインディア。ちょうど週末で、すごい人混みだった。

リトルインディアの住人は、インド系のイスラム教徒が中心だ。マレーシア第三のエスニックグループで、多くは英国統治時代にマレーシアへ移り住んだ人々の子孫だ。ペナンは華人の多い町なので、リトルインディアはその中で異質な地区になっている。道路は二車線の細い道で、両側に百年の歴史を持つ店舗兼住宅の長屋が続いている。各商店はスピーカーを道路に向けてインド歌謡を流している。太鼓が刻むリズムと美しい歌声が道路に沿って流れ、お祭りのような雰囲気だ。カルダモンと香水の匂いが中空を漂う。通行人たちはラピスラズリの藍、竹の緑、柿の赤、山吹の黄色に染められた美麗な服装に身を包み、襟や袖口には金銀や花模様の刺繡が施されている。その華やかさはまるで手織りの絨毯に浮き上がった絹糸と紋章のようだ。

旅館に到着。古い家屋を宿泊施設に改装してある。もとは十九世紀、東南アジア中にその名を轟かせた漢方薬の卸問屋「仁愛堂《レンアイタン》」の建物だった。小さな敷地に無理やり建てたような三層建築で、二方向の道路に面している。私たちの部屋はその角にあって、二面の壁に三つの長窓がついている。窓枠は二重で、外側は開閉できる木製のブラインド式、内側は木枠にガラスが嵌《は》め込んであり、エアコンの空気が漏れないよう封じ込める。効能と外観の両方に優れたデザインだ。

旅人の身で、この素敵な建物に滞在できるのは短い間だから、外がどんなに暑くても、もったいなくて窓が閉められない。午後の太陽が窓から差し込み、木の床の上に斜めの影を落としている。街の騒音が聞こえる。オートバイのエンジン音と排気音が、インド映画を思い出す歌や通行人の談笑と溶け合う。屋内にいても、にぎやかな町中にいるような気がするのは、音が即ち景色だからだ。

夜になり、二重の窓を閉めると、室内は急に静かになった。明け方、まだ眠ったまま、夢の中で、外から伝わってくるカンカン、カンカンという音を聞いた。低めの音程でカンカン、カンカン。耳のそばで鳴っているかと思うほど近くに聞こえたり、あるいは遠く、幼少期の深い井戸から響いてくるようなときもあった。この音は聞いたことがある。祖母の黒くて大きい中華鍋の音だ。お玉が鉄鍋にぶつかる音。私は赤ん坊のように丸くなって、はっきり覚醒しないままに考えていた。もっと眠り続けたら、夢も続くはずだと。

実家は町外れにあり、親族が一かたまりになって住んでいた。村は小さく、人口は少なく、静かで、都会からそれほど離れていないのに、半分農村の暮らしをしていた。祖母が元気なうちは、毎日一族が一緒に食事をした。彼女は三人の叔父の家に、それぞれ西洋式の大きな台所を持っていて、親類縁者数十人の食事が用意できるよう準備を整えていた。それとは別に、二番目の叔父の家の外側に旧式な台所が建て増しされ、赤煉瓦で作ったかまどには、大きな黒い鍋が乗せてあった。業務用の強力コンロにつないであり、強火で短時間に大量の料理を作れるので、年中行事の際や宴会で大量の食事を用意するときには、これで鴨の生姜煮、炒めビーフン、さつまいも粉を練り上げる「兜麵《タウミー》」〔第三部「年越しの兜麵」参照〕などを作った。

祖母が黒鍋で料理すると、お玉が鍋に当たっていい音をたてた。子どもの頃、そのカンカン、カンカンという音をよく聞いたものだ。けれども祖母が亡くなって十数年、かまどを使う人はなく、数年前に叔母が台所をリフォームした際、ついにかまどは撤去された。カンカン、カンカンの音は時代とともに遠くへ去り、私もほとんど忘れかけていた。それを、思いもよらず、旅の途中で耳にするとは。

目が覚めたとき、空はとうに明るくなっていたが、カンカン、カンカンという音はまだ聞こえていて、正夢のようだった。窓を開けて音の出どころを確認すると、通りの向かい側にあるチャークイティオ〔炒粿條、炒めた幅広米麵〕の店らしかった。

旅館のホールで供される朝食はコンチネンタルブレックファーストで、トーストにシリアル、紅茶とコーヒー。隅々まで行き届いた文化遺産的な旅館なのに、朝食だけは意外なほど質素だった。それで、レモン水とバナナだけ取り、あとは表で何かみつくろおうかと考えた。

ところが、席につくや否や、フロントの鋭敏なインド娘がやってきて尋ねるのだ。「チャークイティオを召し上がりますか」。びっくりしつつ、「ぜひ」と答えた。てっきり旅館の調理場に作らせるのかと思いきや、なんと彼女は通りを渡って、向かいのチャークイティオ屋に注文に行ったのである。

向かいのチャークイティオ屋は、今朝がた夢の中でカンカン、カンカンの音を聞いたあの店だ。店主は注文を受けるとすぐに鉄鍋を振り、カンカン、カンカンと例の音を響かせた。そして、出来上がると、両手にふた皿のチャークイティオを持って、みずから通りを渡り、私たちのテーブルまで運んで来た。合成樹脂の皿の上にバナナの葉が一枚敷かれ、その上に盛られたチャークイティオは分量が少なめで、黒っぽい小山をなし、見たところ、どうということもなかった。現地のチャークイティオはたまり醤油とチリソースを加え、強火でさっと炒めてある。一口食べると、美味しい。懐かしい鉄鍋の香りが米麵にもエビにも卵にもニラにももやしにもまとわりついていて、美味しかった。

チャークイティオはマレーシアならどこにでもあるが、ペナンのものは特に名高く、よその土地でも、しばしばペナン・チャークイティオを見かける。ペナン滞在中、一度食べたら大ファンになり、毎日ひと皿以上食べることになった。バザールで食べ、茶室《チャシー》（東南アジアの主に華人系カフェ、次項参照）で食べた。タクシーに乗ったところ、運転手が身ぶり手ぶり付きで「興《ヒン》発《ファ》茶室」のチャークイティオを薦めるので、それならと途中下車したところ、店はもう閉める準備をしていたのに、改めて電気をつけ、私たちのためにひと皿炒めてくれた。ペナンにいる間、カンカン、カンカンとチャークイティオを炒める音は、ずっと私の耳に張りついたままだった。

朝食を終え、街に出ると、この辺りにはバナナリーフ・ライスの店、インド系ムスリムの緑豆ハトムギ粥店、スイーツの屋台、服飾店、金物店と揃っていて、完璧なインド系生活圏を形成している。家族からガラムマサラ〔ミックス・スパイス〕をお土産に頼まれていたので、一軒の店に入ってみた。間口が三軒分ある大きな卸売店で、店の半分にはインドの調理器具を並べ、残りの半分には食材を並べていた。金銀銅色の鉢や碗が床から天井まで積み上げられている。インドの食用油ギー、穀類、小麦粉などがすべて卸売用と小売用の大小に分けて売られていた。私たちの探すガラムマサラも大袋と小袋があるばかりか、魚用、羊肉用、鶏肉用にそれぞれ配合を変えたものが棚に四つか五つ分も並んでいて、実に壮観だった。

そこで見つけたのである。大小さまざまな黒い鉄鍋を。

黒い鉄鍋は丸い。底が丸く、柄も太くて丸く、ハンダで接着してある。鍋が完成したあと、縁を整える習慣はないようで、横から見ると、高さが凸凹だ。ちょっと持ち上げてみると、指の腹はあっという間に錆止めに塗ってある油で黒く染まった。値段と言ったら安くて驚くほどだ。二十五リンギットは台湾ドルで二百元〔日本円で約九百円〕である。

何しろ安いので、縁がぎざぎざの黒い鉄鍋を、私はすぐに気に入った。荒っぽく、めちゃくちゃではあるが、正直で丈夫。使い始める前から、中古品のようだ。鍋の欠点は人間のせいである。職人が仕上げに手をかけないから、このようになったのだ。ちょうど親が少々放任気味で、いちいちしつけを施さないと、子どもはかえって面白く育つみたいなことだ。人間的に魅力のある欠点というものが、世間には珍しくない。完璧な仕上がりには程遠い魅力。縁のがたがたぶりが鍋をかえって面白くしている。

鍋の容量は五リットルのみ。祖母がかまどに乗せて使っていた何キロもの黒い鉄鍋には到底かなわないが、それでも重い。旅の連れが荷物運びを担当するので、先に意見を尋ねる必要がある。先方は理性的判断に基づき、二日ほど考えてから決めろと言う。もともと出発前にマレーシア人作家林金城《リンジンチヨン》先生の作品を一揃え買うつもりでいたが、合わせて荷物の重さを検討する必要が生じた。

ペナンを離れる前日、運搬担当者が私に尋ねた。「まだ、本当にあの鍋を買うつもりでいるのか」。もちろんよ、もちろん。私は即座にスーツケースを取り出し、鍋の入る場所を確保して見せた。インドの料理道具店を再訪し、積み上げられた鉄鍋の中から、歪み具合が一、二を争うひとつを選び出した。鍋を胸に抱き、レジの順番を待っていると、きっと私の表情があまりにも自慢げであったためだろう、後ろに並んでいたインド系の女性が、私の鍋を指差し、親指を立てて見せた。店員は何枚かの新聞紙で鍋を包み、その上からビニール袋をかぶせて縛ってくれた。

ペナンからの帰路は、飛行機でクアラルンプールまで行き、一泊して知人に会ってから台湾に戻った。鍋を買って三日後に、鍋と私は一緒に家に帰り着いた。旅行から戻ったあと、いつもはしばらくの間、スーツケースを部屋の隅に置いたままにするのだが、今回は早速開いて、鍋を使いたい。

ビニール袋から取り出し、キャベツの皮を一枚一枚むくように、新聞紙をはがしていった。すると一瞬、インドの香料の匂いが、ふわっと漂った。間違いなく、ペナンのあのインド調理器具店の匂いだ。カンカン、カンカンという音によって見つけたこの鍋は、彼《か》の国の匂いと気配、場所の記憶まで連れて、海を渡り台北まで、私たちと一緒に暮らすため、やってきたのだ。

茶室の文法

マレーシアに一度行ってみたいという思いは、数年前から温めていたが、とうとう行くことができた。ことの始まりはシンガポールの茶室、そこで出会った見知らぬ人との会話だった。

シンガポールのカトン地区に創業八十年を超える海南《ハイナン》茶室がある。そこでひと組の中年男女と相席になった。

一人の老婦人がテーブルを回って、小さな包みに入ったティッシュペーパーを売っている。シンガポールでは法律によって物乞い行為が禁止されているので、生活に困った人は、かわりにティッシュペーパーなどの商品を売り歩くことがある。私たちのテーブルにも来たが、断った。老婦人はきっと何度も断られていたのだろう、もう我慢がならないとばかりに爆発した。華語で私たちに向かって怒鳴り続ける、その言葉があまりにきついので、店内でコーヒーを飲みパンを食べていた客たちは、みな目をそらした。怒鳴り終わった女性が出て行ったあとも、人々は息をひそめたままで、天井で扇風機が回る音だけがよく聞こえた。店主は一部始終を見ていたが、表情も変えなかった。きっと、よくあることなのだろう。

私たちはショックで、しばらく口がきけなかった。悪いことをしたわけでもないのに、顔が熱くなっていた。そのうち、また店内に話し声が満ち始めると、相席の女性が、氷を溶かすかのように、私たちに話しかけてきた。

女性は旅行中らしい服装で、表情は明るく、きりっとした話しぶりだった。私たちがどこから来たか尋ね、自分たちのことも話した。彼女はもともとシンガポール人で、夫君は香港人。私は台湾人で連れはタイ人だ。アジア各地からの四人が、一つテーブルを囲み、英語で会話を始めた。

彼女によると、かつて通った女子中学が茶室のすぐ隣にあり、結婚して香港に越したあとは、シンガポールに戻るたび、必ずこの茶室にやってくるという。彼女はアジア各地の食べ物の話をした。チェンマイのカレー麺、台北の小籠包と牛肉麺など。旅行好きで、食べ物にも関心のある人らしかった。

女性の話では、この茶室の味は昔とだいたい同じだが、シンガポールの食べ物は、大方味が変わってしまったそうだ。東南アジア華人の伝統的食べ物や茶室文化に興味があるのなら、マレーシアに行くのがいい。特にペナンかイポーに、と彼女は言った。

数日後、チャイナタウンのホーカーセンター〔フードコート〕で、またあのご夫婦と出会った。シンガポールは小さいとはいえ、面積は台北の二倍半あるのだから、偶然会う可能性は小さいはずなのに。きっと、食べ物好きが行く場所は共通しているせいですね、そんな話をした。女性は、私たちにイカボールのスープを食べてみるよう薦めた。試してみると、実際に美味しかったので、彼女の印象が強く残った。この世界で、行くに値する場所はたくさんあるが、実際に行くには、何らかの縁なりきっかけなりが必要だ。趣味が共通した人から推薦されるのも、縁のうちということだろう。

シンガポールを旅行してみると、伝統的な茶室がもうほとんど見られなくなって、特殊な観光地扱いを受けているのに気づく。そこらじゅうで見かけるのは、多くがチェーン店だ。先ほどのカトン地区の茶室も、壁に「ヘリテージヒーロー〔遺産英雄〕」という称号が飾られていた。床はダイヤ型薄緑色のタイル貼り、丸テーブルは大理石の天板に天然木の脚、椅子は曲げ木、さらにはひんやり冷たい客対応まで、すべてが文化遺産だ。二年も経たないうちに、この店も幕を下ろし、またひとりの英雄が昔話になってしまった。

それに対して、マレーシアは本当に茶室が多い。曲がり角いくつかごとに一軒ある感じだ。この度の旅行はクアラルンプールとイポー経由でペナンまで。旅の途中で十数軒の茶室に入った。

茶室では庶民生活のにぎわいが見られる。遺産ではなく、すべて現役だ。二十世紀初頭の風景があり、現代の好みに合わせた部分もある。私は古いものが好きなので、こうした老舗を訪れるとほっとするのだ。ずっとこのまま、いつまでも生き続けてほしいと願う。

席に着いたら、まず飲み物を注文する。茶室の飲料カウンターには、コーヒー、紅茶、各種のホット、アイスのドリンク類がある。ホール係が「水はどうしますか」と尋ねてきたら、飲み物の注文を取っているのだ。

飲料カウンターでは飲み物のほかにトーストも売っている。ねっとり甘いカヤジャム〔後述〕が挟まっている。そして「生熟卵」。これは白身も含めて、全体が固まる前のゆで卵で、殻を割って浅い皿に出すとふわふわと動く。そこへ胡椒をふり、醤油を少々垂らしたら、ひゅっと飲み込む、あるいはトーストにつけて食べる。これにコーヒーか紅茶を組み合わせたものが、現地でよく見られる朝ご飯のメニューだ。

茶餐室《チャツアンシー》〔茶室は茶餐室とも呼ばれる〕の空間は屋台に貸し出すこともある。たとえばクアラルンプールの「麗豊茶氷室《レイホン》」は、建物の竣工が一九五三年だ。その茶室と歩道の間に屋台が出ていて、牛腩麵《ニウナンミエン》〔牛ばら肉麵〕、鶏糸河粉《ジースーホーフエン》〔細切り鶏肉入りスープフォー〕、チャークイティオ、チャーシュー類、それに炒め物を売っている。屋台で食べ物を注文したあと、茶室に入って席を取ればいい。

お昼頃は暑さの盛りなので、ペナンの「和平茶餐室《ホーピン》」に入って一休みしようと、ミネラルウォーターだけ注文した。飲料カウンターのおじさんは、私たちのために残念がっているようで、繰り返し尋ねてくる。「滷肉《ロバック》を食べてみないかね。牡蠣《かき》のソテーはどうだ。うちの店のは有名なんだ」。熱心に声かけして、他人の商売を応援しているのだ。マレーシアの「滷肉」は台湾と同名で内容は異なり、揚げ物の盛り合わせである。そのうち、重要なひとつは台湾の「鶏捲《ジージュエン》」に似ていて、肉の湯葉巻きを油で揚げてある。また牡蠣ソテーは福建風で、牡蠣を卵と小麦粉の生地に入れて焼く。出来上がりは乾いていて、台湾の蚵仔煎《オアジエン》のようにさつまいも澱粉の生地がぷるぷるとはしていない。

昨今提唱される「シェアリング・エコノミー」は新興のインターネット・プラットフォーム

が主導する商業活動だ。だが茶餐室のように古典的な場所を観察してみると、プラットフォーム（空間）を提供して、他の屋台と人の流れをシェアし、互いに支え合い、共存共栄を実現している。これはシェアであり、エコノミーであると同時に、人情もたっぷりある。

茶餐室は騎楼に向かって開き、普通エアコンはないかわりに、天井には大きな扇風機が回っている。風がよく通るので、実際それほど暑くない。茶餐室で人々はのんびり、ゆっくりすることに加え、涼んでさえいる。多くの茶餐室は夜明けと共に開き、一日の間に、たくさんの会合や休憩の場所となる。私は人を見るのが好きなので、一杯のお茶を飲みながら、人間模様の観察を楽しむことができる。

たとえば、イポーの旧繁華街にある「天津茶室《テンチュン》」に、若い夫婦が子どもを抱いてやってきて、キャラメルプリンを注文し、小さなスプーンで食べさせている。何人かのお婆さんたちは、二つのテーブルを寄せて、その上にたくさんのお茶菓子を並べ、おしゃべりの燃料としている。話題は海外に留学した子や孫の成績と旅行の思い出だ。「南香茶室《ラムヒヨン》」は大混雑なので、相席が必須。一人で鶏糸河粉を食べている女性は、左手をスマホの上に滑らせ、右手で箸を使っている。食べ終わると、一瞬だけ目を上げて、トーストを追加注文した。傍若無人とも言えるし、自主独立とも言える。一人ぼっちのようで、多くの人に囲まれている。仕事が終わったら十平米ほどの小さな部屋に帰り、食べ物の出前をスマホで頼むような孤独とは質が違う。「新源隆《シンユンロン》茶室」では二人のおじいさんが向かい合って座り、時々言葉を交わすが、沈黙の余白を残し、それぞれ物思いに耽っている。

茶室に音楽はないが、音声が途切れることはない。炎が上がる音、鍋とお玉がぶつかる音、店員の声かけ、人と人との話し声。人生のサンプルのような、一幕ものの舞台劇のような。あちらこちらの茶室で耳をそば立てて、気がついたことは、年配の男性たちが、たいていは昔語りをしているのに、女性たちは多くの場合、目の前の現実について話し合っているということだ。

茶餐室はいい場所だ。台湾にも暮らしに根づいた茶室があったら、世情とつながっていられるのに。私たちは自分で食べ物を選ぶことが好きすぎて、あっちでちょっと食べ、こっちでちょっと食べ、となりがちだ。たとえば、台北大稲埕は慈聖宮《ツーションゴン》前の屋台街。門前の広場はステンレスの折りたたみテーブルでいっぱいだ。排骨湯《パイグータン》〔スペアリブのスープ〕、鯊魚煙《シャーユイイエン》〔サメの燻製〕、塩味の粥、豚レバーの揚げ物、チャーハンなど、別々の屋台で買った食べ物がテーブルから溢れんばかりだ。

茶餐室ならば居続けることができる。木のテーブルの表面には石が嵌め込まれ、椅子は背もたれつきの木製だ。屋台よりゆったりしていて、食べ物の種類が多い。台北のコーヒーショップで人と会うと、しばしば時間が少し長くなったとき、もうお金を使いたくないというわけではなくても、バターと砂糖、ケーキやパイばかり無限に食べ続けることは、胃袋が受けつけない。そうしたときに思うのは、ここで熱いご飯、あるいはお肉のスープが食べられたら、どんなにいいかということ。喉が渇いたらお茶がある、お腹が空いたら食事が摂れる、しょっぱいものを食べたあとには、甘いものを食べられる場所。それってつまり、茶餐室ではないかと。

そこで試しに想像してみよう。台北の住宅街にお店を一軒構え、座席は三十から四十、お客は近所の人たちで、熱いお茶とコーヒーを出し、台湾式のパンも売る。たとえば、ねぎパン、メロンパン、ピーナツクリームパンなど。店の周囲ではいくつかの屋台に、しっかりとした食べ物を提供してもらう。サバヒー粥、牛肉麵、滷肉飯、鶏肉飯、あるいはおこわに肉圓《バーワン》、果物盛り合わせ、かき氷に豆花。これだけ揃えば、一休みすることも、人と会うこともでき、基礎的な飲食も可能になる。

夢は夢として。茶室の言葉について語ろう。

マレーシアの茶室に行ったら、外来の客としては、まずメニューの読み方を覚えないと、希望の飲み物が手に入れられない。ちょうど香港、マカオの茶餐庁《チャツアンティン》〔食堂を兼ねた喫茶店〕で、メニューに書かれた、例の、英語からの借用語をさらに短縮した単語、たとえば公司《コンシ》文治《マンジー》（クラブハウスサンドイッチ）、奄列《アムリッ》（オムレツ）、油占多《ヤウジムドー》（バタージャムトースト）などを理解できて、ようやく注文が可能なように。

とはいえ、閩南語を話せる台湾人にとって、シンガポール、マレーシアの茶室メニューは、母語に近い言葉でもあって、遠いかと思えば近い、まるで異郷で古い知り合いに出会ったかのような感じなのだ〔シンガポール、マレーシアの華人は、台湾と同様、中国福建省南部にルーツを持つ人が最も多い〕。

まず茶室のことはkopitiam（コピティアム）と呼ぶ。kopiは珈琲、tiamは閩南語で店のことだ。茶をteh（テー）と呼ぶのも閩南語。KopiOはすなわち珈琲烏《コピオー》で、ブラックコーヒーに砂糖を加え、ミルクは入れないもの。珈琲烏の烏は「天烏烏《ティエンオーオー》」〔閩南語で「空は真っ暗」という題の童謡〕の烏〔黒い〕である。

茶室の文法はハイブリッド文法で、茶室の食べ物もまたハイブリッド食品である。たとえばトーストに塗るカヤジャムという甘くて濃厚なジャムは、西洋伝来で、イギリス植民地時代のカスタードクリームを起源とする。もとの材料は卵、牛乳、バニラ、白糖。東南アジアでは、時に鶏卵の代わりに、より味が濃厚なアヒルの卵を使う。牛乳はココナツミルクに代える。バニラなどの香草はパンダンの葉に代えることで、少し芋の香りが入る。白糖の代わりにココナツからとったパームシュガーを使うことで、カヤジャムにほんのりとトフィーにも似た色合いと幾層にも重なった香ばしさが加わる。ここに至って、カヤはカスタード部隊を離れて独立し、完全に東南アジアの味となった。地元生まれ、地元育ちの新たな食べ物になったのだ。

　茶室の文法は、移民、植民者、先住民間の衝突と融合を経て、新しい生命が誕生し、新たな伝統となったものだ。このように融合が最後には日常となること、これは台湾の私たちにも既視感がある。台湾の涼麵《リヤンミエン》を例にとれば、麵は福建の黄色い鹹水《かんすい》麵、ソースは芝麻醬、付属のスープにはしばしば日本風の味噌汁が登場する。結婚披露宴で最初に出てくる前菜盛り合わせには、台湾風に味つけしたトコブシとカラスミに並んで刺身が盛られている。朝飯は豆乳と焼餅《シャオビン》〔焼きたてを食べる中国北方のパン〕ですませ、昼飯には意麵《イーミエン》〔油で揚げた台湾風卵麵〕と魚ボールのスープにゆでた青菜をいただき、夕飯にはベトナム風排骨飯《パイグーファン》〔スペアリブライス〕を食べるのだ。

　アジア近代史上の天災や人災によって、多くの人々が移住を強いられた。大海を渡り、運命の厳しさを乗り越え、生き延びた人だけが、異郷で新たな暮らしを始めることができた。ゼロからのスタートは大変だったが、手に入るもので間に合わせ、その土地に合った生存方式を見つけていった歴史が、茶餐室の食べ物に凝縮されている。政治権力に影響を与える困難さに比べたら、料理法を工夫するほうがよほど簡単だったのだろう。異なるグループ間の衝突がもたらした痛みを忘れることは難しくても、味覚の上で融合、和解し合うことは比較的容易だった。茶餐室には庶民によるパッチワークの自由さが満ち満ちている。自由の尊さは、ご飯を食べ、水を飲むように、日常的なところにある。茶餐室はそのように自由な場所だと、私には思われるのだ。

あとがき

本書の完成がいよいよ間近となり、一瞬気が遠くなる思いがします。私は文筆家としてはアマチュアで、書き始めたのが遅く、また書くのも遅いのです。ここに収めた文章を母は一つとして読んだことがありません。もし母がまだ健在だったら、きっと私は何も書かなかったことでしょう。本業にいそしみ、家での食事と時間を楽しんで、多くの時間が過ぎ去ってしまっても、残念には思わなかったことでしょう。

この本が出版される〔二〇二一年〕春から遡ることちょうど五年前に、母が亡くなりました。この五年間というもの、私は母と一緒に過ごした時間が、まるで潮が退くように遠ざかるのを感じてきました。私が前に進む分だけ、水平線はどんどん後退してしまうのです。何かを残さないことには、どうにもなりません。であれば、自分の記憶が薄れてしまう前に、かつての光景を何万かの文字に落とし込むことで、しばらくの間だけでも保存し、身の回りに置くことができるのではないか。そう考えて書いた本なのです。

いまの時代は、さまざまな声がやかましく、まっすぐ立ち続けることさえ容易ではありません。本書中にはわが家の年長者、昔風な料理、古いもの、市場などについて、またそうした「古い」もろもろが、どのように暮らしの錨となって、自分を安定させてくれるかを記しました。個人的な動機で始まったことですが、他の方々のお役にも立てるなら、それも素晴らしいことです。

もともとあとがきを記すつもりはありませんでしたが、それでは感謝するべき方々に感謝できません。そのため、あとがきとともに謝辞を記します。

まずは、私の母、柯妙比《クアミャウピー》と母方の祖母、柯頼阿蘭《クアルアアーラン》に。

時代のいたずらでしょうか、私は二人の天分にとても敵わないのに、教育を受ける機会に恵まれ、今日このように文章を記しています。もし二人が自分自身を文章に書いたなら、きっと倍も面白かったことでしょう。二人の下に生まれることができて、とても幸運でした。けれども、本書を母と祖母に捧げると言う勇気はありません。なぜなら、二人が私の幼児期に与えてくれた輝くような時間と豊かな日常生活に比べたら、一冊の本はあまりに薄っぺらだからです。

舒國治さん、馬世芳さんによる序文と、蔡珠兒さんの紹介文に感謝します。ご推薦いただいた詹宏志さん、韓良憶さん、簡媜さんに感謝します。台湾文学界で国宝級の諸先輩に比べ、新人であり、年少者、そして愛読者でもある身として、尊敬する方々からいただいた激励を大切にし、今後も精進して参ります。

『上下游副刊』の古碧玲編集長に感謝します。『上下游』は私が最初に文章を発表したメディアで、素人の文章を創刊号に掲載していただいた大胆な決断に感謝するとともに、古編集長の催促なしには、本書に収録した文章の半分は書かれることがなかったことを申し添えます。また、私を『上下游』にご紹介いただいた陳斐雯先生、曹麗娟先生にも感謝いたします。

遠流出版社のみなさんに暖かくご指導、ご教示いただいたことで、本書が出版の運びに至ったことを感謝します。

最後に、夫に感謝します。結婚は恐ろしいことに違いないと長らく思ってきましたが、ふさわしい人に出会えれば心配はないのだとわかりました。

二〇二一年三月　五股の自宅にて

洪愛珠

台湾、過ぎし日の食卓——訳者あとがき

二〇二一年の春、本書のオリジナル中国語版が台湾で刊行されると、現地出版界に小さからぬ旋風が巻き起こった。プロのデザイナーである著者本人が手がけた装丁は、真っ赤な表紙のまん中に、長寿を祝う桃饅頭がひとつ。原題『老派少女購物路線』の八文字は、二十世紀中頃風の手描き文字で、これまた旧正月のしつらえのごとく左右両端に配置されていた。興味をひかれ、外見からして古さと新しさを兼ね備えたこの不思議な書物をひもとくと、中には二世代ほど前の台湾の暮らしが驚くほど活き活きと描き出されていたのだった……。

著者洪愛珠は一九八三年、台北郊外の五股《ウーグー》、蘆洲《ルージョウ》地域（現新北市）に生まれた。彼女が育ったのは経済成長を遂げた台湾が、民主化と自由化を推し進めていった時代。豊かだが古風な商家の孫娘として、料理上手な祖母と母によるご馳走をたっぷり食べて成長した著者は、まだ五十代だった母の闘病と早世をきっかけに、幼時の記憶に残る食卓と市場の光景を文字にし始める。本書中には時間についての卓抜な比喩がいくつも登場するが、それも道理で、当時三十歳を超えたばかりだった著者が、まるで最愛の母を連れ去ろうとする「時間」と競争するかのよ

うに、切ない思いを胸に抱きつつ、書きあげた奇跡のような一冊が本書なのである。

　イギリスの大学に留学して視覚伝達デザインを学び、帰国後はスターバックスや大手家具店、公共広告も手がけていた若手グラフィックデザイナーが、自ら「老派《ラオパイ》（オールドファッション）」を名乗るのは、大好きな母と父方、母方双方の祖母から受けついだ台湾の家庭文化を書き記すことに強い使命感を持つゆえのことである。本文中に書かれている通り、一生を実家が営む会社と家の台所に捧げた母は、大家族の食事ばかりか、一時は数十人に上った従業員の昼食、各国から訪れる客人をもてなす宴会の料理まで、プロ顔負けの仕事を黙々とこなし続けた。一方、ともに暮らした母方の祖母はと言えば、第二次世界大戦後の台北で一番人気だった映画館のチケット売り場につとめた台湾版モダンガールで、晩年も孫娘である著者と手をつないで台北市中心部の百貨店に出かけ、いつもマックスファクターと資生堂の化粧品の香りを身にまとっていたという。

　そうした台湾女性たちの人生模様が文字で書き記されることは、実のところ、これまで決して多くはなかった。日々の食卓にならべられたり、伝統行事の際に供された地元の食べ物についても、本書を読んで「懐かしい」と感想を述べた人と「初めて知った」と言う人が、台湾現地でさえ、同じくらいいたという事実は、台湾近代史の特殊性によるものであろう。

　助産師資格をもち、小学校の保健室で定年まで勤め上げた父方の祖母は、日本統治時代の昭和元年に生まれて日本語を学んだ世代で、亡くなるまで日本の婦人雑誌を愛読し、ＮＨＫテレビを通じての相撲観戦を欠かさなかった。他方、蔡英文総統と同じ一九五六年生まれの母は、娘である著者が祖父母の世代と共通の言語を失わないようにと、毎日小学校から帰るとまず最初に、祖父に向かって一日の出来事を母語の閩南《びんなん》語で報告させた。学校での使用言語は、中華民国による接収後は半世紀の間、中国語以外許されなかったから、地元の閩南語で営まれる暮らしの風景が書き記され、活字になって読まれる機会はずっと少なかったのである。

二十世紀の終わりまで、日本でも「台湾には中国各地の料理が伝わっているから、食べ物がおいしい」と言われることはしばしばあっても、台湾独自の食文化について語られることは滅多になかった。日本語で読めるものとしては、邱永漢《きゅうえいかん》が初期に記した食べ物エッセイのほかは、台南出身の料理研究家辛永清《しんえいせい》がやはり日本語で書いた『安閑園《あんかんえん》の食卓』くらいしかなく、どちらも戦前、日本統治期までのことを記したものだった。後者においては、書かれた時代を反映して、著者が自らを含む台湾の人々を中国人と呼んでいる。かつては台湾独立運動の闘士だった邱永漢ですら、書名に『食は広州に在り』と中国の地名を冠さなければならなかった。しかし中国という巨大な文化圏に置かれると、台湾は周縁部の小島ということになってしまい、主役を演じる機会には恵まれなかったのである。

現在では台湾語と呼ばれることが多い母語を本書の著者があえて閩南語と呼ぶのは、淡水河沿いの台湾本省人集落で、人々は先祖が中国福建省南部（閩南）の泉州地区から伝えた信仰や食生活などを、代々大切に受け継ぎ続けたからだろう。身近な生活圏には、自分たちが話す閩南語と、異文化の客家語が存在し、そこに外来政権がもたらした日本語や中国語が加わったのだ。それでも清朝時代、彼らの先祖が命懸けで船出したことにより海外に広がった閩南語文化圏は、今でも台北大稲埕《ダーダオチョン》は迪化街《ディーホワジエ》の永楽《ヨンルー》市場内のみならず、遠くシンガポールやマレーシア、タイなど東南アジアの国々においても、現地の華人たちにより細々と受け継がれている。それは二十世紀後半以降、共産党統治下で大きく様変わりした中国では、すでにたどることのできない道だ。本書の後半で著者が記す南洋への旅の思い出は、それゆえに外国への旅でありつつ、失われた故郷への道をたどる旅にもなっている。

　周知の通り、二十一世紀に入って以来の台湾は、直接選挙で選ばれた女性総統を戴く民主国家であり、アジアで初めて同性婚を合法化した、リベラルで開放的な社会として世界に知られるようになっている。こうした流れは人々の日々の暮らしにも大きな影響を及ぼしたため、本書に書かれているような、わずか三十年前に存在した生活様式は、現在ではまったく見られなくなったと言ってよい。多くの女性が職業を持つようになって、大家族は核家族に取って代わられ、結婚の意味も大きく変化した。

　もともと「古臭い」というネガティブな意味で使われていた「老派」の語が、最初にポジティブな意味合いで使用され、注目を集めたのは、『老派なデートの必要性について』（老派約會之必要、李維菁著、二〇一二年）という短編集のタイトルだったと記憶する。「新派《シンパイ》」が主流の時代になって、「老派」がロマンチックに見え始めたのだ。

さらに若い世代に属する著者は「子どもの頃から古いものや老人が好きだった」と言う。しばしば来客がある大家族のしつけは大変厳しく、食事中、椅子の背にもたれることすら禁止されていたが、同時に周囲の大人たちはみなぽっちゃりした少女を可愛い、可愛いと褒め、日々大して代わり映えしない内容のおしゃべりに、面倒がらず耳を傾けてくれたと言う。

デザイナーの仕事を控え、母の介護を担った二年の間に、小説家による文章教室に通って食の記憶を記し始めた彼女は、母の死後、文章をウェブメディアに発表し、さらにはエッセイの賞に応募して受賞する（二〇一八年、台北文学賞）。祖父、祖母に続いて母も亡くなったあとは、年越し以外に親族が集まる機会もなくなり、放っておけば、いくつもの伝統料理が途絶えてしまう。そのことに気づいた彼女は、食の記憶を文章にして発表すると同時に、二人の祖母や母が作っていた料理を復元し始めた。本作中で言及されている滷肉《ルーロウ》、芋粟《ユイザオ》などに続き、毎年端午の節句に大論争を引き起こすちまきも、無事復元された様子がSNS上で報告された。こうした実践の効果もあり、本書は台湾での刊行後、毎月、毎月、増刷を重ね、同年末には書店から表彰を受けるなど注目を浴び続けたのである。

近年の日本は台湾ブームの様相を呈し、台湾の食べ物について書かれた本も多く出版されているが、当然ながらそのほとんどが旅行者や取材者の視点から観察して書かれたもので、日常、一般家庭の台所でいったい何が行われているかは、透明人間にでもならない限り見ることができない。その点、本作は「梅檀《せんだん》は双葉《ふたば》より芳《かんば》し」を地で行く著者が、幼い頃から祖母や母に連れられて台北大稲埕迪化街や蘆洲中山市場に足を運んだ経験に遡って、買い出しから下拵え、調理、宴会メニューの構成までを記憶の物語に載せて語る、貴重な記録になっている。

特に清代にまで遡る歴史をもつ繁華街、台北大稲埕や万華《ワンホワ》の老舗商店が製造販売する台湾菓子、あるいは著者の地元蘆洲を発祥の地とする切仔麵《チェザイミエン》などは、これまで、あまりにも当たり前で珍しさに欠ける一方、地元の事情に十分通じた書き手が少ないこともあって、正面から取り上げられることは少なかった。老舗台湾菓子店の品揃えがこれほど詳しく書かれたことは、いまだかつてないはずだ。閩南語がわからなければ、食べることはできても、書くことはできない。そして、本書で紹介される小さな屋台店がしばしば名称を持たないのは、おそらく文字を知らない世代の店主が営んできたからである。祖父母とのコミュニケーションのためにと、母が幼い娘に仕込んだ閩南語が、今台湾の食べ物について書き残すために重要な役割を担っている。

台湾で本作を熱烈に支持した愛読者の中には、著者と同じように、祖父母の家で伝統的な食べ物を口にした記憶を持つ若い世代に加え、普段は辛口で知られる年配の作家たちも含まれていた。洪愛珠は本人が古いもの好きの「老派」であるに止まらず、文章もちょっと昔風で独特なのである。

本書中『中国米食』の章で紹介されるように、商家である彼女の家に、書物は決して多くはなかった。むしろ数少ない本を繰り返し繰り返し読んで、著者が成長したことに驚かされるほどだ。そして高校進学の際にデザイン科を選び、後の職業につながる勉強を始めている。つまり著者は文学畑の育ちではない。オリジナル中国語版に強力な推薦文を寄せた舒國治《シューグオジー》は台湾の著名な随筆家で、食べ物エッセイの人気が高い。著者本人が影響を受けた作家として、その舒国治と、シンガポール出身で香港を拠点とする元映画プロデューサーで食べ物随筆家蔡瀾《ツァイラン》の名前を挙げているのは、さもありなんと頷けるところだ。なぜなら彼女の文章は通常の現代中国語文よりも省略が多く、言文一致が始まったばかりの中華民国初期の文学作品を思わせるところがあるのだが、それは近年まで中国の外にあって清朝の遺風を伝え続けた香港文学の特徴でもあったからだ。

本作で台湾文壇に躍り出た洪愛珠は、その後も週刊誌やウェブ上での連載や書店の料理イベントなどに多忙を極めている。同時に、旧家の出身らしくおっとりと落ち着いた性格から、「次作は機が熟した時に出るでしょう」とゆったり構え、慌てる様子はない。幸いなことに、まだ年若い作家であり、台湾の食べ物について、あるいは「老派」な事物について、今後も多くの作品を生み出してくれるだろうことに疑いはない。日本の読者としては、首を長くして新作を待つこととしたい。

新井一二三

洪愛珠（ホン・アイジュ）

本名洪于珺。一九八三年生まれ。台湾新北市五股区出身。ロンドン芸術大学コミュニケーション学部卒業。グラフィックデザイナー、大学非常勤講師。母の介護を機に著述を始め、過ぎた日々、日常の食事、出会った人々について記す。デビュー作の本書で台北文学賞一等賞、林栄三文学賞、鍾肇政文学賞などを受賞。

新井一二三（あらい・ひふみ）

東京生まれ。早稲田大学政治経済学部卒業。明治大学理工学部教授。日本語著書に『台湾物語』（筑摩選書）、『中国語は楽しい』（ちくま新書）、中国語著書に『なぜ台湾は私を泣かせるのか：台湾為何教我哭？』（台北、大田出版）、『這一年吃些什麼好？　東京家庭的四季飲食故事』（上海訳文出版社）など。

オールド台《たい》湾《わん》食《しょく》卓《たく》記《き》

祖《そ》母《ぼ》、母《はは》、私《わたし》の行《い》きつけの店《みせ》

二〇二二年十月三十日　初版第一刷発行
二〇二四年一月二十五日　初版第二刷発行

著者　洪愛珠
訳者　新井一二三
発行者　喜入冬子
発行所　株式会社　筑摩書房
一一一－八七五五　東京都台東区蔵前二－五－三
電話番号　〇三－五六八七－二六〇一（代表）
装丁　惣田紗希
印刷・製本　三松堂印刷株式会社

ISBN 978-4-480-83723-3 C0098